这里空旷,适合摆放思想

时间升起

李钢 著

重庆出版集团
重庆出版社

图书在版编目（CIP）数据

时间升起/李钢著.—重庆：重庆出版社，2017.12

ISBN 978-7-229-12753-4

Ⅰ.①时… Ⅱ.①李… Ⅲ.①散文集－中国－当代 Ⅳ.①I267

中国版本图书馆CIP数据核字(2017)第251464号

时间升起
SHIJIAN SHENGQI

李 钢 著

责任编辑：吴向阳
责任校对：杨　婧
版式设计：左源洁
封面设计：周　楠

重庆出版集团　出版
重庆出版社

重庆市南岸区南滨路162号1幢　邮政编码：400061　http://www.cqph.com
重庆俊蒲印务有限公司印刷
重庆出版集团图书发行有限公司发行
全国新华书店经销

开本：889mm×1194mm　1/32　印张：11　字数：260 千
2017年12月第1版　　2017年12月第1次印刷
ISBN 978-7-229-12753-4
定价：58.00元

如有印装质量问题，请向本集团图书发行有限公司调换：023-61520678

版权所有　　侵权必究

目录
CONTENTS

■ 卷一

高原随想 /2

木格错,野人海 /8

寻人 /11

高海拔地带 /17

仙境 /25

大红枣,黑布鞋 /29

生命的歌 /33

我父我母 /36

几块表,一些人 /42

过生日,吹蜡烛 /46

人立竹下 /51

南方不下雪 /55

爆米花 /58

猪来狗往驴推磨 /62

看影集 /66

两舷风浪一船书 /69

满室书香 /72

我弟弟烫发记 /76

会叫的树 /80

■ 卷二

放长线,钓大鱼 /84

打蚊子 /90

牙不好 /94

横竖是条汉子 /98

猎鼠记 /101

搞房子 /104

取笔名 /107

照镜子 /111

翠玉蝈蝈 /115

街戏 /118

宰牛 /127

看人吃鼠 /130

门 /134

贝雷帽 /138

无臂画丐 /141

你在谁的伞下 /143

告别青蛙 /145

窗前飘絮 /148

卖书 /152

开会 /155

劝美 /157

喝酒 /160

昨天的那场雨 /165

战友 /167

进园老厨 /170

朋友刘希卡 /172

鄂北游记 /175

黄河摄事 /187

■ 卷三

月出 /202

纪念艾青 /206

流沙河逸事 /209

冥币 /212

童心 /214

大家 /216

同席勒散步 /219

躲进贝多芬的耳朵 /222

影响了我的几本书 /226

《红岩》故事 /228

七个断章 /231

盛世观灯 /234

到五宝 /236

双桥散记 /239

土桥荷花 /243

南川散记 /247

王者牡丹 /252

睡不着 /256

茶无道 /258

挑剔 /261

捍卫衣服 /263

接招 /265

说臀 /268

大梦谁先觉 /270

闲敲棋子落灯花 /272

一切变短 /275

青梅竹马 /277

套 /279

一天 /281

明月几时有 /283

曾与美人桥上别 /285

发烧二梦 /287

昨日好词 /289

傻瓜主义 /291

缺陷美 /294

怀念尾巴 /296

杀时间 /298

虚构者 /301

坏鸟 /303

你睡什么枕头 /306

后厕所时代 /308

人人都怕紧箍咒 /310

小孩 /312

我的太阳是别人的月亮 /314

我与重庆 /316

认祖归宗 /322

■ 附

    关于作者 /338

卷一

高原随想

我在寒冷的季节来到高原。

这次到高原,只有大概的方向,没有准确的目的地,走到哪儿算哪儿。这就有了些漂泊的意味。

这个季节的高原晚上很冷,昼夜温差很大,由于干燥,空气中的氧气似乎也更少了点儿。

但是这里空旷,适合摆放思想。

雪

我从海拔四千八百米的高处回望,看见了雪山。

雪堆积在雪山上,闪闪发光。冷调子的太阳照着它,像银子;暖调子的太阳照着它,像金子。金山银山总是让看见它的人们惊喜不已,千辛万苦跑近了一看,是雪,人就走开了。太阳从雪山背后落下去,其实是从另一个地方升起来,把另一座雪山照亮,那里的人们又开始欢呼。雪那么洁白,却把雪山变得那么神秘,使人显得那么蠢。

雪有雪的一生。蒸发的水汽凝在冷冻的云里,那是雪在做胎。云挺着大肚子在天上跑来跑去,寻找合适的地方分娩。寒冷季节的高原上空,到处都游荡着这样的孕妇。飘在空中的雪花是雪的童年和少年,它们随风飞舞,浪漫无邪,一部分落在山顶,一部分落在随便什么地方。

然后,雪在地面上开始了它的中年期。那是一个厚重的沉思的哲学时期,它的特点是冷峻。一切都死了,只有雪活着,一切死去的又都在雪的重压下企图复活。每年都有这样的时期,已经循环了无数岁月,以至于被人称作是大自然的规律,规律这个词让人觉得,一切在这时死去是应该的,中年的雪活着也是应该的。

雪和雨其实是一回事,它们是云在不同季节不同地域生的孩子,就像北边的人和南边的人。

雪水是雪的暮年,如同所有事物的暮年一样,稀里哗啦地流走了。只有雪山顶上的雪终年不化,让人觉得它们的中年期特别漫长,神话一般漫长。雪水流走时的样子十分壮观,高原留不住它们,像人的脸颊留不住眼中滚落的泪。

所有的江河都是高原之泪。

风

高原的风是耀眼的。风从各处吹向我的时候显得很亮,仿佛把阳光也刮过来了。我不得不闭上眼,刹那间,风就把无数根太阳的毛刺热辣辣、痒酥酥地钉满在我身上。

风是高原之王。由于含氧量少,它比其他地带的风更野,更硬。风在此,在它宽广的领地闯来闯去,卷走它喜欢的东西,刮倒它厌恶的东西。风能把巨大的石山弄出很深的裂纹,一座座裂纹密布的石山就是它的杰作。我知道风是用哪些手法对付那些石头的,因为同时,风也在对付我的脸。它锉糙我的皮肤,抽掉我嘴唇上的水分,让嘴唇绷开口子,渗出血;它在我的额前迅速刻出了一条条皱纹。接着,它又将大量的紫外线涂抹在我的面孔,使我变得跟那些石头一模一样。风只用很短的时间,就在我脸上复演了它在高原千万年间所干的事情。

风从我身边经过的时候,我感觉它是有鳞的。有好几次它掀掉了我的帽子,我不知它是用爪子掀掉的还是用触须扫掉的,风不喜欢帽子。风喜欢朝旷地和山谷狂奔,很远的地方一眨眼就跑到了。在洼地,曾有一股风猛烈地掀我,我努力稳住脚跟,风就把我踩在地上的身影刮走了,我的影子掠过了好几座山梁,替我看见了我将要到达的地方。

风的声音多半是粗哑的低吼和凄厉的呼啸,但是有一个早晨,我在结冰的海子旁听到了风唱。起先是一股风的独唱,接着,许多股风加入了合唱,庄严浑厚,在海子上空回荡。我脚下的冰层颤动着炸裂,发出打击乐般清脆的响声。这时,太阳从我肩头升了起来,照亮了海子、风和树林,我在瞬间的辉煌中激动不已。还有一些时候,风也把另外的声音带来。比如它曾把远处寺院的鼓乐声传到我耳边,又能把山坡上的经幡刮得呼啦啦地响。更有一个下午,我行走在无人地带,忽然一阵风带来一个女人清亮的、断断续续的歌声。我不知那歌声起自何处,起码在几座大山背后,或许更远,在高原尽头,时间深处。不管在哪里,只有风能越过。

女人啊,她出现了,消失了,风却带着她的声音飘向永恒。

石头

荒野之上,巨石横陈,像无数颗头颅矗立,让我触目惊心。

那是一座山崩塌后的遗迹。石头是山的今生。山的崩塌对于高原只是顷刻,高原的顷刻,就是人的世世代代。

我相信石头也会走动,它没脚,有时风是它的脚,有时水是它的脚。多少年后,每一块石头都不在原来的地方。就像每一朵云不在原来的地方,每一个人不在原来的地方。

走动的石头也会停下来,一定有什么事让它们停下。我看见坡上停着一块锋利的石头,举起它的刃尖,它一定是想割破什么。比如当云层滚滚压过,它就会割出一道道雷电。

因此我又相信,石头也会思索,它们凝视的样子看上去似乎想得很深,也很久远。夜晚,它们和满天的星辰在一起,那是宇宙间漂浮着的另一些石头,离它们很近,简直是从它们中间升上去的。它们也会交谈,用一种智者的语言,只是人听不见,听见了也听不懂。

有一天我忽然觉得石头也有生命,是另一种形式的生命。我如果在石头旁站久了,可能就会站成一块石头,而现在的我原本就是石头的我。那时我正在一座村庄的山腰,看见一个少年坐在石头上,样子跟石头成为一体,又像在孵那块石头。也许他天天要在那里坐一会儿,起初是思,后来是悟,某一天石头孵熟了,他站起来走开,就是一条汉子。他会放牧,喝酒,像石头一样伫立凝视,或者随风而去,在高原上跋涉穿行,用很多年把自己搁在很远的地方,让女人惦念。

石头的来世是砂粒,砂粒的来世是土,高原上的土。纵然小到肉眼看不见,石头也认为自己是石头。

高原的来世是什么？

你怎么知道石头里孵出的不是一座山？

我不能解释这些，就只能被石头震慑。

树

我看见一群一群的树起劲地朝高原上爬，它们企图爬上最高的山巅，但不可能，那儿是雪的疆界。它们在各自爬不动的地方站下，把脚插进土和石缝，变成了根，形成了一个又一个部落。

白桦和赤桦爬到半山腰，在那里成林，过起了世居的日子。杉树还要高些，停在很陡的高坡上；杨树走到高原平坦处，跟人在一起。不知为何有一些山坡各种树都不愿意去，被草占领，草在冷天全枯黄了，是那种唯美且寂寞的黄，寂寞得无法抗拒。

在冻土带，连草也不生，只有粗粝的山脊裸露在蓝空下，悲凉而原始。一切生命都有自己的高度。

树有自己的个性。群居的部落总是很热闹，它们时刻喧哗着，摇摆不停。白桦是我年轻时最迷恋的一种树，姿态高贵优雅；赤桦的模样像是白桦喝红了脸，醉洋洋的，它喜欢把树皮翻起来在太阳下晒，血色透明的树皮充满了蛊惑力。还有个别的树性格怪僻，爱离群索居，独自站在另一个坡上，或斜在峭壁间，像孤傲的高士和隐者。附近树林中的树对它们知根知底，知道哪一棵是自己爬上去的，哪一棵是被鸟衔上去的。

树在各处炫耀着生机，展示活着的风度。

但是在高原，真正震撼了我的是树林之死。那是一片被天火烧死的杉树，布满了山谷。烧焦的树倒下了，构成了巨大的黑色图案；而图案之中,更多的树,枝叶焚尽,躯干斑驳,却依然直直地挺立,尖刺一般指向天空。那是死去的树的骨骼,保持着生前的姿态。

在一个黄昏,我看见了树的墓园,看见了树用自己的骨骼为自己立的墓碑。

云和卓玛

卓玛在高原上,就像云在天上。卓玛在高原上走着,就像云在天上飘。只有高原上才有卓玛,因为高原离天空更近。

卓玛是藏语仙女的意思,就像云是云的意思。

我管所有的藏族女子都叫卓玛。卓玛从村庄走出,卓玛从山上走下,卓玛在冰河旁背水,卓玛在泉边洗衣服。我找人问路,喊声卓玛,一个卓玛回过头,四个卓玛回过头,所有的卓玛都回过头。她们的眼睛一尘不染。其实她们各有各的名字,有的叫央宗,有的叫旺姆,但内心却都是卓玛。

卓玛在高原上生儿育女。生了女儿仍是卓玛,生下儿子就叫多杰,多杰是金刚的意思。

卓玛老了就到寺院去,虔诚地伏在高高的门槛上。我在寺院碰到老年的卓玛,她告诉我,她的头发白了。我抬起头,寺院的飞檐上飘着一朵云,云是转世的卓玛。

高原的天空是云的天空,聚集着世界上最漂亮的云。云像高原的灵魂,它们轻盈多姿,飘来飘去,遮住太阳又散开,在晨曦和暮色中变成缤纷的彩霞。

云落在山头是雪,落在山腰是雾,落在草甸上是深亮的海子。

云无处不在。

木格错，野人海

在木格错，一路上就想碰到狼和美丽透明的女人。跟那样纯的女人相遇，像穿过柔和的风，眼睛和心都会变得明澈无尘，回头去看时只能看见水光与山色。狼并不可怕，比起一生中遇到的别的事情，狼不算什么。

我们是跟着秋天进山的，带着帐篷和酒。从重庆出发，翻越二郎山到康定，只为远离城市，找到雪山、森林、瀑布和野人海。木格错就是野人海，木格错是藏语。

秋天一到山中就散在林子里了，只剩下我们。路伸上去，天高到纯蓝，云像是被山峦呵出，雪积在峰顶，遥遥地闪烁，仿佛凝在永恒。一切都那么好，没有衰老，没有死亡，只有无限。心就开始野了，感觉灵魂迫不及待地想逃出去，身躯之外还有身躯，自己已不是自己。

往上走，空气渐渐稀薄，快到山顶停下来喘息时，雪近在身旁，抓起一把细看，竟被它诱惑了，不知怎样才能将生命修炼成这般完美的晶体，一生浑浊的经历，到最后却这么白，这么冰凉。想了一会儿，想不透，就把雪握成团掷出去，像把一生都掷出去。

没有出现狼和透明的女人，只有风。风在远处发出狼嚎。打从身旁掠过，又如女人轻捷的步履声。世界原是这个样子的吗？风让我像无能的猎人。

在山的豁口我们遇见了穿着深红袍子的牧人,是一对健壮的夫妇,赶着健壮的牦牛群。牦牛驮着皮囊,装着酥油和青稞,他们的出现让生活变得简单了。放牧是多么自由的职业,赶着牦牛群,走着,生活着,到处都属于他们。我举起相机,他们和牦牛就都站下,他们站下的时候生活也就停了下来。他们走了很多路,来自草原。穿过山的豁口,我们看见了野人海,水像辽阔的时间,缓缓波动着,草原在时间的那一边。

回程走到半山腰,天就傍晚了,我们决定住在山里。又遇见那两个牧人。木格错的秋天太阳一落山,气温骤降,搭帐篷是不可能的,我们钻进湖边坡上的木屋,主人烧着火炉,煮着藏茶,我们围着炉子喝酒。

忽然想起那两个牧人,也不知他们怎样过夜。我裹着羽绒服去看他们。他们就露天宿在湖畔,地上铺着毡。他们捡来柴棒点燃火堆,严格地说,那不是火,只是一缕烟,升起时被风吹散。烟象征着温暖,他们就守着这象征睡下去,穿着单薄的袍子,和天地在一起。牦牛卧在四周的山坡。

夜里蜷在木屋的床上,使劲睡也睡不着,脑中老晃动着湖畔牧人的影子,火堆会不会熄灭?他们会不会冻僵?忍不住又爬起来出门。木格错的秋夜是纯黑的,风很大,走在风中像走在浓稠冰冷的汁里,走不了多远脚步就凝住了,再难向前。身旁有黑乎乎的东西,探身去看,是牦牛,像木格错会蠕动的石头。伸手摸它们的体温,有微微的不易感受到的暖,那是木格错的体温。

第二天清早下山前,我们全都跑到湖畔。火堆已熄灭,路上有新鲜的牦牛粪。牧人走了,生活去了,留下痕迹。我们高兴起来,仿佛自己还活着。

木格错的界口有个棚子,把世界分成两半。那一边在时间之外,这一边是尘世。我想我还得待在这一边继续混下去,但也许会走到那一边,到时间之外,去野,去生活,去放牧。

寻人

> 我的前方是谁？是未来
>
> 我的身后是谁？是过去
>
> 我是谁？我是现在
>
> 我在寻找你吗？不，我在完成我自己
>
> 有时候，我不是我，我是每一个人
>
> ——题记

这个夏天快要过完的时候，有个人从世间的另一处给我寄来一封信，信上说他在那个地方待了许多年，现在病了，咳嗽着，恐怕没什么指望了，希望我能去看看他，因为我是他唯一能够想得起来的早年的朋友。

这个人可能是我以前的同学，或者同事，或者战友，总之我无论如何也想不起他的模样，记不清何年何月跟他在一块儿干过些什么，只是依稀记得信上所署的这个名字。我不知他从哪儿搞到了我现在的地址。这封信在路上走了很多天，因为他待的那地方很偏远，也很冷,信送到我手中时,上面的每一个字都还是凉凉的。

我好像没费什么心思就做出了选择,在抽了一阵烟,踱了几趟方步之后,我决定打点行装,去看看这个对我来说几乎陌生的人。我不知道他是谁,我没去过那地方,我弄不清去了能做什么。一下子,我跟一个遥远的,平时想也没去想的地方发生了关联,这很神秘。而我的决定是么简单草率,这又很奇怪。每个人都有奇怪的时候。世界本来就很奇怪。

命运。在火车上我不知为何一直琢磨着这个词。火车跑起来有一种光阴似箭的感觉,把千山万水抛在了身后,就像我们把一生的许多好时光都抛在了身后一样快,一样干净。但是命运始终与我同行,像寸步不离的隐形人,我回过头去,看不见它。而它一直都在看着我。

火车停在每一个站台,一些人下去,一些人上来,每个人都知道自己要去的地方和要做的事情,我们就这样安排着命运;而在命运看来,正是它这样在安排着我们。

我几经辗转,来到了我要找的人信上所说的地址。那是荒远地带的一家路边旅店,有低矮的院落,杨树,太阳和狗叫。

我推开了门。屋内空着,没有人躺在床上咳嗽。被窝胡乱地卷起,桌上扔着几块矿石,一切零乱而简陋。一只灯泡从梁上垂下来,像这间屋子唯一的眼睛。它大概见过我要找的人和他信上描述的情景,但现在是白天,灯睡了。我第一次发现灯泡在睡着的时候也是瞪着的。

很显然,这个人走了。在这家旅店病了一阵之后,他又健康起来,他选定的归宿成了他又一个起点。我向周围的人打听,有人见过他,有人没见过他,有人说根本就没有这样一个人。也有人告诉我,这是一个飘忽不定的人,多年以来在许多地方出现,用许多种方式活着。他们告诉我他可能会去的地方。

现在,我的旅行一下子变成了自我放逐。我要找的这个人是我的目标,但这目标是移动的,看不见摸不着,只是心里觉得有。他和我隔着一段距离,是远是近我不知道,但我必须不停地去寻找。我的目标可能会在任何一处出现,那么任何一处就成了我的前方。我知道前方有他,他却不知道身后有我。失去他,我的行走就变得漫无目的;而寻找他,我的一举一动却仿佛是被谁暗中操纵、牵制、摆弄。

这个人,随时都在我视而不见之处。对于我,他辽阔得像世界,重要得如同人生意义,神秘得仿佛不可捉摸的命运。

有几天,我钻进了很深的煤井。井下黑洞洞的,古老原始,闷而潮湿,感觉像另一个世界,像死了一回,又像回到母亲的子宫。庄严与神圣包围了我,厚实的煤层下,黑暗之中,我被久久酝酿、塑造。

在某个时辰我和煤块一道被运出了地面。一切都那么新鲜。色彩。空气。阳光缭乱耀眼。那是一种重诞的感觉。

其实每个人每天都在重诞。早晨人正年少;中午给人旺盛的精力;黄昏时分人已垂暮;夜晚来临人闭上眼睛。梦是别处,天堂或地狱。从梦中醒来就是重诞。

我从很咸的地方走过。

这里产盐,盐铺在地面上,路基旁,看上去像积雪不化,脚踏着去走却像踏着厚实的冰。盐比冰更坚硬,人走过去不会留下脚印,和凝重的盐层相比,人的脚印显得多么轻浮。

雪很浪漫,冰有宁静的美,而盐层却是苦涩的积淀。盐和冰雪都是有经历的物体,它们在结形之时都选择了冷峻的白色。我的头发也选择了白色。

我身旁不远处,盐湖浮现,宛如一汪泪眼,大地在此哭泣。

在一间屋子里我看到了我要找的人留下的痕迹。他用棋子复述了一遍自己的经历,或者说,摆弄了一次别人的命运。

无论如何,这个人的存在对于我就是一种暗示,那封偶然的信是让我无法回避的召唤。这个人在前方不断消失,在他的后面,我出现了,我和他,好像在进行着一场生命的接力。

这个人总在前方,把完全陌生的世界留给我,把不曾见识过的生活留给我,把变幻无常的气候留给我,而这一切,我注定要去经历。

我感到体内压抑着的最本质的生命力被激活了。我产生了跋涉的愿望,奔波的冲动。从现在起,我不是过客,我是生活者。

当我确定自己为生活者后,一切经历就都变成了生活。我的生活。一个人的生活。我强烈地感受到孤独。

孤独有时等于自由,有时等于绝望,有时等于勇敢,有时等于叛逆和四顾茫茫。我感受的孤独几乎等于所有的意义。

大漠荒野之上,秋天滚滚而来,无边无际。它是我今生见过的最庞大的季节。正是我的孤独支持着我在秋天中穿行。我尝试了各种各样的活法,有时像骆驼一样活着,有时像骆驼草一样活着。

我从庄稼地中穿过。我伸手抚摸庄稼的穗子。庄稼摇摆着,它们一定以为是风的手在拂动。庄稼站立在泥里,对于它们来说,我就是风,一掠而过,比它们孤独。

庄稼在泥里站了一生,它们长得不好,但仍然活了下来,在这个秋天,金黄了,熟了。

我停下步履。庄稼的一生深深打动了我。

某个早晨,我面临海一般宽阔的大湖,浩渺的湖水如同湛蓝色的大寂寞。太阳从云层中投下巨大的光柱,在湖面划出一道炫目的亮线。

湖岸上,大片的油菜花怒放,黄得浩浩荡荡,仿佛辉煌时期的爱情。

我知道,在旅游者的眼中,这是让人神魂颠倒的风景。

但我不是游人,我是生活者。生活者的路途上没有风景。

我已经不是原来的我。

从前复杂的我如今已变得简单。

从前单调的生活现在已变得复杂。面目全非。

我走在风中,走在雨中,冰凉的雨滴打在脖子上,让我清醒地意识到我正行走在泥泞的现实而非梦境。回首从前,恍若隔世。

大雨之后的一个夜晚,月亮升了起来,我鬼使神差地走回我要找的人住过的那家旅店。

这个神秘的一直未曾露面的人，许多日子以来让我走遍了他所走过的地方，经历了他所经历的一切，又让我回到了他住过的屋子。我一身疲惫，栽倒在他躺过的床上。忽然产生了强烈的想要写信的念头，我努力回想从前的朋友，他们的名字我几乎一个也想不起来。

我在床头褥子下发现了一支笔，一个信封，抽出信瓤来看，是一张没写过字的白纸，像是事先就为我准备好了的。

我心里猛地一惊。当初躺在这里的这个人，莫非早就知道我会有同他一样的心情？从他到我，莫非正是一个轮回？

夜半时分，我恍惚看见对面床上躺着一个人，咳嗽着，又看见他坐在桌前写信。

我知道这是一个幻觉，只是不知道，幻觉中出现的这个人，是他还是我自己。

我的下一个轮回是谁？

高海拔地带

今年春天的一个早晨,我离开城市,到高海拔的地方去。

我去那里是何原因并不重要,重要的现实是:这次我没有同伴,我必须独自走过雪山和大片的草原,然后在和人约定的时间内进入另一座城市。

以下是我在这段行走的日子里,随手记下的一些断章。

一

我离开城市就像离开一间屋子。

翻过了一座山又是一座山。海拔越爬越高,气候和山势开始严峻,云层压在头顶,汽车盘旋着穿入云中。我好像要到云层以外去。

云层以外还有云层,世界原本是多层次的。两个云层之间是冬天。石头冻在地上,森林矗立在雪中,冰川展现在脚下像瞬间凝固的波浪,这一个瞬间就是上千万年。

顺路捎我的司机刹住车,把我搁在路边,又开车走了。他要去另外的方向,我们就此分道扬镳。

我们在云层之上告别,像路遇的仙人。

二

现在，我真切感受到天外的寒冷，我呵出的白气像雾弥漫在山林。

我在大雾中穿行。

我想起不久前城市里春天拂面的感觉,那样一种媚俗的暖意。

而冬天比春天,是存在于更高境界的季节,它洁白傲慢。它甚至不是季节,比岁月更长。

当春天来临,春雨沙沙落下,我们以为冬天已经消失,其实它正高踞在云层之上,和群山在一起,和天空在一起。

你不是杉树,无法接近冬天。

你不是雪峰,无法理解冬天。

三

高海拔的日子已呈现在我面前,不容置疑。

它是辽阔的日子。

它是险峻的日子。

它是冰凉的日子。

它几乎是我一个人的日子。

它就在我的面前变幻,是无法摆脱的诱惑。我驻足眺望,它是雪山和荒原;我抬脚前行,它就是人生。

四

我一边走,一边想着与这日子的缘分。

我仿佛经历过这样的日子,那不是今生的事情。

在这里,我曾被雪崩掩埋;曾是被冻僵的牛羊;曾是一粒草的种籽被风卷走,不知去向,然后在不确定的地方生长。

我累了,躺在雪坡上,如同躺在悠远的记忆里,如同死而复生。

五

我似乎是来寻找从前遗落在这里的什么。一串红缨马铃?一条放牧的鞭子?或者,是一些感觉?

周围皆是永恒之地,无始无终。它使我的经过显得短暂,也有些悲壮。

空旷的荒野不断让我陷入饥饿。无论走着或是停下,我随时感受到的,只有自身的渺小。

短暂、饥饿、渺小,正是因为这些,生命才变得顽强,迸发出活力。找回这些,一个人就完整了,灵魂也得以安宁。

六

夜晚,我和村落的人们向篝火聚拢,篝火点燃的地方,就是夜的中央。

火焰那么亮,那么猛,灰烬像烧红的雪花四散飞舞。对于下界的人来说,它是天上的星光。

当我还是一条狼的年代,火焰是唯一让我畏惧的东西。它的颜色,它的热度,它的形状,以及它那狂欢的姿态,对于我,有着不可思议的神明的力量。

篝火烤出了人的气味,人身上的杂质随气味而去,从躯体到心灵都变得纯粹。

最纯的人通体透明。

七

当地的牧人告诉我:

如果在一个早晨你看见一座雪山放出金光,你应该匍匐膜拜。因为那是神在暗示你,你在旅途上将遇见奇迹。

如果你在一条峡谷中看到了温泉,你应该立即跳进去沐浴。因为那是神在暗示你,洗净自己的灵魂,做一个真实的人。

果然,第二天我就看见了金光闪闪的雪山。之后是暴风雪,那座山许多天藏在了云里。

八

接着,我在无人区迷路了。

我进入冰川地带,地势险恶,举步维艰,我从跋涉变成了挣扎。

悬崖上的冰瀑不断坍塌,发出巨大的声响,震耳欲聋。

我不知走了多久,始终找不到出口。天空阴郁,另一场暴风雪就要到来。

绝望之中,我想起了牧人所说的奇迹。

九

奇迹总是在人万念俱灰的时刻发生。

我在雪中看到了一串清晰的脚印,我踩着它,从根本没有路的地方绕出了冰川。

那串脚印一直带我走上山崖,我愣住了。

山崖上走着一个女人。

十

有许多事情是无法让人置信的。

有许多谜永远都是谜。

我不知道她是谁,不知道她为何会在无人区出现。

我跟随她走下去,像走进了幻觉。

晚上我和她坐在一座山庄温暖的房间里,沉默着,用大杯子喝了一夜酒。

酒是用来暖和身体的。

沉默是用来共享的。

而这一切,像是从天上掉下来的。

十一

后来我睡了。

睡得很深,睡了很久,仿佛睡了一生。

等我醒来的时候,她已经不见了,山庄里空无一人。

我用了好几天的时间琢磨这件事,翻来覆去琢磨不透。

然而,牧人的预言再一次应验——我看见了温泉。

我赶紧跳了进去,从灵魂开始洗涤,成为一个真实的人。

十二

阳光穿透好几世的梦,又一次把我唤醒。在高原的每一处,我睡我醒,犹如我死我生。

我醒来,太阳已在我身上烙下深深的印记。我感到太阳才是真正的牧者,它放牧整个高原,从天空的云朵到地上的生命。阳光是它的声音,召唤四面八方。阳光是太阳的牧歌。

经幡也是声音,是另一种声音。它是虔诚的祈愿从生命的心灵深处发出,随风飘扬,在耳朵听不见的远处让眼睛看见。高高地竖起就是大声地呐喊。我从经幡下走过,被这七彩的声音震撼。

十三

寺院是金色的。

寺院是人们寄托未来的地方。

人们走上寺院的台阶,从那里瞻望另一世的样子。

在这高海拔地带,人们相信生命的完成不是一生一世的事情,而是生生世世的事情。

我从他们的眼睛里看到了一种生的勇气,生的执着,和对生的持久信念。否则,谁敢相信自己是从前生走来,正朝来世走去?谁又能用今世承担所有的苦难,把美好的愿望放在来生?

高原上,浩荡的时间无限,生命因此而漫长久远。今生如同今日,来世如同明天。

寺院永远是金色的。

十四

我用双腿行走,同时,我思考。

我从一个村庄走向另一个村庄。

我从一座雪山走向另一座雪山。

我从白昼走进黑夜,再走向另一个白昼。

我与影子同行。我的身影从草原上掠过,它常常走在我前面,也常常跟在我身后。

走累了我停下来。有时候停在现实里,有时候停在幻觉里,有时候停在喇嘛的诵经声中。

对高原的一切理解都是对自己的理解。

对高原的一切解释都是对人生的解释。

十五

我穿过最后一座雪山时,又看见了那女人。

她坐在山脚下,亦真亦幻。

她的出现与她的消失一样突然,充满了神秘。

我和她一同进入城市。

我知道她会再次失踪的,我也知道,我不可能找到她。

因为,城市是让每一个人失踪的地方。

城市的上空是云层。

仙境

一

我似乎总在行走,沿着今生。我预感有一种地带,存在于某个高度,等我进入。它应该拥有蓝色,那蓝色,比海蓝更高,而比天蓝蓝得更深。那高度,当在欲望之上,杂念之外。从那儿飘来的云,视我为一粒灰尘。它已经诱惑我了,虽然它在我视而不见之处。我寻找它,虽然我不知为何寻找,向何处去寻。

我只知道——倘若世界小如我的心脏,它就在我心中;倘若我的心像世界一般辽阔,它肯定就在世上。我听说寻找它的人,不能用脚,要用翅膀飞翔。我想起我的翅膀存放在我的梦中,但不知是哪一夜的梦。

一切要发生的,将在该发生时发生。

一切要到达的,将在该到达时到达。

二

　　长长的跋涉之后,我卸下鞋和双脚,同时,在那个夜晚的梦里获得了翅膀,高高飞扬。我在天空遇见了风,遇见了云和太阳。我到达了从前可望而不可即的高度。我明白了人为什么要羡慕鸟。鸟不是动物,鸟是空中的境界。飞翔原来如此快乐。我感受到从未有过的轻盈自如,如释重负。我应当感谢我的经历和年龄,是它们组成了我翅膀上的羽毛,让我飞起。

　　我应当感谢地上的生活,它让我有了飞翔的愿望。我还应当感谢我留在地上的双脚,是它带我行走,让我走进有翅膀的梦中。从前的行走原来是为了飞翔。

　　祝福所有收藏着翅膀的梦。

　　祝福所有寻找梦的人。

三

　　我在飞行中听到了心脏跳动的声音。我俯视,发现我的内心竟如此丰富,它真如大地一样开阔——河流蜿蜒于其间,森林生长于其上,群峰叠错,绵延不绝……那些交叉在林间的小路,曾让我多次迷失,现在竟看得如此明白。那湍急的流水,险峻的山巅,曾让我望而却步,如今竟能一掠而过。

　　我仿佛已知,人在地面上行走时,其实也正在自己的心路上行走,那么此刻,我究竟飞行在天空,还是飞行在自己的心境?

　　世界的道路也就是心境的道路。

　　心境的天空也就是世界的天空。

四

我看见了那片让我神往的蓝色,真山真水,一尘不染。我知道这里仍是人间,但绝非俗世。我要降临。我欲作最完美的解体,以雪花的形态降临。那是我儿时冬日的憧憬,是今生所有愿望的愿望。当我的愿望实现之时,我将在空中任意舒展,随风飘舞,像神采飞扬的思绪,像壮丽洁白的颂歌。无声之歌。

在这样的地带,面对这样的蓝色,这是唯一的方式,也是生命的过程。

我降下。落在寂静的山峦上,连成一片,仍然是今生的我,却获得重诞的感觉。我仰视。仍然有无数的我在空中飘落,纷纷扬扬。那么纯,那么干净。

我在寒冷中领受到一种彻骨的畅快。

我领受到一种前所未有的晶体状的净化。

五

太阳照耀在我身上,我在融化。那太阳,它让我的每一个祈愿都能得到满足。

我正在融化。我的身体发出细微的响声,内心充满喜悦。融化使我产生力量,使我的生命产生奔放的冲动。而我的生命注定要选择水的形式。这就意味着,我必须选择流淌。是的,选择流淌。我存在于流淌中,我的肢体清亮透明,无拘无束。这是奔涌跳跃的时刻,激情肆意泛滥的时刻,前方再无任何障碍。

我从陡峭的崖壁上倾泻而下;我渗入厚厚的泥土,又从岩缝溢出;我仔细亲近我所流经的每一个地方,抚摸每一块石头;我从植物的根部流过,我生命的一部分注入到它们身上,草木因此而绿。

我选择了水的形式,我体验了生命的自在。

六

我今生经历了行走、飞翔和流淌,当我需要静止的时候,让我临近万古之蓝。我已体验过行走的艰辛、飞翔的超越、流淌的自在,当我需要智慧的时候,让我面对万古之蓝。在这样的高度。这液态的、平静的蓝色啊。它是很浅的,清澈见底,因此它很深。它是很深的,深不可测,因此它很浅。

因而它就是智慧,它就是万古,它就是永恒。

我正与永恒对视。是谁在永恒中遨游?是一群快活的鱼。是谁溅起永恒的波纹?是细小的雨点。是谁从永恒中探出身子?是一根根芦苇。是谁已整个插入永恒?是倒下的大树。

接着,我从这一片蓝色中,看到了自己的身影,看到了群山、雪峰、太阳和天空。

万物聚齐。一切从蓝色开始。

大红枣,黑布鞋

我老家的院子里栽着枣树和柿树,还有核桃树。树结了果子,我奶奶就叫人寄一包给千里之外的我们,柿子制成了柿饼,大枣透红,核桃都是上好的。打从我长牙开始,就吃奶奶寄的这些东西,甚至在她死后,老家的人仍然不间断地寄了许多年,无论我随父母搬到何处。据说这是遵照奶奶留下的话。

我没回过老家,也没见过奶奶,她死的时候我只几岁,是不知道悲痛的。对于一个小孩子来说,未曾见过的人根本就不存在,奶奶这个词的全部含义,就是那些枣、柿饼与核桃。记得常年带兵在外的父亲去老家奔丧归来,跟我和母亲在一起待了几天,使我感到稀罕和不自在;又记得母亲拿一块黑纱套在我的袖子上,使我觉着新鲜。奶奶死了,我什么都没损失,柿饼黑黑的,枣很甜,核桃又涩又香。我干吗要悲痛呢?

懂事以后知道了我奶奶五十岁上已经双目失明,因我父亲离家太早,一去多年,她盼儿子哭瞎了眼睛。这事让我心里很不是滋味。一双眼睛哭到瞎时,该流多少眼泪?在我的想象中,奶奶应是柔弱的女人,心很苦,多愁善感。我的父亲是条硬汉,对许多事情缺乏感情色彩,问及他有关奶奶的生平,他只淡淡几句一带而过,不问就不提,不知是因为记忆模糊还是无情。有段时间我挺恨他。

直到某年,我从父亲的箱子里翻出一张保存得很好的奶奶年轻时的相片,又读了他一本自传中回忆奶奶的文字,我才明白,父亲把感情藏得太深。奶奶的容貌与我的想象相去甚远,从相片上看,她是一位性格坚强的女人,眼睛很亮,五官脸廓及神情跟我父亲乃至我弟弟都极相似,令我愕然。

我父亲十六岁辞母别乡,身带两块银元,穿一双奶奶做的圆口布鞋。他的经历有些复杂。起先曾考入一所军医学校,又在西北军中当过医官,亲历了西安事变。他的医术似乎不怎么样,有"前门收病号,后门开棺材铺"的传说。抗战爆发后他到了八路军,人已在山西;不久又奉调去南方新四军工作,离老家就十分远了。

我父亲每到一处,总有书信寄回。奶奶得了消息,便做两双鞋托人捎去。我奶奶的鞋做得十分精细,鞋底纳得紧密,帮子牢实,穿在脚上跋山涉水,就知它的好处。这些鞋,头几年父亲多半还能收到,往后人去得远了,行军打仗又没个准确的落脚处,再不易见到一双。

但奶奶还是不断地做,不断地捎。鞋都让捎鞋的人自己穿了,或卖了当盘缠。那些人尝了甜头,数月半载地回来一趟,有的佯称送到了,有的干脆假借父亲的名义,说打日本费鞋,再要几双带着走。我奶奶攒下的私房钱,都换成了做鞋的黑布。

皖南事变之后,新四军形势严峻,我父亲从那时起中断了给老家的书信。奶奶不知我父亲的死活,也不知鞋该捎往何处,她的茫然与焦急可以想见。自此,老家但凡有年轻后生远行,不管是去哪个方向,奶奶总要送人两双鞋,为的是求人再捎上两双侥幸去碰我父亲。那时她白天做鞋,晚间流泪,视力迅速变坏,已是半盲。

日本投降前两年,有人从南方跑回老家,带回了我父亲的死讯。说是目睹了新四军打鬼子的场面,在死人堆里亲眼看见父亲的尸体。说得有鼻子有眼。这个误传对奶奶的打击无疑是沉重的,数日之内,她的眼睛完全瞎了。她请人制了我父亲的牌位,供在屋里。但是不久,她又摸索着开始做鞋,一双一双地做,没人敢劝阻她。做成的鞋,她都放在我父亲那间屋的炕上,却再不托人捎走。奶奶仿佛已经绝望,又分明心存一线希望,尽管这希望十分微弱。她大概也说不清,做这些鞋究竟是要等儿子活着回来穿,还是要送他在黄泉路上走。我父亲的自传里写着,那一阵与鬼子的战斗,有几仗打得确实很恶,他九死一生。

全国解放后我父亲在北京治伤,即给老家去了信,离开这么些年,他也不知家里人谁死谁活。这封信轰动了一个村子,唯独奶奶不信,以为是人编出来哄她,因此我爷爷戴上瓜皮帽穿着长袍子去北京探个究竟。

爷爷见了我父亲的头一句话是:"娃,你娘盼你盼瞎了眼。"看到那种能摇起摇下的病床,他又说了第二句话:"娃,怨不得你不写信不回家,睡了这么好的床,你还能想咱家的炕。"说完就气呼呼地回去了,留也留不住。

我父亲伤未痊愈就出院赶回老家。那之前村里整日都有调皮的后生小子冒充父亲来逗奶奶开心。我奶奶只摸人家的额头,摸一个就说:"你不是,滚吧。"我父亲幼时摔下炕,额前有条疤,奶奶是记着的。

父亲跪着见了奶奶。他摘下军帽,奶奶只一摸就连说"是了,是了"。据说当时母子相见,并不特别激动,这大概是他们的性格所致。父亲在他屋里见到了小山似的一堆鞋,一辈子也穿不完。他拣出一双带回来,保存在箱子里。

我成年后试过那双鞋。四十三码的脚伸进去前面还空一截,比我矮半头的父亲根本不能穿。我想这或许是由于奶奶双目失明,手头没了准儿。还有另一种可能——父亲在奶奶心中,早已长成了巨人。

枣、核桃,还有柿饼,到现在也不是什么值钱的东西,我仍爱吃,作为一种习惯,今生难改了。而这习惯竟是一个从未见过面的人帮我养成的,真有些奇特。这习惯常让我想起老家院中的几棵树,和树的根。

我奶奶是缠着小脚的女人,到死也未走出过老家半步。她的名字叫晋氏,在中国,这几乎是一个没有名字的名字。

生命的歌

当我在深夜接到紧急电话,匆匆赶到一所军医院的病房时,我迫切需要见到的这个人,已经倒在病床上,脑溢血使他陷入深度昏迷之中。

这是一个老布尔什维克,和所有从艰难岁月走来的斗士一样,他身上布满战伤,犹如死神留下的吻痕。小腿上的那一处,是他穿越日军封锁线时被机枪扫中的,他拖着伤腿跑了十几里路才倒下。而手腕上的一块,却是因为他纵身从空中接住了一颗手榴弹。敌方那家伙胆子也大,手榴弹来去一个半回合才爆炸。他被震昏了,醒来满脸是血,糊住了眼睛,弹片永远嵌在体内成为他骨骼的一部分。他的面颊上还有一个不起眼的伤疤,子弹就从那儿射入,击碎上颌的几颗牙齿,又从后颈逸出,当时他正跃出战壕,指挥战士冲锋。昔日我曾听他谈过这件事,他说旁边还有一位战友,运气真好,张嘴呐喊时子弹穿腮而过,从此倒添了一对酒窝,早知道应该先占了那人的位置。他的语气轻松,流露出来的,是一派羡慕之情。我被惊呆了,这个人,简直是把脑袋别在腰里,竟敢作这一番生死谈笑。

现在他不笑了,他闭着眼,笼罩他的是一种接近死亡的深睡。我站在他身旁,轻轻抚摸他满头的银发。

这个人是我的父亲,我身上有他的血统。

我贴近他耳畔,一遍又一遍地呼唤着他,真希望他能突然苏醒,面对死亡再作一次幽默。

几天之后他醒了,但一侧身体已经瘫痪。他不再认识我和母亲以及来探望他的人,他用一种陌生的目光把所有的人推得很远,我从未在如此遥远的距离观望一个人。这是一种无法缩短的距离,任凭你怎样跋涉,也不能够走到他的记忆中去。他不再具有语言能力,甚至连意识也不复存在。

黄昏,我守着我的父亲,想象他的新四军时期,想象他从北方调去新四军工作时,该是何等生龙活虎的样子。我读过他的一本自传,那里面记载着一个对我来说完全陌生但却激动人心的时代。

忽然,我很想唱那支《新四军军歌》,想让父亲熟悉的旋律萦绕着他,而躺在我面前的这条身躯内的血液曾经整个儿为这支歌沸腾过。这么想着我开始低声唱:"光荣北伐武昌城下,血染着我们的姓名。孤军奋斗在罗霄山上……"

奇迹就在这时发生了。父亲那只没有瘫掉的手开始敲击着床沿,他在为这支歌打拍子!那手一下一下地敲击着,有力而准确,合着歌曲的节奏,竟然分毫不差。我不敢相信自己的眼睛,但这却是事实!一个连亲人和语言都忘记了的人,他却没有忘记年轻时唱过的一支战歌,这支歌早已和他的生命融为一体。一瞬间我猛然意识到,这个被我叫作父亲的人,他青年时期建立的信念和终生为之奋斗的理想,是那么牢固地浇铸在灵魂深处,从来也没有被摧毁。他的手绝不是无意识地抖动,歌停手亦停,歌起手亦起,他认真地敲击着,一丝不苟。他的嘴唇同时在翕动,他分明是在唱,不是用声音,而是用浑身的热血

— 34 —

澎澎湃湃地唱。此时他在哪里？在新四军一支队,在战地服务团,在军部,还是在激战的黄桥？

我被一种巨大的力量包围和震慑,一遍又一遍地唱着,记不清歌词的地方就哼着曲调。谱曲的何士德是父亲并肩而行的战友,那时他们都是年轻人,他谱曲,他唱,整个新四军都在唱。八省健儿汇成一道抗日的铁流,浩浩荡荡,穿越时间的峡谷,使我的血开始涨潮。那只手不停地敲击,犹似雄健的步履声,又像父亲的心音:"东进东进,我们是铁的新四军。"

我记不清自己唱了多少遍。停下来时,我的母亲,父亲的战友,还有护士,满屋的人都在流泪。父子之间,我们用一支军歌作生死的诀别。

后来我接过了父亲的骨灰盒。走向灵车的时候,盒子还是热的,仿佛父亲的体温。《新四军军歌》的旋律依然回响在我的脑海里,我想我是在送一位老兵远征。

接着我的心中便涌出诗来,那是出自新四军名将之手,被人们传诵的诗句:

此去泉台招旧部,

旌旗十万斩阎罗。

我父我母

平日我是讨厌天空乱下雨的,但清明时节我倒主张能下点儿小雨,细雨和风,把世间的景色处理得浅淡一些,才有清明的气氛。这样的天气才适合上坟,追忆往事,怀念故去的亲人。艳阳天反而不合适,那会撩得人心荡漾轻浮,不严肃。另外城市里车多灰尘大,雨水一洒,就清明了。

清明这天我照例要回母亲家,向父亲的遗像献花,鞠躬,和母亲一起纪念他。我母亲兴的规矩,不只是在清明,我们还要在父亲的忌日及春节、中秋等日子向父亲行礼。礼毕大家就坐下来,说说笑笑地吃一顿,说的吃的都无什么禁忌。母亲的心思我知道,她是想借父亲的名义把儿女们都召回身边,感受从前那种家庭气氛,并不是让大家聚拢来悲痛一天。父亲去世多年,悲痛的时刻早已过去,怀念却是永永的,不伤感,很甜蜜。我们兄弟姐妹几人天性幽默,因为父母都是很幽默的人,无论处于何种境况,这个家从不缺少笑声。回忆父亲当家长的往事使我们感到快乐,我们没有必要假装不快乐;笑声使父亲离我们很近,死亡似乎也不算一回事了。依照父亲的脾气,他肯定希望我们热热闹闹地过,健健康康地活;逢年过节的,一家子凑到一起哭哭啼啼,成何体统。

我是家中的长子,没有父亲以后,按照中国的传统,我本应该"长子比父",挑起生活的担子,可这些年我只顾埋头写作,一不留神让两个妹妹出了国,一个弟弟经了商,再想聚齐已很不易。其实我连一天"比父"的机会也不曾有过,我母亲长期听政专权,老人家跟西太后似的,在家设一言堂,事无巨细,一律独揽,眉毛胡子一把抓;她甚至还打电话给各国的妹妹干涉她们的家政(诸如穿哪件衣服扔哪个罐子之类的杂事)。我始终像个被废置的王储,郁郁而不得志,连妻子都成了母党的人。因此一怒之下,散发弄扁舟,我就当了诗人。去年年初,母亲兴之所至,突然动驾出国巡游,她隔洋遥控,让我即位十个月。我手忙脚乱,既抓不成革命,也促不了生产,这才发现自己连做傀儡的料也不是,赶紧致函致电,请她回来继续领导我们。朕爱江山,朕也爱美人,但是,朕更他妈热爱写作。

　　不过说实在话,看见母亲精神好,能管事,我心里还真高兴。她本是大家闺秀,年轻的时候也很新潮,参加革命后工作到离休,并无治家的经验,却硬着头皮治了,不容易。父亲死时子女中一个结婚的也没有,母亲帮我们先后成家立业,一个个送出去,又把孙子接回身边搞隔代亲,惯得不行。眼下一大家人天南海北,全靠母亲这个中心联系着,也是我们的福,所以她爱当西太后就西太后吧,没有这位老太太坐镇,还反了你了。

　　在母亲跟前我是个大孝子,但挨骂也最多。主要是因为我的顺民的当久了,对她的统治难免要提些意见,发发怨言。比如在纪念父亲的仪式问题上,我认为献一束鲜花是最好的表示,母亲却嫌不够隆重,她偏要再摆些糖果糕点上供。我们之间便产生了分歧。我很了解母亲的心情,她觉得我父亲一生革命打仗,工作操劳,日常典型的饭食是两块干馒头一杯白开水,没有享过半天福,不摆些供品不足以表达心意。而在我看来,对于一个革命者的纪念不应该太流俗,再说供品都让孙子偷吃了,虫牙都吃出来了。我的观点让母亲不高兴。这一次,她又对我说,按她家乡的风俗,清明节还应该烧些纸,因为鬼缺钱花,这一天要回家拿钱。我听了又笑,说您老也是一个共产党,怎么越老越迷信了?像我父亲那种性格的人,能回家来要钱吗?母亲又生气。我知道是我不对,话不该那么讲,母亲哪里是迷信,她是想着念着我父亲。母亲一生气就指着我说:你,一点儿也不像你爸爸。

我得承认,我的外形差不多与父亲没有共同之处。父亲的模样像个胡人,身板敦实,一脸络腮胡,一看就知是条西北汉子,而我的身材相貌都随母亲;父亲是O型血,我是A型,也随母亲。这不能怪我。可要说一点儿也不像父亲,也是不科学的,我觉得比较正确的说法应该是,在我身上,尤其是性格中,既能找出父亲的影子,也能找出母亲的影子。

我的母亲口才很好,讲话富有感染力。"文革"中挨批斗交代问题,她能把她的经历讲述得让斗她的人听入了迷。这方面我仍然随母亲。我的口才大概不错,听我聊天的女性一般都不会讨厌我,当然也不至于太喜欢。母亲挨斗那阵我正干红卫兵,在家联合妹妹与她大辩论,她跟我们嘻嘻哈哈的,使斗争进行不下去,我们很气愤,就怀疑她是特务,企图在她的假牙里找出发报机,好借此拿她一把,以便平时找这位特务多要些零钱花。

我父亲这人虽然幽默,却有些口拙,自打他跟母亲结婚,真理就一直在母亲手里。他俩相识之初,那时父亲他们已占领了上海,母亲在南京,我父亲发起攻势,派警卫员一封一封地给母亲送情书。可怜那个警卫员,冰天雪地里南京、上海来回窜,立下汗马功劳。取得了那次胜利后,再不见父亲赢过母亲什么,这是他自己追求来的结果。父亲说不过母亲,因此他就严厉,他一严厉就更像父亲。我上学的时候他对我实行体罚,要求我做的事做不好就挨打。他用板子打我的手心,这是私塾先生的做法;他出手快、准、狠,这是军人作风。小孩子大致分两类,一类越挨打越油条,越学坏;另一类越挨打越律己。我属于后一类,父亲的体罚对我是有效的,最终培养出我的自觉。但我仍不主张别的家长体罚孩子,因我不知道那孩子属于何类,万一越打越坏呢?

"文革"期间我父亲也被揪斗,他的态度不好,顽固不化,人家朝他身上糊大字报,他一把扯得稀碎;给他戴高帽子,他抓下来踩得稀烂;有人强制他低头请罪,骑上他的脖子,他一仰身将其掀翻在地,接着便跟人打起来,巴掌扇得呼呼响。被他扇过的人一定终生难忘,我太知道那巴掌的分量和滋味了。他这刚烈的性子也传给了我,不过平时无用武之地。

我的父亲正直,不怕事,胸怀坦荡。那次批斗会跟人打架后,他被挂起来好一阵,等到解放出来工作,他马上去看望还在落难的人,不避嫌。有次去看一个人,那人请他参观一屋的高帽子,纸糊的木制的铁焊的,造型各异,质量上乘,每次挨斗必须要换着戴。我父亲夸这些高帽子造得漂亮,二人各选一顶戴上,坐着下棋,还互相赖棋。

我的父母都不会溜须拍马,我也不会。迫于形势我曾跟人学过,可是各种吹捧之辞一到我嘴里就变了味儿,像在讽刺挖苦,人家听得不舒服。这方面我实在缺乏天资。

我的父母淡泊名利,从前父亲的工作经常调动,母亲就跟着他走,放弃了许多位置。他们都是生活朴素的人,几十年没有添置什么家当。母亲业余爱好烹调,时不时露一手给我们看。她蒸的馒头是死面的,酸的;她炒菜不依菜谱,喜欢临时发明,例如芹菜韭菜炒生姜这一道菜,我相信任何美食家都没见识过。我们斗胆问她:这就是从前你们那个剥削阶级的伙食吗?尽管如此,母亲的自我感觉良好,这一点我完全继承了。我在部队练过蒸馒头,与母亲相比,我的技术是青出于蓝的,并且胜于蓝的。

但我母亲还是常以昔日大家千金的身份嘲笑父亲老土,当时怎么一念之差,竟下嫁了农民。受父亲的影响,我现在也挺老土的。比如外出时我可以西装革履,在家写东西却要换上老棉袄,老棉袄舒坦;另外我吃饺子爱嚼大蒜,吃饼爱卷大葱,见了羊肉不要命;我觉得有羊肉吃就很满足了,这是中农思想。其实我父亲倒不见得土,他能写一手好字,踢踏舞跳得极帅,无师自通;他唱的苏联歌曲都是列宁爱唱的,他走路的姿势也像"列宁在1918",他甚至还笑话别人土气。曾有一个故旧来看他,他忽然问人家:你革命了几十年,怎么还叫这么土的名字,叫什么锁柱,也难怪,你当年参加的是土八路,青抗先的。言毕大笑。

父亲的战友很多,同志们遍布东西南北中,不乏官高位尊者,父亲与他们只有正常来往,不懂得拉关系利用,更不让我去找。我于此亦无兴趣,一代人有一代人的朋友。若干年前某次开会,有个善于钻营的小官僚借着酒意问我:伙计,说实话,你的那些作品,是通过你父亲的关系发表的吧?这年头,干啥事不走点路子都不成。我当时碍于他的面子,竟然含含糊糊地点了头,使这个小人将我视为同道。真是奇耻大辱。如果换成我父亲,他一定毫不客气地拍案而起,用陕西话怒喝:放你妈的狗屁!

我们家的语言结构比较复杂,日常我跟太太、儿子说普通话,妹妹跟弟弟互相说四川话,而大家在一起又随着母亲说徐州话。父亲独自使用陕西话,没有谁跟他学。如今才发现,我在表达重要感情时,脱口而出的竟然是陕音。我未曾在家乡生活过,却觉得说陕西话痛快,底气足,理直气壮。这就是根。

我参军时,父亲希望我能好好干,子继父业。因我是干部子弟,在部队上受到重用,常被派去扛活儿,扛圆木,扛铁锚,扛麻袋。我一扛麻袋上船就踏着跳板唱京剧《海港》:一步一颤,步步颤颤,摔下这过山跳……,大家说我反动。我在军中担任的最高职务是当过一星期代理排长,率领军训的学生割稻子。眼见着距离将军的目标"路漫漫其修远兮",我便辜负了老头子的期望,退伍了。

回地方后,为了对我严加管束,父亲晚年干了一件私事,将我从铁路调回身边,安排在工厂当一名钳工。我当时的心情,如同张少帅被蒋委员长拘押了一样。几年下来学到不少东西,干私活做个台灯、给女孩子锉个钩花针什么的手艺还算凑合。今后写东西写不动了,我打算在路边摆个摊子,那时咱不锉钩花针了,咱修锁配钥匙。

目前我活得很充实,不庸俗,自视还算一个真实的人。从父母那儿继承来的一切在我身上发挥着作用。我的父母都在四十岁上开始白发,这个特征我也继承了。我不打算染发。诗人早生华发,自古如此,我不能违背这一传统。我应该给自己保留一个秋季,决不冒充春天。再说我还想早日尝尝年轻人给我让座的滋味儿。至于别人看着顺不顺眼,我不在乎。我们老了,无所谓了。

几块表，一些人

弄块手表戴在腕上，时间就成为人的饰物，这个发明是精妙的。表使得时间有了形状、动态和声音，那是三位剑客骑着骏马踱步，贴近耳朵即可听见细密的蹄声，清脆悦耳，许多日子就被它一点点地踏碎了。每一秒的消费都是一次性的，既干净，又卫生。

幼时疯玩耽误功课，常被大人痛揍，觉得苦海无边。认真想想，自己并无过错，唯一的缺点是没有表。没有表，理当游离于时间之外，不知不觉地长大。

如今的小孩子早早地戴了表，一样朝疯里玩。因此便知每一个少年实际上都是富翁，有足够的时间任其挥霍。

1968年我入伍海军，军列待发广东之际，意外地得到父亲的一块瑞士怀表。我还满意，因掏出来看的样子很像战争年代的我军指挥员。记得那节闷罐车的新兵蛋子里唯我一人有表，挺践，没事老爱摆弄，傻乎乎地臭显。再一个有表的，是接兵的邓排长，他是扶我上战马的人，长得像现在的歌星郁钧剑。他拥有一块金表，怎么来的不知道，此外还拥有两颗活动金牙，黄灿灿地一笑，又不像郁钧剑了。这两件东西大约是他的全部家当，一路上发挥着军事威力。金表（领导着我的怀表）使全排的作息精确到秒，很快树立起我严格的时间观念；金牙则使每一道命令具有金口玉言的感觉,迅速培养出我令行禁止的战斗作风。不管怎么说,我的军旅生涯就是从这金表、金牙开始的,一生难忘。

新兵训练结束,我下艇后不久,邓排长以参谋身份随船蹲点,连同金表金牙。船靠黄埔那天他挺倒霉的,站在舷边洗漱,一弯腰金表从衬衣口袋滑到江里,情急中他把牙缸的水一泼,泡着的金牙也泼了下去,人就晕了,满口漏风,吐词含混不清。大家觉得他怪惨的,不少人跳水帮他打捞,我也跳了,一时江边蛤蟆蹬腿加上狗刨,异常热闹。那码头能靠大舰,水深,哪里摸得着,我们却又不忍让他立即绝望,就继续扎猛子作翻江倒海状,表演给他看,个个都捉卖块儿。珠江上有靠打捞杂物为生的艇仔,这时飘过一个来,用根带耙子的竹竿捅到江底,瞎蒙着一钩一提,竟钩起了那块金表,神了!众人看得直发愣,白扑腾了半天。那人取下表扔给邓排长,也不理会大家的捧场,掉头划桨飘然而去,像一个侠。邓排长喜出望外地买了一筐荔枝酬谢我们的表演,又散了好几盒"轰收"牌香烟(应是丰收牌,"轰"乃没有金牙的念法)。那金牙仍沉在珠江水下,是我迄今所知的唯一一处宝藏。

艇中队还有个陈艇长,河北人,左撇子,一身毛,有家庭负担,从牙缝里抠钱买了块日本西铁城,很爱惜,又很不爱惜。他打完球,泡了一桶脏衣服,就再找不着表了,也想不起丢在何处,独自坐在系缆柱上望海,极忧郁极伤心。三天之后洗那桶衣服(这人邋遢),变戏法似的从一只湿袜子里掏出那块表来,竟未进水。他还干过多次洗澡游泳忘记摘表的事,心痛不已又屡教不改;有天他捡石头掷海鸥,胳膊一甩,西铁城也脱腕飞去,眼睁睁看它落入海中。那天涨大潮,大家都说这回彻底玩儿完,没戏了,谁知潮水退尽,表却好端端地搁在一块礁石上,他连滚带爬地扑向前,如获至宝。陈艇长平时无架子,人缘好,有福相。他曾手书"爱兵如子"的条幅自勉,几个老兵见后,便商量着捶了他一顿,原因是他年长不过几岁,想当大伙儿的爹。这人后来转业了。

至于我那块怀表,在部队农场劳动时曾被指定挂在床头公用。夜里不知哪几个熊兵逃岗拨表,弄得我们一伙人黑灯瞎火地爬起来整队出操,口令喊得震天响。首长闻声从草棚里伸头直骂:"搞什么名堂!深更半夜的穷折腾,都疯了!"一看他的表,才三点钟,我的怀表已经六点多了。我们没疯,是表疯了。

1970年在虎门附近航道避台风,艇上一只帆布桶被刮到江里,我跳水抓住桶,把绳子缠在胳膊上往回游,不料风大浪急,桶中灌水,像锚一样拖牢我下沉。那一瞬间我听见了怀表的声响,无比巨大,仿佛在测量我向死亡冲刺的速度,又如心脏跳动在体外。我第一次领受到时间的冷酷无情。此时我并不后悔,满脑子英雄的感觉,眼前甚至浮现出我被追认为烈士的庄严场面。接着有人放救生圈把我拉上甲板,水淋淋地站着,挨剋。领导说为了个破桶送命,是事故,毁我长城,屁都不算。我满腹委屈,当个英雄真不容易。

我当老兵时探家,用怀表换了父亲的一块劳力士(他手腕有弹片,不宜戴表)。一个士兵戴着世界顶级名表,搁到现在也是稀罕事儿,只是周围无人识货,我也奇怪它怎么有个劳动阶级的译名。这表在我手中发挥的最大作用,是借给一位湖南农村兵回籍相亲,他还觉得表形不咋样,不如国产的"东风"漂亮。亲倒是相成了,手表还给我,老婆归了他。

我对劳力士的态度一般,戴着它也干些敲敲打打的力气活,它似乎不太防震,老停,常躺进广州亨达利表铺消耗我的津贴费。表铺一老师傅将它大卸八块,那程序我都看会了。老师傅工作认真,脾气比劳力士还大,他讲的普通话是我听到的最糟糕的一种。

回重庆后,有天上街被人苦苦纠缠,说是弄丢了别人一块劳力士,要赔。我心一软,就由他拿两百元钱将表买了去。熟人知道了都替我惋惜,认为我被骗了。我倒觉得没什么,名牌不名牌的,意思不大。

眼下这种表又成了身价的象征。我有大款朋友花巨额购得一块,挽着西装袖子冒富,我就跟他打赌说:你敢两百元卖了它么?他不敢。我敢。

后来戴的表牌子杂,越发地不经用。前些日子又搞坏了一块,懒得再买,便从杂物盒里翻出一块老上海,上足了条,甩一甩拍一拍,走了,而且很准,每天只慢三分钟。我还嫌它走得太快了,"一寸光阴一寸金"的道理,只是现在才真正懂得,不由羡慕起挥霍无度的少年们。其实也无所谓,或许时间这东西,本该浪费一半,珍惜一半。想想浪费掉的一半,方可领悟生命的乐趣;珍惜剩下的一半,才能知道生命的意义。

人若能发明一种表,一倒拨,昔日的光阴即能重现,也很好玩。这似乎又不是表的事了,而是造物主的事。但思维是可以倒拨的,我一拨,便想起了从前这些事儿。

过生日,吹蜡烛

生日年年过,是很个人化的节日,可看作迷你型的元旦。也不妨当成圣诞,自我陶醉。一个人其实就像颗小行星,围着太阳转,到生日这天又回来了,周而复始。不过圈转多了,也就无所谓了,我现在对地球的元旦都无所谓,何况个人的。当然,我也没有必要不理睬自己,在这个日子来临之际,我通常要举行一种简单的仪式,将左右两手紧紧相握,以示庆贺。是的,这么多年,我跟自己一直团结得很好。

最近又过了一次生日,不知为什么太太硬要送我一件礼物,我选择了笔。我热爱笔,犹如农民爱锄,工人爱铁锤,因为此生要靠它养活。虽说已拥有一台电脑,但感情上十分排斥,我宁愿继续提笔写作,再花钱雇儿子将文稿敲入机器,很发贱。我在商店相中了一支派克笔,三百多元,手感挺好,前段时间还不止这个价。营业员小姐告诉我,价格下降是由于关税作了调整,我听罢,又将笔还给她了。好像看过一则报道,中国近期入关的可能性极大,算了,等入了关再说。我们这一代人,艰苦朴素惯了(没准儿哪次开会,还能发给我一支)。

我作了一个分析,发现人对生日寄予希望,大都是前半生的事。从做小孩子开始,盼上学,盼入队,盼逃学(赶快毕业),盼当兵,盼成为国家公民……这些心愿全要靠一个个生日来实现。有段岁月我甚至还盼结婚,只因本地提倡晚婚实行了土政策,婚龄比法定的要迟好几年。那时我刚从部队下来,尚不知女方是谁,却看见身边的和尚一个个地还了俗,急了。等到迈过土政策的坎,松了口气,开始张罗对象。如今结在婚中多年,回想当初的心情,还是很有必要。

我在部队里的表现,马马虎虎算个捣蛋兵,但绝对不是一个坏兵。十六岁下艇分到轮机班,积极靠拢组织,一心想当麦贤得,初步计划争取十七岁入团,十八岁入党。最好能在生日那天碰上战斗,火线入党。不料我看了地方上的传单,热衷于搞小广播,在公开场合说林彪的坏话(其实都是真话),十七岁生日一过,就被命令卷铺盖上岸,由两个干部一个战士给我办学习班,住进一间库房,并明确规定不准"三通"(通信,通电话,通风报讯)。我对问题的严重性毫无认识,心里反而不住地乱高兴,原因有三:一是陆地上架子床宽大,不晃荡,睡着舒坦;二是每天学习提高认识,再不用值夜岗,一觉到天明;三是仍享受海灶待遇,由三个人陪同回艇中队吃派饭,看见哪条艇的伙食好就吃哪条艇。这一来,显得自己很重要。战友们都知道我犯了"两巴"错误,并且是很危险的"上巴"错误(政治言论出问题。群众土语:男人有两巴,上巴和下巴。上巴即嘴巴。下巴犯错似指生活作风出事了),大家见到我,笑得不自然。我也不在乎。他们三个同志对我真的很好,午觉都睡得很死,我便溜出去找老乡海吹神侃,一晃大半天,自在极了,别说三通,八通都通了。后来才知道,我一失踪他三人便急出满头汗,四处乱找,怕我想不通,自杀。我觉得很可笑,我正活得有滋有味,哪能呢。我这辈子都不会自寻绝路的,有朝一日不明不白地死了,那一定是他杀。关于我的问题,他们三个也说不明白,大概是要通过我找到"五一六",真是瞎耽误工夫。这三个同志似乎也不认识林副主席,对他谈不上什么深厚感情,每天学习跟我抬杠,东拉西扯,越发纠缠不清,弄久了大家倒像是一伙的。我趁机模仿其中一位的天津话,很快就学会了。此事最后不了了之,我因不知道"五一六"的成员,也就没有出卖谁。回艇后我又被抽去宣传队,普及样板戏演刁德一,很出名。有时下海岛演小节目,我能说倍儿溜的天津快板,学习班总算没白待。我在宣传队很快入了团,至于入党,由于林彪晚爆炸两年,没入成,所以林彪这人真不够意思。

回想当兵的日子,还是很快乐的,年青人在一起,能闹。城里来的兵,小资情调浓,还特别爱凑着给人过生日,免得谁到这一天寂寞,抹个眼泪想个家。训练团一大队带新兵的班长里有个小杜,1969年入伍,没事就过生日玩儿。有天嘴馋了,他对班里说:战友们,今天班长过生日,大家别介意。新兵们一听,欢天喜地,买回一堆时鲜水果开联欢会,小杜自己也带上一份,不白吃。过了段日子嘴又馋了,他又对班里说:战友们,今天班长过生日,阴历的。新兵们又买回一堆水果。再隔一个月,他继续宣布:战友们,今天班长过生日,阴历的,闰月。事不过三,他偏过四,没等几天照例宣布:战友们,今天班长真过生日,以前的不算,逗你们玩儿。就这么反反复复地过下去,上瘾。他带的兵,个个训练合格,活泼可爱,外出搞野营拉练,他那个班走一路,闹一线,驻一地,闹一片。后来小杜调走了,新兵们还怪不习惯。林子大了,什么鸟都有。

记得二十岁的生日临近,那时林彪也炸球了,我从基地宣传队回沙角艇上待了几天。几位战友想为我搞点儿小庆祝,小董专门请假跑回肇庆,让他妈做了两大瓶熏鱼,生日那天一伙人还想弄些鸭蛋炒了下酒。大家瞅准了部队一鸭棚,里面养鸭上千,派有俩傻兵看守。晚上我们鬼鬼祟祟拎着个小筐,企图摸进去捡鸭蛋。谁知鸭子比狗还精,无论我们怎样蹑手蹑脚,仍能惊醒它们嘎嘎乱叫,成千只鸭子的叫声吓得我们飞跑。大家只好聚首在一小交通艇舱内,各自带些罐头。小雷回艇打开锚链舱,把他们的战备啤酒都提来了,众人一气猛灌,完了把瓶子统统扔进海里。一夜风浪过后,翌日清早各艇的水兵全被哨子吹到甲板列队,艇长们虎着脸,大家朝海中一看,顿时傻了眼,水面上漂着一片啤酒瓶,东窗事发。那天小董小雷纷纷作检讨,痛心疾首,唯我一人乐呵呵地返回宣传队。年青时我就是这么个人,无忧无虑,乐观,开朗,豁达(还想说自己一些好话,找不出词儿来了)。

人过四十以后,生命已变得成熟,心境也淡了,我希望能把日子过得平实,随和,自然。对于生日,我也愿尽量过得朴素,简简单单地过,就像真真实实地活。这样的想法,也未经过深思熟虑,走到这一步,许多事忽然就明白了。生日重复太多,过不出质量和新意,挺乏味的。我这人不喜欢重复。曾经读到一个小资料,说地球上每天都有千百万人在过生日(具体数字记不清了,我除法不好)。千百万人同庆,那还不成了盛大的节日?一个人混迹于其中,一点也不起眼,不重要。凡事人一多,就没劲了。这世界,少了谁都行。

但我还是有兴趣观摩别人把生日过得热热闹闹,像那么回事。年青人就应该猛折腾,把生日过得浪漫新鲜一些,以庆祝自己接近辉煌;老年人则不妨把生日过得隆重喜气,以庆祝自己还活着;富人们当然要尽可能把生日过得盛大铺排,否则商场饭馆里那么多好东西卖给谁去。报纸上登过一有钱的女人过生日,雇来一群打工农民围绕市中心的解放碑转圈儿,举着扁担高喊生日快乐。我觉得她还不够富。真要是有钱人,就雇他一帮总经理来转,手举大哥大。那多气派。

总之各人选择各人的生活方式,人间才花哨,才好看。

实际上,在许多生日我喜欢回到母亲身边。我的母亲要做一碗面给我吃,还要买生日蛋糕插上小蜡烛让我吹灭,这两种仪式我都乐意接受。吃面,是在接受母亲赐予的健康;而吹蜡烛的感觉,就像一口气吹走以往所有的日子,没有过去,只有未来,那是真正初诞的感觉。

人立竹下

雨季满街都是黑伞花伞,不见斗笠,忽然就有些想它,瞎怀旧。

以前翻书常撞见"笠"字;读它,读出无限的诗意,又感叹。一顶笠,曾为中国人挡住几千年的烈日风雨,遮盖着那么多的朝代和故事,真不容易。朝代变换速朽,而农人的劳作、渔翁的奔波、樵夫的山歌及牧童的笛声却是永久的。

"笠"字似一人立于竹下,我一直猜测那人是谁。这帽子他顺手便发明了,很随意,就地取材。他为历史发明了一顶帽子,成了传统和象征。我想他应是一位先知,预测几千年。

有时又想历史戴着斗笠的模样,实在像童话里的大蘑菇,极可爱,也有点儿滑稽。

在和笠有关的故事里,我很敬重那些守节的高士,对避世的贤者却总是敬而远之,他们太自爱了。太清高了太淡泊了,就有些假了。人有时要沾上那么一点点俗,才显得真实。

我最喜欢独身的侠客,他们总是以笠掩面,漠视城门的悬赏通缉告示,持刀向一条杀机四伏的路,冷落着世上的女人。那神秘的行踪与英雄气概永远使我着迷。

还有一些不得志的文人和宦海失意的官僚们,也纷纷退隐到笠下,各有苦衷。人的欲望大时无止境,而躲入一个小小的圆中,却也能满足、安静。

特败我情绪的是一蓝衣社特务,绑票暗杀,无恶不作。他却有一副好名字,名戴笠,字雨农,号春风。极富诗意。其人其名相联,我很扫兴,美感惨遭破坏,诗意荡然无存。我觉得历史好像在开玩笑。

二十世纪六十年代随家迁到重庆,此地有两种景象令我惊奇:一是在市区穿行不时可见农田;二是雨天城里人多戴斗笠。那时上街常能遇到打着赤脚穿毛料裤戴斗笠的行者,表明这城市正在进化。

曾有许多细雨清晨的好梦,都被送奶人的吆喝声打断。他着一顶斗笠,推车载两桶牛奶,是位很忠厚的司晨者。从郊区生产队的牛奶场到我们家,要穿过大片水田,他的牛奶里常能喝出一些小蝌蚪及好玩的小螺蛳来。

我转入的一所重点中学也允许打赤脚上课。印象中,教室的后墙总放一排湿淋淋的斗笠,和几名罚站的男生,像个乡村学堂,校风与我在南京就读的学校迥然不同。南京那学校穿圆领衫都不得入内,校方训话常提及该校前身为"国立特级中学",据说蒋介石还当过名誉校长(这人有校长癖),我听见老蒋的名字就不高兴。我一心要做毛主席的好学生。

来重庆读书我的身心获得了极大的解放,可以赤脚戴笠和同学顺着山坡往下滑,滚一身泥回家挨骂。也跟人拿斗笠扔着玩儿,像后来的孩子扔飞碟。只是斗笠不如飞碟飘逸,又不结实,扔一阵就散架。破坏了两毛钱的家当,大人断不肯轻饶。那时有两毛钱就很阔了,可约同学跑路到江边,买船上剥了皮的橘子吃。那些橘子船专来卖皮给药店,橘瓣儿就地处理,一分钱一斤。大家每人买一书包走着吃,完了再把书本装进去,黏黏糊糊,好几天都能闻着橘香。橘子上火,两眼发红,嘴角起泡。读了一篇介绍降落伞发明史的文章后,我曾效法文中一古少年,拿着几顶斗笠试图从楼上往下跳,被大伙儿坚决制止了。我不死心,又参加学校跳伞队,被跳伞塔吊到半空扔下来,跺麻了双脚,摔伤了臀部,晚上趴着睡觉。我父亲给我按摩,这是他的巴掌触及我屁股最轻柔的一次。反差太大,我受宠若惊。

重庆方言骂人,有"尖脑壳"一词,其义与"戴绿帽子"相同。此地的斗笠皆是尖顶,所以雨天人人都成了"尖脑壳",互相取笑,又都戴,也不改革斗笠的样式。烈日当顶时斗笠无用,大家只戴草帽。那些草帽上都印着红字"农业学大寨"或"人民公社好"。

记得我上学必经的山坡上,常见一老农(贫下中农)荷锄下地,戴斗笠,披蓑衣,雨中看他的背影往往使我入神。他使我领略到一种田园的风格,很古的诗意。他是个瘸子。他的步态又让我联想起一出京戏《打瓜园》。我从他脸上看到一种真正的满足,难以忘怀。有时觉得他简直就像闹市中的隐士。他的女儿不戴斗笠,把裤管捋得高高的,双腿极美。我那时还小,看成熟的少女挺不好意思。现今老农和女儿都不见了,那农田变成一座水泥厂,环境恶劣。

出川当兵后,看到广东渔民的斗笠,小巧精致,始知重庆的那一种大而粗糙,与原始的发明相比,几无变化。广东打鱼的女人,不论老少,身材一律娇小玲珑,戴同样的笠,穿同样紧身的衣裳,从背影上看不出年龄。我们在艇上轮流做饭,常对着渔女瞎喊:"细佬女(小女孩),有冇哈(虾)卖啊?"待船划近一看,是个老的,还满脸怒气:"大军,宾(哪)个是细佬女哇?我是你阿婆!"我们赶紧赔不是,也不敢砍价,多亏阿婆拥军,买卖公平。有时反过来,把小的喊成阿婆,她就很高兴,又占你的便宜,又赚你的钱。

我离开广东时,曾带了一顶渔笠准备教育重庆人,在衡阳转车被人偷了。以后去过不少地方,见了各式各样的斗笠,都很实用,是农村人不可少的东西,出门必备,从前还要多带几双草鞋。人行千里,一路扔草鞋如扔老婆,斗笠却相伴始终。"文革"时看过油画《毛主席去安源》,老觉着别扭,想一想,是由于画上那把雨伞和那双布鞋的缘故。不管历史的细节如何,若画成斗笠和草鞋就顺眼了。湖南产斑竹(那斑点是湘妃们的眼泪),自然也产斗笠,当地农人多着草鞋。毛泽东是农民的儿子,他是不会忘记这两件东西的。

近年看电视剧,斗笠和草鞋又回到毛委员身上,比较有真实感了。

而武打片中,侠客们的斗笠更是大派用场,除用作盾外,还可以当兵器。像我当年那样扔出去,切下一排人头后,又回到手上,如回旋镖。导演们的功夫大出我的意料。我因偏爱侠客,看着极过瘾,不真实也罢。

重庆人早不戴斗笠了,已然是西装革履,钢骨洋伞坚挺,进化完善,农转非。斗笠上了酒店的墙。据朋友说,这是从日本学来的。房间里挂上斗笠蓑衣什么的,就有了格调,就高雅,显出文化的纵深感。

流行的东西总是很俗的,一旦濒临灭绝,便上档次,高贵。凡物大抵如此。

不管怎么说,历史戴够了这顶帽子,要摘下它了。

有心人应赶紧收藏几顶斗笠,将来抛出去,他们高雅,你赚老鼻子的钱。

谁若能为未来再发明一种帽子,字典上或可新添一个象形字。我到各类植物旁转了一圈,至今无灵感。不少人也常去,多为练气功者。

未来兴许不戴帽子。

回首再看竹下那人,他仍立在原地,不动,大智若愚。

南方不下雪

我八岁时,在南方的一座大城市里读书,而那年的春节,却是到山东的一个小村庄里度过的。在那个村子里我认识了二蛋。

二蛋样子很丑,用袄袖擦鼻涕,傻头傻脑的,十岁了才读小学一年级,还没学过汉语拼音。他爹老赵抗战时替我父亲的部队带过路,被鬼子打瘸了一条腿。平日老赵给人家杀猪,二蛋有空也跟他学手艺。

我住在二蛋家里。二蛋人来疯,招来一群孩子来看城里的洋小子。我也就认识了十二岁的小五,九岁的狗子,还有一个女孩妮子,和我同岁,长得很秀气。他们一律都是二蛋的同班。

我对他们说:我是来看堆雪人的,南方看不着。妮子就问:南方不下雪吗?我说:不下,只下雨。妮子又问:真的?我说:不骗你,所以我才来看堆雪人。二蛋说:雪人有啥好看的。我听了有些丧气。小五和狗子便说:等下雪了俺们给你堆一个。老赵凑过来问:堆个啥?孩子们齐声喊:雪人!老赵听了笑:俺当是个啥宝贝哩!

二蛋每天跟他爹到邻村给人杀猪,很晚才回来,后来去得远了,几天都不见影。小五带我到河边砸冰窟窿捞鱼,我滑了进去,棉裤浸得透湿。小五被他爹一顿好揍,又关了起来。狗子去了姥姥家,说是年三十才回。只有妮子陪我玩儿。我问妮子:啥时候才下雪呢？妮子眨眨眼睛对我说:明天。

明天果然就下雪了,一连下了好几天,年三十才打住。二蛋和他爹没有出去杀猪,三十晚上我和他们坐在炕上吃饺子。村里的规矩,三十晚上不兴串门。但是二蛋仍然窜出窜进了好几回,"呼哧呼哧"的,鼻涕拖了老长。大家说除夕要熬夜,熬到初一,我是顶不住的,不一会儿就迷糊了。

第二天一早就听见妮子拍着窗户喊:毛毛哥!毛毛哥!村里"噼噼啪啪"响着鞭炮,我跳起来跑了出去。院里的景象把我惊呆了。一个大雪人屁股冲着我站在院中,周围的雪被铲去了大半,露出了黑土。二蛋拿着簸箕,小五搂着扫帚,狗子一手捧一个铁碗,妮子脸冻得红红的,老赵拎着一把铁锹,棉袄放在石碾子上。他们都冲着我"嘿嘿"地笑。

我绕过去看我生平第一次见到的雪人。那是一个真正的雪人,又高又大。它没有脚,身上拍满了手印,是二蛋他们的。它的嘴是用一只玉米做的,露出金黄的牙齿,眼睛是两块黑炭。它头上戴着一顶草帽,没有耳朵,长手的地方插着两把破扇子。妮子递给我半截青萝卜,要我给它装上鼻子。老赵抱起我来,我把萝卜摁在它的脸中央。我觉得它简直像一个皇帝。它的肚子上写着几个字:毛毛你好!"毛"字都多写了一横,但是我认得。

转眼过去了几十年,我家早搬到了重庆。两个多月前忽然收到二蛋的信,说他后来参了军,当连长时在中越边境上炸飞了一条腿,跟他爹一样了。他偶然读到了我的书,又从一个部队作家那里打听到我的地址,就写信来了。狗子出息了,在济南当企业家。小五"文革"中用刀砍造反派,坐了几年牢,现在华北油田当工人。妮子是县中学的教师,一直没有嫁人。信上还说,今年他们约好了回村过春节,到时再堆一个雪人,用手指写上:毛毛你好! 照张相片给我寄来。

我读了眼睛一热,赶紧回信说:"毛"字一定要多写一横。

爆米花

好些年没听到炸爆米花的声音了,砰!惊天动地。小时候门外来了炸爆米花的,只要一砰,各家的孩子便全丢了魂儿,旋即蠢蠢而动,拎上米袋子抓个小板凳,争先恐后跑到摊前排长队,那真是一项规模较大的解馋活动。院里也常来些个吹糖人的、卖小风车的,都不及这生意热闹。它有魔术般的制作过程,振聋发聩的音响效果,没有哪个孩子能抗住它的诱惑,一声爆炸之后,奇迹白花花地诞生,吃的幸福降临,是多么令人惊喜和向往。

孩儿们管爆米花机器叫定时炸弹,因其形似,特别是尾部还有个仪表,起定时作用(实际可能是压力表)。摊主将它架在炉子上转,拉动风箱吹出旺火,大家又称此过程为烤炸弹。火候到了,摊主把机器捅入一麻袋中,使出憋屎的表情,脚踩手扳,这一招也被大伙儿取了名,唤作踹地雷。依照小孩子的说法,那炸爆米花的整个儿是在玩命。

踹地雷时胆小的孩子捂着耳朵跑得贼快,胆大的就极兴奋,纵情高呼战斗口号,内容多从电影上学来。譬如:同志们冲啊!为了新中国,前进!战友们,永——别——了……等等。随之恰到好处地一声巨响,尘土飞扬,香气扑鼻,许多人作牺牲状,以慢动作倒下,而涎水也在此刻流出。如此循环表演,生动逼真,决不马虎,直到浑身稀脏。摊主也乐于积极配合。所以炸爆米花又是我见过的最壮烈的食品加工,让孩子们经历了各次战争,完成英雄壮举。有次一个小孩喊的是:鬼子偷地雷啦!那摊主猝不及防,习惯性地一踹,砰!稀里糊涂当了渡边,自取灭亡。孩子们捧腹哄笑,一个也不陪着牺牲。摊主受了捉弄,气不过,拒绝料理该小孩的米,把他罚出队,给多少钱也不炸。小孩眼泪汪汪,无限后悔。

有个老留级的丙等生,会飞起一条腿用巴掌拍鞋底,沦为院霸。我们打不过他。每次炸爆米花他都跑来,歪戴帽子手叉腰,搜刮民膏(见人分一把)。稍不顺从者,必被强迫钻他的裤裆,当韩信。某天一东北摊主见此情景,龙颜大怒,使个脚绊子将他绊趴在地,扒了裤子用鞋猛抽屁股。丙等院霸哀号不止。他老子遥遥望见,连喊打得好,过来拽着他耳朵东倒西歪地拎回家,屋里又是一阵乒乓乱响。须臾见他提个口袋捂着腚,规规矩矩到后面排队,再不敢造次。那时的老子比现在的老子好。

自然灾害时期人人都饿,爆米花成了奢侈品,我还记得当年是怎样吃它的。装着十颗玉米花去上学,一节课吃一颗,舍不得嚼,要先在嘴里含软了,再分几次徐徐下咽。八节课下来还剩两颗,送给最铁的伙伴,乐得他帮我连抄五课生字新词(每字词十遍)。

那时家住南京,院里来过个炸爆米花的,不知怎么被人发现他在麻袋里缝了夹层,每炸一锅便暗中克扣一点儿。大人孩子全愤怒了,即刻罢炸,要扭送他上派出所,吓得他跪地磕头。小孩子集体把他轰了走,还唱着一首儿歌。儿歌跟此事毫无关系,只因当时流行,内容是:高级饼子高级糖,高级老头上茅房,高级茅房没得灯,高级老头掉茅坑……这首歌反映出小孩子对吃的渴望,饼子和糖,曾是我们梦寐以求的东西(高级老头除外)。居委会主任提高警惕,迅速搞清了那人的身份,乃外地农村一管制分子,饿极了逃出来的。她说这就叫阶级斗争,越饿越张牙(原话)。主任特爱斗争人,上我家告过我几回状。

还见过一个衣襟褴褛的河南汉子,缺条胳膊,带着个小闺女挣这口饭(他老婆病死了)。小闺女帮他呼哧呼哧拉风箱,主任在一旁啧啧啧。有掉在地上的爆米花,小闺女就捡着吃,或掏出个小纸包来,舔唾沫蘸一粒糖精放在口中抿,又很仔细地揣好。我因给了她五分钱买棒棒糖,她就让我别排队先炸。主任拿我们开心说:你俩这么好,你就给他做媳妇吧。小闺女跟着傻点头,众人哈哈笑,我闹个大红脸,心里把主任恨得透亮。遂派手下两名小厮跟踪追击(我是司令),暗中用纸弹弓崩她后脑勺,主任大骂:小炮子子,找死啊(日后悟出这一南京骂人话,该是"挨炮子"一语的演化)! 直到看见她给小闺女做了件花袄,新仇旧恨俱消。

现在想一想,小闺女长得怪俊的,忘不了她舔唾沫蘸糖精的样子。我还记得那时炸爆米花的价钱,砰一次五分,加糖精一毛。往后渐渐涨些,再砰,一毛五,又砰,两毛。两毛以后我们就不当小孩了,炸爆米花的好像也难见影儿了。

其实这几年爆米花生意又复出,但机器已不是那个机器,原料也不是那个原料,都是美国的。新机器为一种透明箱体物,上悬一口锅,无炸弹感。不过看见它弄出的爆米花,顿觉形状还是那个形状,馋也还是那个馋。

有天晚上路过,实在忍不住,买了一包边走边嚼,暗笑自己好几十岁的人了,怎会还馋这东西。又碰见一个熟人指着我嚷嚷:啊! 偷吃你儿子的爆米花。我心说:放屁! 我儿子都吃啥? 他吃的是西点巧克力,喝的是太空饮品易拉罐,他能给你想起吃这个?这是我当儿子时吃的。

终归觉得还缺些什么,不满足。回头望望那机器,忽然极冲动极富感情地在想象中补充了一声:砰!

猪来狗往驴推磨

说到猪这畜牲，我心里还是充满了感动，那么忠实地一代一代拿自己喂人的动物，在世界上终归是不多的。

我能从脑子里发掘出很深的记忆来，比如上小学时对一只街猪的印象，以及仿佛与它相关的事儿。这些无足轻重的东西，可以经历几十年而不磨灭，或许自有其存在的道理。我对猪的认识与过去有质的不同。从前我把猪看成动物，现在则把它看成食物，深刻多了。我甚至能在想象中肢解它，并准确说出各部分的名称、做法、吃法及味道。童年时想问题爱动脑筋，如今却更善于用牙齿和胃进行思考。这就是幼童跟成人的区别。

早先家住南京中华门外时，有只街猪体积硕大，如一只被人锯掉半截鼻子的小象，它终日来回晃荡，自愿充当那条街的活动街徽。此外还有一头灰驴、一条灰狗，三牲皆归一磨坊主所养。想必那时尚未出台严格的城市管理法，所以才造成猪来狗往驴推磨的街头景观。今已不大见了。

磨坊临街有棵石榴树。那驴是头公驴，一望便知，工作之余，它就被拴在树旁的木桩上，失去自由，逮谁踢谁。那狗也是条公狗，四眼土种，浑身匪气，没有什么情调，又讨厌又忙活，像一种坏动物。现在想起来,唯有那只街猪赋闲自在,却似乎是个男女不分的家伙。

我甚至也弄不清街猪是什么颜色的。有时它是黑的,又有时是黄的,还有一次它竟然是白的。它属于那种不修边幅、随遇而安的名士,吃饱了当街倒地而睡,晒着太阳,给自己哼哼着眠曲。应该说,它的步态是很乡绅的,袒腹高卧的样子也很有一些魏晋风度。它喜欢追逐一群鸡,看它们扇翅膀,遇见熟人便打个招呼(用鼻子嗅你)。街边若蹲着拉野屎的小孩,它就很感兴趣,凑上去用嘴一拱屁股,让那孩子吃上一吓,提着裤子飞奔。总之它每天就这么吃吃睡睡,打打招呼,掀掀屁股,很快乐。

有时那条土狗很野蛮地来跟猪玩,咬它的大耳朵,又咬它的长嘴巴,一个叫,一个哼哼。我的表哥就说:它们在恋爱、亲嘴。我表哥当时刚进入青春期,想入非非,常说这类刺激性的言语。

那条小街的布局大概是这样的:磨坊紧挨着我们小学的操场,再过去有座庙。庙里住着许多兵,都是到了年纪的军代表,分期分批,不断结婚,很热闹。庙前院子里有几处石桌石凳,我们散学后常跑去开展学习小组活动。小组长由老师派的女同学担任,因为女同学爱打小报告,又爱哭,这两个优点都能使我们老实。学习时街猪也常跑来参加,把长嘴往桌上一搁,就把小组长吓跑了。我们男生兴高采烈,轮流骑猪杀仗,飞沙走石。

有次一男生骑猪打从石榴树下走过,被那头忧郁的驴子一尥蹶子踢得腮帮发青,如屁股上的胎记。驴踢中目标后,大叫。石榴树发绿的时候,它更是吼声震天,往往引得狗也狂吠不止,春天就这么来了。我表哥又说:驴在发情。越说越不像话了。

我至今认为驴叫是最难听的声音。有天看电视转播欧洲足球比赛,又听见驴叫,诧异无比,细分辨,是球迷在吹一种喇叭。类似的声音偶尔也从卡拉OK厅内传出,让我又见当年石榴树。

记得我班一位立志搞美术的同学,赞叹驴灯橛子的姿势十分威风,为了捕捉它的神韵,曾将街猪赶去挨踢,反复多次。完成作业交上去,却被图画老师打个零分,朱笔御批"下流"二字。他深受打击。我们也大惑不解,因为他画得跟那公驴一模一样。现在回想,他坏事就坏在过于一模一样了,驴身上也不是啥玩意儿都能画的。这位同学后来成为一个庸俗的商人,无疑是那头驴毁了他的前程。

有一天,磨坊主要杀猪了,来找军代表借刀,是一把旧式三八枪上的刺刀,寒光闪闪。不久便传来街猪的嚎叫,把人心叫得乱跳。我跑去观看时,街猪已被绳索绑牢在一块门板上,由几个人摁住,磨坊主将刺刀深深插进它的喉咙,血即涌出。突然街猪猛一挣,绷断了绳索,带刀狂奔。一路的鲜血猩红淋漓,夺眶而入,涂满了视觉,算是开了我今生的杀戒。那一刻,心陡然变狠,我感觉自己已进入少年。

我没见过人怎样杀驴,但早在山东时我就吃过五香驴肉,济南至今还有卖的。所谓"天上的龙肉,地下的驴肉",名不虚传。

广东人杀狗的方式,是将它们处以绞刑。1972年我路过东莞一个村庄,看到了奇异的景象:有几只狗被高高吊在树上,像人一样吐着舌头。树下的狗仍然生活在和平的气氛里,散步,追逐,做爱。

遥想当初杀街猪的一幕,其实很失败的,磨坊主的手段软了,他不该给猪留下逃生的希望,让它从血泊中逃到很远的地方倒下。来重庆后,我曾在一个露天球场看过厨师们的杀猪竞赛,最利索者,从放血吹胀剥皮到卸成零件,不过几分钟,堪称无懈可击的艺术。大家拼命鼓掌,仿佛坐在古罗马竞技场的看台。而参观一个屠宰场时,我更加感受到科学的意义,机械化的流水作业,使那么多猪很有秩序地变成同样的形状,分不出哪一片是自己的。许多背背篓的小贩探头探脑,等待买些下水回去,可以卤成佐酒的经典名菜,好吃极了。

前几年听说,美国人流行宠猪热,太太小姐们牵着猪消闲,夸它如何聪明,如何讲卫生,初闻时我也曾暗吃一惊,以为人类真就进化到了要放下屠刀的一天。那么多的小猪能够从猪圈里一跃而钻入主人的怀里撒欢,或趴在沙发卧榻上酣睡,不知是用多少世的牺牲才修来的福分。又一想,这不过是人自己无聊了,换个玩法而已,就跟猫玩老鼠一样。

人到这个世界上,好像无所不吃。我当然不是一个素食主义者(我不配),但我又把动物看作朋友,我对待朋友的做法与别人无异,通常是把它们消化在胃里,又让它们复活在记忆里。

谁若用"猪"或"杀千刀"之类的词语骂人,应算最狠的。另有两个成语:"卸磨杀驴""兔死狗烹",不只表明了人对动物的态度,还包含着人类的谋略和智慧。

真该感谢磨坊主捅向街猪的一刀,没有那一刀,我会永远是个孩子。

看影集

　　我家有影集一摞,内容五花八门,我称之为"时光隧道",平日常拿出来翻翻。其中有本专贴黑白相片的,原是我母亲的收藏,后来也交给我保存。

　　这本影集首页的一角,坐着一个精赤条条的小孩子,光头光脑,肉肉乎乎,手舞足蹈。此乃我诞生几个月时的相片,也是我今生唯一的裸照。经常有爱翻人家影集的女客到我家中,看见这张相片都格外喜欢,认为只须插上双翼,这孩子简直就成了一个天使。然而每当我说明我就是这位天使的化身,女客们又毫无例外地赶紧扭头捂眼,甚至挥拳擂我。她们对待天使的态度反差如此之大,我很纳闷。

　　不过这种天使的状况没能维持多久,大约从三岁起,我便乐于在相片上蓄意破坏自己的形象。相机快门按动的瞬间,我不是歪嘴,便是挤眼,再不然就吐出长舌,或者干脆汪汪大哭,总之一脸坏样。而与我共同立此存照的父母那无可奈何的表情,也就清晰地保留至今,无法更改。有张相片我旁边添了一个笑眯眯的妹妹,身穿一件秃了毛的外套,那些绒毛是被我扯下来当蒲公英吹了!另一张相片上又添了一个妹妹,她的神色却是痛苦万状,因为我正揪住她头顶的翘辫子起劲地拔萝卜。当时我很爱玩这种有益于身心健康的民间游戏。

童年时期我结交了一群狐朋狗友,乌合在一张集体照中,排列如犬牙交错。我的额前鼓着一个血包,那是我着迷武侠故事,练习飞檐走壁所取得的硕果;我的手中还握着一块马蹄磁铁,当时我正热衷于科学,拿着它伺机去给同伙的老子们的各类手表上磁。其余的几位,有人手持长竿——为了去粘树梢的知了,顺便捅碎了教室的玻璃;有人腰别弹弓——用来射击麻雀,但是我们首先射击了路灯,搞得世界一片黑暗。几十年过去,这群小坏蛋摇身一变,居然成为形形色色的好人。为首的傻大个儿,如今是一位将军,他的军事才华,则早在指挥我们打野架时就已充分展露;绰号叫"猴子"的那个,当年常被我痛揍,后来他做了某地的专员,来信自称"猴专员"。

在这本影集中部的"全家福"上,我们家该来到世间的角色全都凑齐了,那时我已开始注重修饰仪表,企图朝一个翩翩少年的方向发展。相片里的我,留着精心梳理的汉奸式的瓦片头,周围剃成了马桶盖状;我的双眼拼命发光,嘴唇竭力合拢,借以掩盖两颗日益见长的门牙,因而形成了一种似笑非笑的神情;另外,我还喜欢在上衣口袋插上三支钢笔来吸引人们的注意。这一切都反映出我的初级阶段的审美观,证明我告别了胡作非为的年代。捣乱的事儿,自有新出现的一个弟弟继承我的衣钵,他的历史发展轨迹大致和我相同。

有段时间,我的妹妹(笑眯眯的那个)突然迸发了美术创作的冲动,醉心于给相片上色,用两毛钱一版的透明水彩颜料和一支廉价毛笔开始了她的艺术生涯。她首先为一位秃顶老师栽出了满头红发,接着又给自己的女友添上了蓝色胡须,使此相成为继达达派画家杜桑的作品《长胡子的蒙娜丽莎》之后的又一杰作。在一张合影上,她把我们老实巴交的表兄变得青面獠牙、面目狰狞,而我则被弄得满脸血肉横飞,仿佛踩中了地雷。她对自己的相片颇费心思,为了达到美化个人的目的,不惜动用所有的颜料,我猜测她是想把自己描绘成一位公主的,结果看上去更像一个妖怪。她艺术上的巅峰时期正处在"文革"年代,我和我的红卫兵战友拍摄了不少手捧宝书姿态僵硬的相片,她统统拿来,匠心独具,纵涂横抹,一扫原作单调呆板的风格,使我们个个都酷似扑克牌上的大鬼。真可谓大笔如椽,具备了给历史画龙点睛的能力。那阵子我整日忙于思考革命问题,无法抽空来扼杀她的天才,忽然又参军离家,更是鞭长莫及,致使她的创作一发而不可收。她的作品多收入这本影集,占了好几页的位置,其技巧发挥之现代,色彩运用之大胆,我后来在纽约现代艺术馆里见到的名画,亦不过如此。这位妹妹现在也去了美国,我打越洋电话对她说,在从事医道之余,不妨也涉足画界,她行。

待到真正的彩照时代来临,我和我的同辈皆已成人,迈着体面的步伐五彩缤纷地走入新的影集,不屑于再与这一本中的相片为伍。如今回首检阅从前的黑白岁月,一页页地翻着,犹似观看人类幼虫的生长过程,不免就要发笑。笑什么呢?笑它的单纯,因为自己已很复杂;笑它的稚嫩,因为自己已很成熟;笑它的诚实以及傻气,因为自己已经变得狡猾,甚至自觉十分聪明。在不断增长的影集里,我老练地摆弄着姿势与表情,或者托腮作沉思状,或者捧书作阅读状,或者挥笔作签名状,与从前相比,实在像是戴着一副又一副面具。然而面具背后藏着的究竟是谁呢?摘下来看看,说不定是一个魔鬼。

两舷风浪一船书

文人爱将盗书之事当作美谈。常见朋友撰文于报刊,眉飞色舞地言及早年当知青时曾在某阅览室顺手牵羊,或在某图书馆浑水摸鱼,以此证明自己嗜书如命,标榜风雅。我也来附庸一回风雅,说这种行为虽也显示出求知若渴的心理,毕竟有辱斯文。小偷小摸的勾当,真正的大盗是不屑于为之的。大盗有什么高招?大盗不盗!他想看书的时候,只坐在原处不动,自会有整座的图书馆飞来堆在脚边,就像从天上掉下馅饼来一样。我当过大盗。

1968年我入伍到海军,在南海舰队的一条木壳老艇上当水兵。小艇一艘,火力薄弱,平日常跑运输。

有一天接到任务,要将"毒草"运到广州去化纸浆。所谓"毒草",乃是部队图书馆的藏书,由一队士兵很严肃地扛着麻袋往船上装。航行途中我回到住舱,就在这时,天上开始掉馅饼了——有一捆麻袋滚落舱内,"毒草"散了满地。舱内只有我一人,眼见着不由得起了歹心,把书全塞进了床下的柜子里。我一不做二不休,索性又爬到甲板上,一脚一袋往下踹,反正也没个数。木壳艇的好处是柜子多,柜子塞满了,我就揭开舱板,把书朝船底倒。我那年十六岁,虽说有志不在年高,但头一回干窝藏"毒草"的事,心还是跳得乱七八糟。

船跑了好几趟,一座图书馆才算运完。几次的收获令我乐不可支,心跳也恢复到正常。这时柜中舱底,书已多到不能再塞进一本,以至于舷边吃水线也略略下沉,弄得艇长直纳闷:怎么船刚大修出厂,船底又长满了海蛎子?

　　有道是运气来时挡都挡不住,我本立志要当一位将军的,谁知命运偏叫我朝读书人堆里扎。我因个子大,占了副长的超长床位,与别人隔断,床边配有台灯,条件之优越,读书之方便,真是得天独厚。从此船开到哪里,我就读到哪里,夜夜伴着风声浪声,孜孜不倦,乐此不疲。所以解放军的确是一所大学校。

　　我拥有的书种之多就不必细说了,我不分类别,每本必读。可惜这些书不能保存,读完了就朝海里扔。我至今仍有抓到哪本读哪本,读完一本扔一本的坏习惯,就是那时养成。

　　二十世纪六十年代末期,在中国南海,每天都为古今中外文化领域的大师巨匠以及死去活着的各种作家举行"海葬"的,也许只有我一个人吧。

　　守着一船书,起初我一人偷阅,后来胆子大了,就弄个红封皮包着书去参加毛著"天天读"。难免不被战友们发现,却没人揭发我,反而都找我借书,也学我包上红皮儿,因此我们艇的"天天读"特别认真,雷打不动。终于有一天,艇长找我谈话。我们艇长很革命,说你欣赏"毒草"要受处分。我比艇长更革命,就说毛主席讲了凡是"毒草"必须先让它出笼才能锄掉。随即便出笼了一套《悲惨世界》供他批判,不料他却被雨果腐蚀得好些日子一脸悲惨。

　　等到我成了老兵,调去扫雷艇上,书也扔得只剩下一大麻袋,退伍时便托运回来。有位战友帮我去提取,毫不客气地扛到他家中,再未还我。一船书籍伴随我几年岁月,最后我竟连一页也没留下,真是大象无形,妙不可言。

那袋书好像半是哲学,半是文学与历史,我的战友如果用心读完,他现在也该是一位学者了。

满室书香

当年一个无锡人和一个北京人争夸自己家乡，先是比风景名胜，互不服气。后来无锡人说我们无锡大米是有名的，蛆那么长(这个比喻不恰当)。北京人听了，就从鼻子里哼出一句话：我们北京人拿无锡大米喂猪。无锡人想揍他。

前段时间我和朋友途经某小城，被一书商拉到家里坐。他十岁的儿子嚷嚷着要屙屎，抄起一本书撕下两页。我大喝一声：嗨！你怎么撕书当手纸！那厮却道：咱家从来都拿这擦屁股。我顿时想揍他。我不能容忍这个小秦始皇糟蹋书的行径。书这东西，可以不读，却不可辱。

那个曾说用无锡大米喂猪的北京人，是我在部队时的同袍战友，退伍回京后做生意发了大财，近期又跟我取得了联系，来函来电，热情豪迈。我赴京办事，他开了一辆奔驰300来接我。多年不见，他的变化还是很显著：一是体形富态，谢了顶戴副眼镜，镜架很高级，面部皱纹的布局很精致，十足的京都款爷派头；二是说话不再用鼻子哼哼，舌头变大，张口自现几分醉意，略带粤声，恰到好处。他接我去生猛了一顿海鲜，极尽排场，又拉我到他在京郊购置的花园别墅，把我震了一跟头。

使我深受震动的是，他的别墅里扑鼻而来的竟乃满室书香。他的书从客厅的橱上、几上、沙发上,路标似的一直延伸到书房。那间书房像专门设计的,面积很大,布局合理,进门迎面是一墙的书,顶天立地。线装的古籍单列一架,其余为现代版的文史哲经典名著,抽出来看,全是真的。这些书纸质优良,印刷精美,装帧豪华,价格昂贵,扉页都押了藏书章。还有一部分外国原版著作,好几种文字,有的看着不认识。而放在最显眼处的,是全套的马恩列斯毛,很有趣。其中一套线装本的《毛泽东选集》,我知道是从宋刻本中集字而成,"文革"期间出版,印数极少,堪称毛著中罕见的珍本,不知他花了多大价钱从何处弄来。他全部的书籍,显然经过严格挑选,罗列于架上,连色彩搭配都十分和谐。书架前有一副漂亮的书梯,构造别致,每一级都可供人坐读。这一墙书所造成的典雅氛围和磅礴气势,我在别人家中从未见过。

书房中其他的设施也很讲究,配备了冰柜酒橱和卧式沙发,靠暖气管的一小块波斯地毯上放着木质安乐椅。侧墙挂有壁饰及字画。他的一张中西合璧式样的巨型书桌置于中央,桌面右边放一套镀金西式文具,左方摆着正宗的湖笔徽墨端砚,景泰蓝笔筒,一对玉石麒麟镇纸,下压荣宝斋的八行笺。还有一尊古董金兽,乃宋代的香炉,做摆设。另外在铜座绿玻璃罩的书写灯旁,放着一柄银质烛台,为的是营造一种秉烛夜读的气氛。房内一扇门可通花台,外面安了竹椅、竹几,配以景德镇细瓷酒器、宜兴紫砂陶茶具,晚上读累了可在此把盏临风、品茗赏月。

这一间书房看得我目瞪口呆。我觉得身处这样的环境执卷攻读,实在惬意极了,没准儿真能招引狐狸进屋,变作美人来研墨添香。

我自愧弗如。我惯常以读书人自居,藏书也算不少,却无一个像样的地方容纳，弄得床底桌下房顶到处都是。而且这些书多为平装本，无论质量数量，跟我的战友一比什么也不是了。此生若能坐入这等规模的书房，夫复何求？

我又感到奇怪。因为我的战友在部队时，文化程度很糟糕，他曾跟我学字，练得很认真，不长进。近期信上的字更是大不如前，还是用三千元一支的英国世纪金笔才写到那水平。莫非他竟这般真人不露相？

于是我试探着问他：你在这里要做大学问吧？孰料他反问一句：你看我像做大学问的人吗？接着他坦率地告诉我，他只做生意，不做学问，没兴趣。他要这间书房，只为周末时独自一人或邀三朋四友来此换换环境，闻闻书气，坐着的时候感觉身后有个文化背景。至于弄这些书，一点儿都不费劲，请人装修时设计进去就行了，只费钱。京都的款爷都这么搞。如今市场上豪华版的图书畅销，就因为他们需要。

此一番话呛得我七窍生烟。我认为他怪到要在身后衬什么背景，全是让钱给惯坏了。便琢磨着挖苦他。我想说他糟蹋东西。又一想，如果他真拿无锡大米喂猪，就是暴殄天物，可他是拿钱买书，能算糟蹋钱么？当然不算。他把书买回来，又不像那傻儿子似的撕了擦屁股，而是高高供着，让它们很卫生很不朽地站在书架上，哪本书的作者不因此引以为自豪呢？所以，也不能算糟蹋书。我只好重新琢磨出一句：附庸风雅。这话仍未说出口，因我弄不清风雅有何标准，假使以书为"背景"，那么书少的人说书多的人附庸风雅，是不是太阿Q（像吃不着葡萄的狐狸）。

最后我说了一句：这么多书，总得抽空读两本吧。他坚定地回答：我这辈子没时间读书了，再说世界上那么多书，一生也读不完，纵使读完了，又来得及做什么呢？读书这种事，坐下去就站不起来，书有它自己的位置，我不读，一本也不读，叔本华说过，不读之道才真是大道。我听到叔本华的名字吓了一大跳，一个不读书的人，怎会知道这位哲人呢？他告诉我是装修书房的人对他讲的，我才放心。细思量，他的话也有道理，许多文人包括我自己在内，自家的藏书也是大部分未读，仅闻其香而已。于是他代表商人一方，我代表文人一方，我们在叔本华这句话的感召下，统一了认识。

他让我给他的书房取个名，我答应了，叫他垫好毡，铺好宣纸，研好墨，我挥笔左书"不读堂"三字，力透纸背。他高兴极了，说即刻请人制一块匾挂起，我下次再来便能看到。这样我也就变成了他的背景。临走他又掏出那支英国世纪笔相赠，我坚辞不受，让他留着给我写信。他说另外还有几支派克和勃朗峰。我托词道：你这一送，就等于给我的字标了价，我的字只值一支金笔的钱吗？

其实我是怕拿了这支笔，从此再忘不了那一书房的书。

我弟弟烫发记

若干年前,我的弟弟少年初长成。也就是一夜的工夫吧,他那张小丝瓜脸忽然变成国字形;原本皱成一团的眼睛鼻子嘴巴四散开去,各自停留在恰到好处的位置上,恪尽职守。而他的个头竟也像猴子爬竿似的,几下就蹿到了一米八二——这尺寸,打篮球嫌矮了点儿,但是放到常人堆里,却明显地鹤立鸡群。总之不得不承认,我弟弟已从一个什么都不是的小瞌睡虫,出挑成了一个小帅哥,使我顿生明日黄花之感。

更可怕的是他自己也发觉到了这种变化,开始有些烧包,越发注重起穿着打扮——用现在的话说,叫作增强了自我包装意识。

在家中我是老大,我弟弟最小。有句民谚道:"皇帝爱长子,百姓爱幺儿。"我妈显然是老百姓,凡事都依顺着小儿子,见他热爱漂亮,自然满心欢喜,遂动用家长作风,令我将自己好点儿的衣服全抱出来由着他挑。起先他穿着我的皮衣招摇过市,接着又换上我的料子裤,熨出了刀片儿,一路势如破竹地去看外国电影,没日没夜。

看了几场之后,我弟弟发现外国男演员多有留着波浪式长发的,飞动于头顶,舒展自如,让他无比羡慕。他便鄙视自己的寸头,开始蓄起头发,以求形似。谁知事与愿违,他费了些时日,好容易蓄长了一头硬发,并不见什么波浪,却是根根直竖,锋芒毕露,活像一只炸了刺的豪猪。这只豪猪就有些不知所措了,跑来找我咨询有何高招可使头发卷曲。我成心逗他玩儿,就说唯一的办法只有去烫发了。当时是二十世纪八十年代初,虽然妇女烫发已成潮流,但男人中却极少见,即便有,也得具备如第一个吃螃蟹的勇士一般的胆量。我原以为这么一说,也就把我弟弟吓退了,不料他兴奋地当即作出烫发的决定,并且死缠硬磨地要我陪他去,给他壮胆,反把我吓了一跳。

我激烈地反对无效,竟答应了他。选了第二天的中午,把他带到街边的小理发店,介绍给一位熟人师傅。那家理发店新近开展了烫发业务,两元一位,女客盈门。而该师傅也是个误人子弟的角色,为了多挣两块钱的蝇头微利,也不对少年作些正经规劝,就将我弟弟按在座位中上卡子,还卖我一个面子,把卡子上得特别密,仔细地卷,边卷边涂些臭烘烘的药水。

这一来满堂的女客都瞪大眼睛。大约谁也没见过男人烫发,就围拢一圈,把这场面当猴戏看,直看得我弟弟臊红了脸,又无法躲避,干脆伸长了脖子,引颈就义般地任凭师傅摆布。我在一旁目击我弟弟大义凛然的样子,暗想他真正算得是一条好汉。

卷完了头发,师傅又把这条好汉弄到一张吊着许多夹子的椅子上,夹牢了过电。大概由于这副刑具过于简陋,一按电闸,顷刻之间我弟弟头顶青烟直冒,煳味儿飘了满屋,烫得他嗷嗷怪叫。但见师傅手忙脚乱,不停地拨弄那些夹子,我弟弟只顾全身摇摆,痛苦不堪,惨不忍睹。那时,冷烫术尚未传入我国,他只好来忍受这电烫的酷刑了。坐电椅的滋味,他至今记忆犹新。

闯过了这一关,我弟弟还要和许多女人一起等待,轮流把头伸进一只倒悬的桶里去待着。混迹于女人堆中,他已是一脸的不自在。这时街上飘过一个熟人,见我站在店中,便跨进来问我等谁。我朝女人堆里努努嘴,熟人就明白了:"啊!等女朋友!"我弟弟赶紧抓张报纸挡住脸。那人真是讨厌,掏出烟来给我抽,搭讪着问我"女朋友"的姓名年龄工作单位等等。我哼哼哈哈地应付,含糊其词,想尽快打发他走人。谁知这个登徒子伸头探脑,一心要看看我"女朋友"的芳容,接连抽完了两支烟还赖着不动。我弟弟死抓着那张报纸不丢手,尴尬之至,啼笑皆非。

等到全套程序完毕,我望着我弟弟的脑袋发愣,他被弄出了一头焦黄的小螺蛳卷儿,不像波浪,倒像一堆刨花儿,雌雄莫辨。虽然我俩一再要求师傅作些改进,怎奈这毛脚师傅已摊手表示黔驴技穷——他根本不会做发型。我弟弟对着镜子傻了眼。

事情搞成了一团糟。我像个变戏法的,先前领着一只豪猪进店,现在又要带着一头狮子出去。硬着头皮刚出店门,就把一些人看得口歪眼斜。我弟弟起初还摆出无所谓的神气,以一颗假洋鬼子的头颅,对抗满街义和团的目光。不一会儿他就顶不住了,缩了脖子,猫着腰,半遮半掩地跟在我身后,快到家门口时,他简直已经抱头鼠窜了。

我妈好端端地在家坐着,猛见着我弟弟妖魔鬼怪般地出现在面前,半晌没回过神。待她明白过来,顿时怒不可遏,她没料到我弟弟敢出这份洋相,也不顺着小儿子了,气得用手指狠戳他的脑袋,又不知骂什么才好,终于骂出的一句话是:"你哪像我的儿子,你是一个阿飞!"接着操起一把剪刀在阿飞头上挥舞,发誓要给他剪个阴阳头。我赶紧上前好说歹劝,那阿飞弟弟趁机抓了顶解放帽扣在头上夺路而逃。

黄昏时分我下班回家,总惦记着我弟弟,一下午他漂泊在外,也不知命运如何。路过一个鞋摊,见一位青年以金鸡独立的姿态站着让人修鞋,脑袋却剃成了秃瓢,头皮发青,像只半熟的葫芦。我心想:如今的年轻人邪了门了,两极分化,有如我弟弟那样烫了头发崇洋媚外的,也有如眼前这位一般剃成秃瓢冒充和尚的,真不知他们要把自己打扮成什么样子才好。

忽然,那秃瓢转过脸来挤眉弄眼冲我直笑,我定睛一看:啊!他是我弟弟!

会叫的树

艾维移民到澳大利亚,犹如突然进入完全陌生的梦:袋鼠跳跃的国度,南半球的太阳和反向的月亮,倒置的季节,黄头发的伙伴……这一切看不明白也听不懂,他感到困惑,站在布里斯班海边眺望童年。他的童年在中国这一岸,像一枚空螺被风吹响。

艾维是我的外甥,今年十岁。

艾维怀念他留在中国的一只溜溜球。那种提着线乱甩的玩具,中国的孩子都玩。他临走前玩得很投入,老被那根线纠缠,难解难分,由此获得一种作茧自缚的快乐。他还没学会"猴子爬山""牵狗散步"等花样,就把溜溜球放在桌子上,一步迈出国界和童年。

孩子们总是猝不及防地跟童年告别,带着许多遗憾(如果可能,他们宁愿永远赖在童年不走)。现在艾维要我把溜溜球寄给他,写信打电话,隔三岔五地通过飞机和卫星传递这个要求(除了孩子,谁会为一件玩具而如此兴师动众呢?)。他寄来一盘自说自录的磁带,急促地讲述澳洲的事情,上气不接下气,标准的重庆话里不知不觉已掺进标准的英语。他的思维是跳跃性的,而在每一段话中,无论他跳跃了多远,总能一下子落回到那只溜溜球上,简直有"溜溜球情结"。这孩子心里开始升起年轻的惆怅了,那是对往昔时光的眷恋,和几分乡愁

(虽然他还弄不清楚)。他不能决定自己在世界上的命运,却要表明自己的选择。

每次我都答应他的要求,但一直没有去做。艾维肯定挺恨我的,在孩子眼里大人全是坏蛋。我知道,他其实是要我帮助他回到童年,这很难。他正在经历第二次断奶。

上一次是结束婴儿期。从前妈妈们给恋乳的小孩断奶,要在乳头上涂一些辣水,从那一天起,母亲的乳汁不再是甜的,孩子尝到一种全新的不好受的滋味。那是长大的滋味。

长大的滋味总是不好受的,像不断被抛弃的感觉。从母体抛向人间,从母亲怀中抛向世界,自己背叛原来的自己。而人生是不循环的四季,每个人都有遗落在童年的东西,却不能够返身取走,一旦用记忆寻找,它们就成为象征。

我小时候认识一棵树,高大茂盛。有年夏末我带着一只翠鸟从树旁经过,那鸟从我手中挣脱,拖着绳子飞到树上。鸟的颜色和树叶的颜色一模一样,所以飞上去我就看不见它,只能听见它的叫声。它腿上的绳子肯定绕住了树枝,无法飞走,这样它便成为树的一部分,像一片树叶,像树的灵魂。不知那只鸟是怎样活下来的,一连好些日子,它在原处不停地叫,婉转动听,就像那棵树自身发出的叫声。我天天独自到树下去,甚至当叫声沉默以后,我仍要跑去仰望,呆坐,在我看来浓密的叶子仿佛是满树的羽毛。

秋天来临树叶变黄,音符一般飘落,我看见了那只鸟,它倒悬枝上,和这个季节一同枯萎。我再也忘不了这棵树。我见过形形色色的树,它们拥有各种鸟叫,但所有的叫声都会随时飞走,唯独这棵树,在一个夏末,它真正叫过。

成年以后我发觉这棵树的根须是深深扎进了我的记忆里，构成了奇特的生命形式，飞翔的生命、静止的生命和智慧的生命三位一体，我一直认为，这是生命最完美的形式。它对我的一生都有着深刻的启示，形成我对生活的态度和看法。我从这棵树上不断寻找出多种意义，虽然它本身或许并无意义。有时我从世界的某个角度遥望这棵树，也有时我站在树下，观察整个世界。

寄给艾维一只溜溜球很容易，但不会是他想要的那一只，那一只永远放在童年的桌上，唯一可用梦的触角探及。它也许会被遗忘，蒙上尘埃，也许会跟艾维的一生纠缠不休。

在南半球，英语将渐渐覆盖艾维的重庆话，单音节的母语将潜入他生命的深层，浓浓地溶进血液，错综复杂，流遍全身。血液是一条河流，我们每个人毕生都被这条河支配，童年是河的上游。

从时间的意义上讲，无人能在岁月的旅程中折返，但灵魂却始终努力溯流而上。意识到这一点，我们常常就被自己感动。有许多时刻我们希望置身于单纯，像艾维想起一件玩具，像我坐在树下。

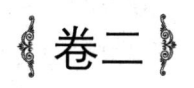

卷二

放长线,钓大鱼

鱼我所欲也。岂止是我,这应是人类共同的大实话。从古至今,鱼对人的诱惑太大,恰如饵对鱼的诱惑一样。孟尝君的门客冯骥发牢骚,就从食无鱼开始,但他索鱼的方式只是弹铗而已。晋人张翰思念家乡的莼羹鲈脍,竟然弃官而归。他回去做些什么,我不知道,大约定会做一件事——钓鱼。

我小时在江南,曾见运河少年掷铁叉捕鱼。极潇洒的动作,极娴熟的技艺,唯叉尖穿透鱼身,像一种屠杀,太残忍了。那情景我至今难忘。而钓鱼,却是所有捕鱼手段中最温和的一种。饵投水中,愿者上钩,仅有小小的骗术,没有丝毫的强迫。孔子钓而不纲,不作大规模的围剿,鱼族有知,应能体会到老夫子的仁慈宽怀。

细想起来,钓鱼实在公平又玄妙。水上水下,一对一,人智对鱼智,沉静中好似两位弈者手谈,进行一场难分难解不露声色的较量。鱼不吞饵,则失美食,而人,亦失去了美食,谁胜?鱼若吞饵,双方各得其所,谁负?因此,真正善钓者,得之不喜,失之不悲,只于追求的过程中感受到快乐。如魏晋中人,乘兴而来,兴尽而返,来来去去都那么随便,那么飘逸。大凡垂钓,须识得此中三昧,方知钓趣。然而世人终日忙忙碌碌,偷闲垂钓,自然以得鱼为乐事,又有几人能够达到这等神仙境界？若刻意效颦,反会尽失其趣。倒不如索性患得患失,当喜则喜,当悲则悲,图个一时的痛快。至于鱼,一生的理想不过美食耳,能在理想实现的瞬间得到解脱,不亦乐乎?古诗之"枯鱼过河泣,何时悔复及",那是以人心猜度鱼腹,仿佛庸俗之辈不理解义士献身的快感。更何况人间也有"拼死吃河豚"的誓言,人若不悔,鱼亦无憾。我这么想,不知鱼是否也这么想。

我今生爱与各种渔人为伍,出入于烟波,流连于山水,相忘于江湖。所谓"大钓不钓",我只爱坐观,借以养性,或从幼稚的钓童那里窃一份天真,或从老练的渔叟那里得一份睿智与淡泊。当然,坐观垂钓,难免徒生羡鱼之情,不过吃鱼的时候也就忘了。

看人钓鱼,妙在若即若离。想投入时投入,想脱出时脱出,出出入入之间,领略到的是一种自在。这似乎也是历代诗人分内的事。"孤舟蓑笠翁,独钓寒江雪",就是观钓者的心得,那格调我一直推崇为至上。试想一派白茫茫的天地,江水结冰,小船儿也冻住了,却竟然有人钓鱼,并且是独钓,想必那江中也没有什么可钓的。冒着严寒去钓一个不可钓,这就深刻了。如果拍成电影,便是一部哲理片,纵使国内卖不出拷贝,拿到国际上获个把大奖不成问题。可惜余生也晚,钓雪的场面始终无缘见到。这般清高的渔翁,非圣即贤,如今哪里去找?柳宗元有幸一睹,便能得此千古名句,且与之永存,叫人妒煞。

现时城里人钓鱼,很乏味的。去处多为乡下路边二三星塘,有鱼老板收钱,商业气息已十分扑鼻。更有手扶拖拉机驰骋在旁,弄得黄尘滚滚,噪音不绝于耳。而四周并无秀色可餐,水面也不见起于青萍之末的微风,倒是总离着粪坑不远,太阳再出来一晒,那气味儿,就有些"熏得游人醉"了。巴掌大的一汪浅塘,所藏无非白鲢草棒之类,围钓者却偏要用进口的高价渔竿儿,仿佛要钓金龟玉蟾。渔线的粗细,鱼钩的大小,鱼饵的选择,都有许多讲究,不胜其烦。顶可气的是还往食料里拌酒,档次递增,竟将茅台五粮液都拌了进去,谄媚似的朝塘中撒,直把四面八方的鱼惯得越来越坏,哪里还像鱼的样子,简直成了高阳酒徒。目击此景,我纵然临渊羡鱼,也绝不再思退而结网,心里倒巴不得附近能有城门失火。我的朋友每次钓塘,总要拉我作陪,我虽再三推却,终因架不住口福所惑,糊里糊涂跟着去了。如此推推去去,恶性循环,像看一部无趣又无休止的肥皂剧,自觉很惨。这样的怨言,我也只好私下说说,亦请读者为我保密,倘被我的朋友们知道了,其结果是我也得去弄把宝剑来敲敲打打,跟那位冯老头子一样,整天唱唱没有鱼吃的歌儿了。

在我平生见过的场面中,钓海是最具吸引力的。海鱼大小有别,钓法各不相同,收获、体验及感觉更加不同。钓小鱼犹如探囊取物,换个说法,就像从冰箱里往桌上端菜,是追求实惠者乐于干的事,绝非壮夫所为。钓中等的鱼则富于刺激,钓术略呈炫技性,运气好时亦可立竿见鱼,因此比较适合那些有一定表现欲的迷你型的个人英雄主义者。而钓大鱼的气势,非常磅礴。海中的大鱼性情凶猛,钓者既需胆识又需膂力,堪称勇士级的人物。钓情往往曲折多变,戏剧色彩浓厚,观之若观充满悬念的惊险片,情绪随着进程忽而大起,忽而大落,钓者观者皆全力投入,个个都成了大喜大悲的角色。这场景,见过一次,终生难忘。

其实,早年我在海军,也曾干过钓小鱼的勾当,那是极容易的事。我常常于开饭之前拎一根带钩的线走到登陆艇尾舷,以小面团作饵,抛至海中马上提起,便能钓上半尺长的丁鱼来。丁鱼鳍上有刺,刺人如锥扎肉，我只敢钓不敢摸，但自有不怕扎的战友取下剖膛，第三个人接过去扔进油锅里炸，形成一条食品加工流水线。我只管一条一条往上提，提到不耐烦时，那边已炸熟满满一盆，众水兵一拥而上，百食不厌。丁鱼这东西也怪，总在烧饭时聚集舷边，就差没直接朝油锅里蹦。

舰艇上另有嗜钓的战友，视我的钓法如小巫之术。他们钓鱼，大大咧咧随随便便，从无任何讲究。兴致来时一伙人走上岸去，顺手抓根盅口粗的竹竿，弯的翘的两头一般粗的都行，一端绑上结实的麻绳，再用硬铁丝弯成个鱼钩，锉尖了挂一缕棉纱当饵，也不用什么浮儿漂儿，径直丢到海水里不停地摆荡。海鱼贪婪好食，看见棉纱以为是游动的小鱼，张开大嘴就吞。岸上的人猛一举竿，钩子挂住的多不是鱼唇，竟能深入到鱼肚子里。使这法子钓上来的，净是十多斤重的鲁鱼或梭鱼。凡遇此种场合，我唯有旁观，竿前桶后跑跑龙套。

那时有一位随军职工老朱，是军中钓坛崇拜的偶像，钓术极精，堪称高手。看他钓鱼，方知钓海的气魄。

老朱入道太深，已不屑参与日常小打小闹的钓事，他钓鱼的时机，必须在风大浪高涨潮的雨夜。问他为何单选浪潮高的时候才钓，他说有大鱼。再问他怎么知道这时才有大鱼，他的回答理所当然："王者出行，都要讲个气势。虎行伴风，龙行伴雨，海浪海潮就是让大鱼鼓弄起来的。"一言既出，令人为之倾倒。细细琢磨则更妙了，老朱选择风雨浪三者俱全的时机钓鱼，岂不更带着王中王的气象！

敢钓大鱼者，必定练就一双非凡的眼睛。老朱眼力之好，让人钦佩不已。他出渔海边，并不轻易下竿，要先揿亮了电筒朝海面仔细地照。围观者肉眼凡胎，仅看见一片汹涌的波涛，老朱却看见水下的鱼，甚至能看出鱼的种类及重量。一般的鱼他嫌小,不钓,嘴里念着鱼的名字一条条放过去,就像那鱼乃自家的池中所养,简直神了!据他说大鱼巡游之际,浪纹有所不同。试想风狂雨骤之夜,海上恶浪澎湃,要察觉某处浪势异样,这功夫已非一日之寒,常人望尘莫及。

此外,海洋何其大,鱼翔其中,又何等自由。老朱欲钓的大鱼,来时兴风作浪,去时领涛率潮,虽不是化鹏之鲲,也当属龙族龙种。这样的鱼,纵使闭目瞎游,要游到老朱近旁,亦是凑巧之凑巧。但老朱钓海,每次却必有收获,令人不可思议。我见老朱钓鱼,口中念念有词,一直怀疑他懂蛊鱼的咒语。

钓大鱼难,与钓小鱼的境界相比,真有天壤之别,明知其难而为之,个中的快乐,老朱自知。老朱要钓的那一类鱼,傲慢又任性,哪肯轻易上钩,总是忽东忽西,时隐时现,龙戏珠似的逗着人玩儿。老朱跟随它的走向,沿岸往返奔跑,常常弄成疲于奔命,然而乐于此道,疲犹不疲,那股耐力实在少见。更有时大鱼吞钩在即,突然掉头远去,拉上来的却是一条十余斤重的家伙,本应小小地高兴一下,老朱反而恨之入骨,一脚将它踢回海里,情愿一无所获,在长长的寂寞中守候半夜,等待大鱼回归。我们一群毛小伙子,围看老朱钓海的进程,如小沙弥聆听高僧说法,似懂非懂,又耳目一新。唯独觉得他踢回去的那条鱼,原该送给我们美餐一顿的,老头子泄愤的方式也太怪了,令我等垂涎三尺,望洋兴叹。

几经波折之后,大鱼上钩的瞬间最叫人兴奋。但这正是它竭力挣扎、最为凶猛的时刻,既不能强拉也不能遛放。强拉怕拉豁了,它脱钩遁去;如果遛鱼,水中的大物至少也在四五十斤以上,还不知道谁在遛谁,稍不留神,反会被它连竿带人拖入海中。老朱双手握竿立定岸边,以雕塑的姿态与大鱼僵持。他披着的雨衣不知何时已经抖落,赤身赤脚穿一条短裤,任凭浪里怎样扑腾,人竟跟系缆柱似的,纹丝不动,从小腿肚子到臂膀,无处不绷起一团一块的肌肉,模样像健美冠军一般吓人。待到双方精疲力尽,两名壮汉冲上前帮忙起竿。大鱼落在岸上,又是一番挣扎,腾起半米高,没命地往回蹦。老朱扑上去死死压住,人鱼扭作一团,鱼尾巴抽在他身上啪啪响。各艇的探照灯同时射向他,水兵们欢呼雀跃。这是老朱最辉煌的时刻。老朱用的鱼钩,可以钓鳖,渔线可以缚龙。

钓海的异人,我仅结识老朱一个,孰料他最后竟失败了,失在改换渔具,败在一时之贪。他弄来一张大网捕鱼,网架上拴了几根绳子,大风大雨中等候一夜,起网时许多人帮着拉,七八条大鱼举到半空,横冲直撞,尽都破网而逃。这惊心动魄的一幕,我亦曾亲眼看见。此后他重操渔竿,怎奈鱼运已尽,似乎再未钓起过一条大鱼。偶尔见他踱步海边,长吁短叹,一副壮志未酬的样子。事隔多年每每忆及,老朱仍是我心目中的英雄,回看围着鱼塘搅和的钓徒,简直"除却巫山不是云"了。

历数古今钓界的奇人,当推姜子牙为第一。昔日姜太公用无饵直钩,离水三尺,垂钓于磻溪。那不是钓鱼了,那是钓人。

打蚊子

夏天蚊子叮我,我打它,由此开战。冷战加鏖战,地对空,战术复杂,尔虞我诈,并热衷于夜战。这是我与自然界生物唯一能够进行的肉搏。

晚间我通常要先陪电视无聊一小会儿,然后独处,读读书,写写作,搞搞文学。我不喜欢在书案旁危坐,那样子太滑稽;也不愿待在空调房间,我认为享受空调是一种世纪病,它使人与季节隔绝,且让氟利昂跑去南极上空破坏臭氧。我习惯了比较发贱地趴在厨房一圆形餐桌上,穿着大裤衩子,赤膊袒腹搭条湿毛巾,大汗淋漓地读些没头没尾的东西,并喝热茶。茶叶却是上好的。

零点过后,我的灵感发作,开始朝稿纸上涂墨水点子,纸上谈兵,指点指点江山。孤灯之下,状若聊斋里一书生,亦很有些苦行僧的味道。蚊子此时出动,吃唐僧肉。它们很狡猾,先派个探子摸底,碰一下就跑。我便假装写作,一只眼盯着稿纸,另一只眼扫视四周(这是一种专业性很强的功夫),同时准备好巴掌。第二个来的必是刺客,超低空无声飞行至腿上,行刺。我瞅准了,待针尖触及的瞬间,一掌击下,扁了,我的皮肤遂感到蚊子死时的疼痛。如此一一来犯,均被击毙。唐僧肉也不那么容易吃。

有一种蚊子是高手,有毒,周身文了花绣,似独行侠,疾来疾去,速度像歼-7。它落时轻盈,进针快如熟练的护士,一针见血;而且吸两口就撤,决不恋战。尔后神经才作出反应,奇痒难耐。有段时间我加强锻炼练出了一些肌肉,搁在身上无用,忽然这种蚊子来吃我,被我发现。那次没打它,让它把嘴插进去,再猛一绷肌肉,竟把它夹住了。只见它使劲往外扯,过了一阵不再动弹,死了。我拿放大镜研究,它好像扯断了自己的头。

常是几只蚊子被打死,又有两只飞来哼哼,像小寡妇哭丧。物伤其类,小至蚊虫亦不例外。正在暗自叹息,不留神却被一只不吭声的蚊子咬了。迷惑对手,声东击西,蚊子用计竟与人同。哀兵必胜。

也试过用别的方法灭蚊。但蚊香是不能点的,我自己就怕这个。盖因早年用过一种廉价货,是把锯末跟农药"666"混合,灌进纸肠里点燃。那时晚上都烧这东西,浓烟滚滚,蚊子即死,人也被熏昏过去,还以为自己睡着了。所以至今若见太太夜间为我红袖添香,我必定爆发后遗症,昏昏欲睡。我曾很仁慈地买回一个电子驱蚊器,企图把蚊子赶跑,其结果等于高价买了一只大蚊子彻夜在耳边叫唤,极上当。我又公然将化学武器投入战场,喷洒各类杀虫剂。这些玩意儿有的灵有的不灵,有的灵了一阵又不灵了。城里的蚊子是防化兵。弄到最后仍是巴掌经久耐用,既醒瞌睡又杀敌,一举两得。另外蚊子的尖嘴也使我体会到古人锥刺股的感觉,虽说这锥子小了点儿。

其实我早发现,只要我跟别人待在一起,蚊子决不叮我。别人就是我的蚊香。城里的蚊子娇气,挑食,在它们眼里我大概是最不好吃的食品,轮到吃我已是无奈,就像饥民吃观音土一样。原因不明,科学还未发展到这一步。外出开会与人同住一室,多是人家彻夜折腾,唯我无恙。当然也有个别老实的,搞义务献血,只顾自己打呼噜磨牙说梦话,反把我搅得不安生;到后半夜忽然没声了,又让人担心他是否失血过多,探身去摸他的鼻息。第二天见他满身红点子爬起来骂骂咧咧,那时蚊子已腆着大肚子凌空翱翔,像会飞行的孕妇。气死他!

城里的蚊子像城里的人,爱打冷战。野地的蚊子就不同了,来时成群,编队飞行,搞地毯式轰炸,声音闹如足球流氓起哄;且都是近亲结婚,形象又蠢又怪,逮谁吃谁,不分精糙,我那一招也不灵。一次我上山开笔会,连夜赶稿,只得将床单蚊帐扯来从头缠到脚,唯露一双眼睛在外,像一个三K党。同室那位睡得迷迷糊糊从帐内伸头,魂不附体,他看见了白无常。

过去我在队伍上,和班长去一个村落搞军民联防。班长介绍说那里的蚊子特有名,三个蚊子一两五,十个蚊子炒盘菜。我们说那是马蜂。班长说:比马蜂好吃(仿佛他吃过)。我们去后领教了。那种蚊子会俯冲,扎人似纳鞋底,隔着几层衣服扎透。几个人整日鼻青脸肿,始终不见班长炒那盘菜。班长被扎坏了,住院了。

从前有个人工作踏实,要被提拔。领导找他谈话。他见领导脸上趴着个蚊子,一掌扇过去,领导半天找不着北,蚊子也没打着,这事就说不清了。他又是劳动人民出身,力气大些,领导脸上好几天留着五个指印,刻骨铭心。他到现在也是个科员,另外提拔的一个,官当大了。他的本意是要拍拍马屁,但那地方离屁股远了点儿。这人我认识,不说他的姓名,他一生都在为那一巴掌后悔。

我最恨蚊子的道貌岸然,扰我咬我,始终是君子动口。我则是小人动手。它的尖嘴和我的巴掌皆是上帝赐予,没办法。

连晴大热时,蚊子全都不见,休闲纳凉去了。我一时竟很不习惯,手足无措,仿佛下棋失去了对手,论战找不着论敌,极为无趣。将军和士兵原是为自己的敌人而存在的,鸟尽弓藏,马放南山。我的斗志消退,文章也做得蹩脚。我感到深深的寂寞。

牙不好

最近牙又疼了,没办法,遗传。无论医生怎样宣传牙齿保健知识,商人如何鼓吹他们的新型牙膏,我都只相信一个真理:牙不好,是遗传。各种牙膏、牙刷我用得多了,没用。我甚至在刷牙时还模仿一些人的样子,仰起头张开嘴,让水在嗓子眼猛呼噜,这种方式很好玩,使人感觉自己活得很认真,但是牙照样坏,照样疼。前不久,我用过一种外国牙膏,澳大利亚的,味道非常甜,目前我国好像还未发明这种甜蜜蜜的牙膏。它的显著功效是让人用过之后,不是想把它吐出来,而是想把它吞下去。制造商的意图,似乎在引诱人们学坏,吃甜食。不管牙科医生或减肥医生,都认为吃甜食是一种坏习惯。我见过许多农友,从不使用什么牙膏,却能拿牙齿弯铁丝,起钉子,开酒瓶盖,这些现象为我的遗传学奠定了坚不可摧的基础。

我的牙不好,显然传自我母亲,以前我妈常掏出假牙来吓唬她孙子,很奏效,牙好的人就没这本领。我很小的时候便闹牙病。有一次,父亲的司机私自开车送我到南京口腔医院拔牙,事后还被父亲严肃批评了,车是配给他工作的,怎能为子女谋私利。现在我的儿子牙也不大好,我很想学习父亲的精神,不过没有谁配给我车让儿子私下里开出去,看来坐小汽车这种事倒不一定能遗传。

我儿子牙疼的时候直哼哼,我看着无动于衷,心想这有什么了不起的,从前像你这把年纪我比你还惨,你享受不着我的车,就享受享受我的疼吧。我上学时害牙疼,那感觉像孙悟空被念了紧箍咒,满脑袋到处是脉搏,乱跳,痛不欲生。为了止疼我什么法子都试过,含凉水,抹盐,按穴位,半夜里疼醒了爬起来吊嗓子唱歌,美声的民族的,把我的痛苦用歌声传染给四邻。到四川后曾花五毛钱,从卖野药的老头那儿买了块雪山一枝蒿,有剧毒,据说拿它在白酒里研七转,蘸了抹在牙上,能止疼。但老头嘱咐只可研七转,如果多研一转去抹,吞下肚死得冰沁。因此这玩意儿我一直没敢用,万一研多了不是玩的,牙疼比冰沁好。

如今牙齿一疼,最怕声音,尤其怕儿子在我耳边吹口哨。我儿子一嘴小口哨吹得特棒,还净是严肃音乐,勃拉姆斯舒伯特,他甚至能吹整出的《天鹅湖》。一日中午我听见外面飘来曼妙悠扬的口哨声,难度大,音域宽广,起先吹萨拉萨蒂的《流浪者》,继而又吹里姆斯基——科萨可夫的《天方夜谭》,心想哎呀这是谁家放音响,我还没有这张口哨音碟,趴在窗口一看,我儿子。我很骄傲,因为当时牙不疼。牙疼时无论他吹老贝老柴西贝柳斯,我听着都是刺耳的噪音,能把疼痛感引向尖端。所以医生们推广的音乐疗法,纯粹瞎扯淡。

经过多年实践,我认为有效的止疼法只有两种。第一种,吃去痛片,两片三片地吃。医生认为去痛片吃多了影响智力,没那事,不吃才影响智力,集中精力地疼,啥也不能想、不能写。我吃去痛片跟嗑瓜子似的。第二种,耐心等到牙床肿起来。牙床一肿,腮帮子鼓起半边,反而不疼了,特灵。只是脸歪着,有点像不怀好意。

二十世纪七十年代在部队宣传队普及革命样板戏,有一次下海岛,突击排练折子戏《粥棚脱险》,我唱李玉和,个头气概都像,唯独腮旁缺少两块核桃肉,就在这个时候,我牙疼了。死去活来一整夜,第二天右腮肿起老高,正赶上彩排,我一化妆,哇!跟浩亮那个像啊,没治了。不过只能从侧面看,正面效果吓人一跳,有丑化英雄之嫌,所以我临时为自己设计了许多右侧亮相。当时还有个人演苦同胞,坐在棚里喝掺了沙子的粥,只一句台词:"呸,呸,硌着我牙了!"就这么一句话,平日排练总念不好,气得队长直骂他。可巧那天他牙也正疼着,一张口极出彩,那表情,那语调,至少像硌掉了两颗牙,比样板团的还逼真。可惜次日又不行了,那一次,当是他戏剧生涯的光辉顶点。

日常除了吃饭,我是绝对不敢拿牙齿当其他工具使唤的,我只敢拿它来微笑。现在连微笑也不敢了,因为缺了一颗门牙。此牙是我在饭馆啃卤猪蹄时不慎扯断,我拿它给身旁一位小姐看,小姐肯定觉得我挺男子汉的,扯断一颗牙,竟然不动声色,毫无痛苦状。其实一点儿也不疼,小事一桩。我还曾吃炒货把硬胡豆嚼出了石灰味儿,吐出一看,嚼碎了一颗牙。用牙嚼碎自己的牙,我也弄不清我的牙到底是好是坏了。

我对牙这东西感情矛盾。疼时恨不能立即除此肉中刺,好了便忘了,不记仇。许多年间我对喜欢闹事的牙一直施行招安政策,拣它们爱吃的哄着它们,它们爱吃的东西我一样也不爱吃。由于牙的缘故,我结识了各种牙科医生,他们异口同声地劝我尽量保留每一颗病牙,让这些小定时炸弹继续安置在我的脑袋附近,目的是为了使我能在痛苦万状时想念他们,他们喜欢把自己的快乐建立在我的不幸之上。

算起来只有两个人力劝我拔牙。一个是部队卫生员,那阵子他正着迷于针刺麻醉,想在我身上试试,我才不干呢,我怎么能让他拿去做小白鼠实验。后来他就往自己身上扎,亲自捻着针,让人割去阑尾,疼得一塌糊涂,手术完毕,他挺身走回病房。此人乃大丈夫。

另一个是正规医生,阐述拔牙的好处,把我说动了,但那颗牙是被他活活扯下来的。他忘记在麻药中掺什么肾上腺素,药力不够,一动钳子,我疼得大叫。可是牙已被扯松了,我心一横,叫他继续操作,整个过程中我握紧了一位小姐的手。我本应该昏厥过去,偏又没有,只得耐心体验每一点摧心裂肝的细节。拔完牙,医护人员用异样的目光看我,像仰视中美合作所里不变节的人。我觉得经历了这等酷刑,以后什么样的苦难我都不怕了。我只是怕被人胳肢。那位让我握住手的小姐,是我的女朋友,这之后她就成为我的妻子,为我生下那会吹口哨的儿子。女人总要让男人受一番折磨,才肯嫁给他。

我见过一个人,在街旁站着,衣服上大书"拔牙"二字。他伸手在人脸的某处一摸,不知不觉牙就自己蹦出来,像飞行员弹出失事的飞机,我们身上原来还有这样的小机关。我怀疑这个人会巫术。我犹豫了一阵,没找他拔牙。牙是我们身上唯一看得见的骨头(指甲和趾甲太软了,不算,只能算鳞),它与我们分手,应该依依不舍,充满离愁,而不是兴高采烈。我觉得躯体的任何一部分在告别自己时,也都是带着痛苦的。只有一样东西离去时毫无痛苦,那就是灵魂。这一生,我们让灵魂受累了。

横竖是条汉子

冬季某日的傍晚,我携一块木板赶车回家。天早早地黑下来,很冷;路上堵车,车缓缓地爬;车内很挤,司机节约用电不开灯,大家挤成一团有些暖和。

有个小子在人堆里乱钻,钻到我跟前不动了,伸手掏一个眼镜的口袋,摸摸索索的。那个眼镜是个傻瓜,没感觉,小子越发胆大。我仔细观察确认无疑,正义感涌上来,遂大喝一声:"车内有贼,大家注意!"

大家就注意了。小子没得手,扭过头来盯着我,小眼睛虎视眈眈,脸上贴块纱布。那纱布八成是作案时的面具,掩了半张脸,像佐罗。我便警告他规矩些。他仍不规矩,想动拳,捅了我一下。我继续晓以大义,他耳朵不知怎么长的,听不进,又捅了我一下。我就用木板的角角敲了敲他的头,自然是敲痛了。他的拳头随即雨点般地落在我身上。平心而论,除了击中肚子的那几拳外,其他的还怪舒服。由于我捍卫了大家的钱包,大家便热情地观战,态度不偏不倚,还腾出块空地来作小校场。唯有那个眼镜表现不好,站在小偷的立场,文绉绉地指责我不该高欺矮。小偷是矮了点,头到我肩膀。

接着我觉得应该捍卫自己的尊严了,抽手捏住了小偷的脖子,来回地拎了一阵,并叫他下车跟我走,他立即老实了,不吭不动。我顿感自己还有两下子,脸上很光彩,心里很满足。

车一到站,那小子连钻带挤抢先溜了。我也并不真想带他走,带着也是个麻烦:若送去派出所,眼镜不肯作证;带回自己的家吧,我还得管他的晚饭。

那阵子供电局也节约用电,不开路灯,我下车后随着黑乎乎的人流往前走,心想自己敢于以正压邪,还不错。不料行至一火锅店时,里面突然冲出五六个人,挥着菜刀,舞着条凳朝我扑来。为首的正是那贴纱布的小子,迎面就砍我一刀,我用木板挡住了,后背腰间却重重地挨了几下。又有一人举着条凳猛砸,我闪身抬手接住条凳,大喝一声夺过来,抡个正圆,那伙人连退数尺,我趁机跳出圈外。如此几个回合,他们虽不得近身,我却暗想不好,几人打我一个,且都操着铁家伙,再战下去不是好玩的,就瞅个空子将条凳飞出去,趁他们躲闪之际夺路便跑。

我的优势是腿长,情急之时腿更长。他们几个是清一色的矮子,追了一阵追不上,散了。我觉得脸上湿乎乎的,摸了一把,是冷汗。再摸摸五官四肢,都还齐全。便去派出所报了案。

联防队有个队副认识我,二话没说拎着铐子和一干警跟我上街捉人。火锅店的老板死活也不肯提供线索,却痛说他丢了几把菜刀一条条凳,样子比我还冤。我们又满街寻找脸上贴纱布的。那晚贴纱布的倒真有几个,只是个头不像,纱布也贴得不是地方。三人寻到半夜,打着呵欠,终无所获。

我回家便临镜自照。身上一件皮夹克,到处被砍出大口子,腰间的一刀砍穿了牛皮带,背上挨得最重。幸亏皮夹克夹有丝棉,很厚,挡住了刀锋;那刀连破数层衣服后,只伤了浅浅的一层皮,渗出些血丝。我太太吓得直哭。我看着那件皮夹克,很生气;再照照自己的模样,又很自豪。

于是我自我表扬了一番。挺身制止恶行,说明自己正义在胸;孤身奋战群凶,说明自己临危不惧;打不赢就跑,说明自己机智灵活。纵观全过程,横竖是条汉子。若像眼镜那样,就有些窝囊了。人不能活得太窝囊。

猎鼠记

公元某年某日,一只老鼠窜入我家中,半夜开始啃噬我的梦,发出响声。我醒了,但响声仍在继续,很轻微,像小人国的木匠在拉锯。我侧耳倾听,确认发自门边,一开灯,响声停止,有个拇指大的东西慌忙逃进沙发底下。关灯后响声又起,如此反复再三。

我很气愤,因为我正在患一种文人病——神经衰弱,而这响声仿佛在不紧不慢地锯着我的神经,使病况加重。我跳起来,趴在门边观察,发现这只老鼠是想出去,却被门挡住了去路。它企图在门上打一个洞。但它太小了,只啃出隐约可见的齿痕,啃下一点细末。照此进度,它要到猴年马月才能完成施工计划。尽管前途渺茫,它仍努力不懈,像愚公挖山不止。我大受感动,毅然决定将门闪开一条缝,把这个坏愚公放出去,希望它别再回来。

第二天我打着呵欠,想起曾有朋友向我吹嘘,说他家的老鼠过惯了书斋生活,都成为儒鼠,专啃书本。于是我搜索证据,希望我家这只也带些书卷气,好让我增添吹牛资本。我侦查了它的行动路线,根据它留下的老鼠屎,查出它出门后却是贴着墙根溜进厨房,把一块干馒头啃缺了一个小角,一点文化也没有。我大失所望。

到了晚上拉锯声又起,原来该鼠饱餐一顿之后,又潜回卧室继续打洞,我的上帝般的仁慈对它丝毫不起作用。我震怒,决计消灭它。

我溜出卧室,从外边拉着门,闪条门缝,准备待它出来时猛一拉门将它挤扁。大概门缝留宽了些,一不留神让它跑出来了。这一刻我看清了它,圆耳朵长尾巴,细细的胡须,走路摇摆笨拙,它爬上我的拖鞋,又嗅嗅我的脚趾,痒酥酥的。一时间我竟觉得它很可爱,像动画片里的米老鼠,忍不住抬脚轻轻一挑,让它逃了回去。

我定了定神,调整情绪,严厉批判了自己对敌斗争的软弱和动摇,接着再来。这次我留了一条窄缝,屏住呼吸,双目圆瞪,等候战机。一会儿该老鼠又出现,探出胡须,伸出尖嘴,冒出半个身子……说时迟,那时快,我咬牙切齿猛一拉门,顿感疼痛钻心,不觉惨叫一声——我夹伤了自己的手指。老鼠亦受重创,鼠窜而逃。

待到伤势痊愈,已是十多天过去。忽一日,那老鼠又来我家干木匠活。我曾瞟见它一眼,半月来它不知吃了些什么,长得膘肥体壮,且本领大增,一连数日,在我家各扇门上打洞,成绩斐然。它已移居楼顶,飞檐走壁,身轻如燕,每晚倒挂金钩从阳台上方潜入厨房,掀盐罐、踹油瓶,在锅盖上跳跃,搞得一片狼藉,劣迹累累,罄竹难书。

我忍无可忍,怒从心头起,恶向胆边生,发誓从重从快将它解决。我找回一个土陶坛,又从橱上搬下一个大青花瓷坛,坛内灌水,坛口封纸,并用果酱拌饭淋以香油,撒于纸面,将二坛分置于灶台上下,搭起跳板,诱杀该鼠。想该老鼠怎能禁得美食诱惑,只要它跃上跳板,踩破纸面,那就请君入瓮吧。此后我再将坛子搁在炉上,用文火慢慢地煎,施之唐朝的酷刑,以解心头大恨。为防万一,我又取一只烤肉叉绑在竹棍上,做成一把猎叉,以便随时出击。

约莫午夜时分,我埋伏在厨房外窥视,因怕弄出响动,就从床上扯一条毛毯铺在地面,赤脚持叉蹲着。老鼠果然前来,它顺着窗户爬下,一纵一滚落在灶台,身姿矫健。它围着坛子转了两圈,不知是计,慢慢爬上青花瓷坛吃食。我伸长了脖子,等待激动人心的时刻到来。谁知不管它怎样走动,纸面就是不破,眼见食物将尽,我急了,抄起一只沉重的塑料拖鞋奋力掷击,却掷翻了青花坛,拖鞋回弹,再撞倒一只暖水瓶,双双落地,暖水瓶爆炸,青花坛开花。青花坛是我家传世之物,一眨眼工夫,它玉碎了。

老鼠大惊,跳上窗格。我怒发冲冠,举起猎叉冲向前狠劲一戳,捅烂一块玻璃。老鼠返身夺路,逃进灶台下杂物堆后,不见动静。我急中生智,对着杂物堆大学猫叫,我想这天敌威严的叫声会使老鼠魂飞魄散,屁滚尿流。连叫数声之后,突然发现该鼠正从一缝中探头看我,一举猎叉它即缩了回去,再叫又探头。它大概对我的相貌产生了怀疑。

我立即奔至床前拖出一个筐,抓出儿子弃之已久的一副猫脸面具(也许是老虎,管它呢),戴在脸上扮成巨猫的样子,一边喵喵大叫,一边持叉朝杂物堆里乱刺。此举果然奏效,老鼠浑身发抖爬出来,趴在墙角,引颈受死。我叉个正着。

我太太闻声,睡眼蒙胧地走出来,看见奇异的情景:一地碎片之中,我头顶猫脸,赤脚握叉,浑身油污,手拎一只老鼠。她以为自己在做梦。

此次室内狩猎活动的惨重损失显而易见,宝贵经验还是有的:一是懂得了投鼠忌器的道理;二是我明白了怎样把大坛子装到小坛子里去。

搞房子

去年年初我穿着脏衣服到处走，碰见熟人便告诉他们我很忙，正在搞房子。搞就是折腾，就是买材料的意思，雇木工泥水匠的意思，花钱如流水的意思，也就是装修的意思，不说那么复杂，只说一个字：搞。当然，掏钱集资造房选房这个过程也叫搞，把房子搞到手的搞。搞了又搞。搞到把自己搞得又脏又累的地步，那才叫幸福。

刚开始搞时心里也没谱。我想到这些年咱们中国人都成了搞房子的专家，心里便亮堂了，一搞有何难，到处是样板。我可以急用先学，先虚心参观别人的成品，然后综合借鉴，活学活用，规划就出来了。

我的朋友们知道了我也有不懂抓瞎的时候都很高兴，热情地欢迎我去他们家里学习访问，全天候接待。第一次我去了一个机关干部家，一进门我便看出来，这个人喜欢镜子，他在客厅内两堵没有窗户的墙上装了两面巨型镜子，扩展空间，制造克隆效果，把一家三口克隆成一家九口，很成功。一眼望去，仿佛厅里有三个女儿，三个老公，三个老婆，还有三个我，并且大多数是哑巴。这种装饰的优点是很热闹很壮观；缺点是太自恋、太热爱自己，像自己在监视自己。

另一个人的家庭装饰比较奇怪。他喜欢酒，收集了铺天盖地的瓶装酒,洋的土的搁在壁架上,打开射灯一照,五颜六色琳琅满目光怪陆离美不胜收。墙上还挂着别人写的条幅,什么"李白斗酒诗百篇",什么"夜台无李白,沽酒与何人"。在他家坐了半小时,我觉得我都快成李白了,也不见他取酒请我喝。趁他不留意我拧开一瓶茅台喝了一口,他妈的是白醋。假冒伪劣。

一段时间下来,我参观的家庭装修还有:宾馆型的(太豪华了,我搞不起),古墓型的(摆了许多假陶俑假古器,我受不了,我不能活着住在坟里),乒乓乱响型的(墙上嵌满木条,每年夏天炸一回),公共厕所型的(以马赛克铺客厅地面,真是匪夷所思)……我大开眼界,也头昏眼花,总算知道了许多人的审美趣味,我决定走自己的路,搞具有自己特色的家庭装修设计。

头一号方案我决定取消客厅,赶走电视,把客厅改成书房。我要做四壁的书架,把那些多年以来乱塞乱掖的书堂而皇之地摆出来,让它们大放光芒,以浓郁的书卷气和咄咄逼人的学问气为装饰。客人来了就坐在书房里,因为毛主席就在书房接待客人。我太太不同意此方案。她认为我不是毛主席,也不可能成为毛主席,而他们母子也不能长年坐在卧房里看电视。再说我接待完客人后,又有溜回卧房躺着看书的习惯,改也难,那会让他们走投无路。她在图纸上画地为牢,把我和书禁锢在一个很小的房间里,永无出头之日。

我又推出二号方案,打算别出心裁,搞一个工棚式的客厅。在这间工棚里用钳台作吧台,用钳工凳作吧凳,工作灯照明,饰物有小钻床、台钳、电锯片、齿轮、榔头锉刀等,环境音乐配上《咱们工人有力量》一类的工厂歌曲或闹哄哄的摇滚。这肯定会吸引我的朋友中一些以粗犷自居的人物,到时他们会换上工装裤跑来喝酒跳舞,也可以拿着榔头敲敲打打,跟真的似的。此方案出台两小时后被我太太撕成了碎片。

我的第三号方案是想在客厅用红砖砌一个炕,搁上炕桌,地下摆着纺车,墙头挂绿裤红袄。窗户也不用铝合金的,而是用木格窗棂加磨砂玻璃,模仿北方农村贴窗纸的效果。朋友一进门,就像老八路回到了老房东家,没有沙发,大家脱鞋上炕盘腿围坐在炕桌旁,热气腾腾地吃饺子,一碗又一碗,高兴了就抄剪子剪窗花贴在玻璃上,像喜儿一样。我相信这个设计在城市里是独一无二的。它的特点是突出人情味儿、亲和、喜气。但是我的太太看到此方案后已忍无可忍,她和儿子联合写出小字报贴在旧居墙上,题为《李钢,你到底想干什么?》,简直杀气腾腾,所以这成了我的最后一套方案。

经过了一番热血沸腾起劲折腾之后,目前我住在简简单单的新居里,四周皆为白墙,像革命者洁白朴素的生活。令人欣慰的是,我的二号方案已被一位阔朋友采纳,在他购置的豪宅里以比我的设计大两倍的面积布置出一个工棚,钳台和钳工凳采用名贵坚实的木料制成,订做的不锈钢台钳闪闪发光,配套装饰花掉不小的一笔款子。看上去极有力度,极劲猛。他倒是有个法国皇帝的爱好,喜欢边思考边配锁玩儿。

三号方案也被一朋友要去,依葫芦画瓢搞了一个,不过不是在客厅。这人有毛病,长期羡慕"三十亩地一头牛,老婆孩子热炕头"的富裕中农生活。

往后我可以时不时地去他二位那里串串门,在工棚里玩玩锉刀,到炕头上吃吃饺子,就跟重温旧梦一样。那毕竟是梦,人不可能天天跟梦待在一起。

取笔名

大凡作家撰文,有两件装备不可少:一是笔,二是笔名。笔有一支就足够了,笔名却不妨有一串儿。

一位作家只要握笔在手,进之便当辉照文坛,退则亦能养家糊口,正所谓游刃有余。笔名的好处就更多了,文章写完,从筐里随便拈出一个来署上,起码可使自己多少像那么回事。

说来惭愧,我的情况正相反,写字多年,抽屉中有笔成捆,笔名却一个也无。这是因为出道之时急功近利,尚未披挂齐全就粉墨登场了;又有虚荣心作怪,生怕用了笔名熟人不知那作品是我写的。此外还有一主要原因:我幼时读旧书受旧人的影响,认为大丈夫"站不改姓,行不更名"。姓乃祖宗传下,名乃父母赐予,倘为区区几篇文章就把原装的给弄丢了,既对不住列祖列宗,也无法向后世子孙交代,使不得。某次酒后我不幸暴露了活思想,有朋友讥笑我道:农民!我家祖上还真有些当农民的。

这些年在文学圈,开文学会,与文爱者见面、座谈,有笔名的作家就出风头了。每到一处,别人免不了要打听他的真实姓名,围着他问为啥要取这个笔名、有何含义等等。他一说,人家就掏出小本子记。他又问人家:你们看过我用张三这笔名写的通俗小说吗?人家更是惊叹不已。他再问人家:你们读过我用李四这笔名发表的文学评论吗?人家就只有高山仰止的份儿了。很有深度。我很羡慕。我们没有笔名的作家就缺乏这种神秘感,一碗清水看到底。我很伤感。

那位说我是农民的朋友花了一下午的时间劝我取笔名。他循循善诱,先说当年在白区,作家们为革命需要,都取过许多笔名,光鲁迅一人就取过一百五六十个。这话已足以令我汗颜。他又说要想成为文学大家,笔名是断不能少的东西,鲁迅、茅盾、巴金、艾青……哪一位不是留取笔名照汗青?此言更是一语中的。我自一脚踏上文学跳板,长期心存这种企图。接下来他又历数笔名的妙处,譬如进可攻,退可守;譬如可用一个笔名发表作品,再用另一个笔名撰文吹捧或挑起争论……真是天花乱坠,有百利而无一害。我决心脱去"农民"的外衣,重新包装自己。

我请这朋友当高参,首先研究各位名家笔名的取法。我对老舍的笔名发生了兴趣。老舍姓舒,字舍予,他将"舒"字一分为二,拆姓为字,已经妙不可言了,又单取出其中的"舍"字冠之以"老"字用作笔名。老舍,亲切易记,寓意丰富,譬如若解作"老家的房舍",即能勾起离人的乡愁,此外,它还包含了原姓的一部分(这很重要),真是神来之笔!我决定如法炮制。我姓李,这个"李"字竖劈下来,便什么也不是了,我只能腰斩(酷刑哪!只得忍了)。于是分出了"木子"二字,木头的儿子,似乎不见得怎么妙。我拿着"老"字一时不知朝哪里安,若叫"老木"吧,好像别人已取过这笔名了,再说老木头一根,也缺少活力;如果叫"老子"呢,无论从哪一种含义上讲,都显得太狂。我觉得倒是叫"老李"来得亲切。那朋友瞪眼说:你还不如叫李老呢!

这个方法不行,只得彻底抛弃原姓,另换一种取法。我从相熟的诗人流沙河的笔名上得到启发。我想我的故乡在黄河之滨,何不就叫"黄河"呢？又想我生长在长江边上,也不妨叫作"长江"。再想我当水兵时曾驾驶战艇驰骋在珠江水面,叫"珠江"似也可以。为此便将"黄河""长江"挂在嘴上反复念叨,那朋友听了说:不好不好,这简直像我军步话机的呼号。而"珠江"又使人联想起一种老牌国产照相机。

我又接受朋友的建议,找来一本成语词典,逐条念下去,见有合适的,就减去一字,拿来当笔名。据说这法子别人用过,效果不错。我颠三倒四念了约半小时,挑挑拣拣,唯觉"老马识途"一条甚好,去掉"老"字,马识途,这笔名太棒了！那朋友拍案喝道:你昏了头！这名字也是你能叫的？是的,我当然不能叫,因为早就有一位叫马识途的作家,他曾是我们省作协的主席。

屡试屡败,我已心灰意冷,天下之大,汉字之多,竟不容我李钢取个满意的笔名。我不愿就此罢休,又拐回到自己的名字上,继续操作,绞尽脑汁。最后我取下两字的偏旁部首"木金",心中一动,将其调换位置变成"金木",一下子变出了味道。金木,两个字占了阴阳五行之首,又可解释为"金色的树木",闪闪放光,似也不与旁人重复,更将原姓原名暗藏于其中,定作笔名,绝了！我大喜。那朋友也觉得好,与我弹冠相庆。

我立即将此笔名署于五份新作上,发往各处。有一处很快复信,比较客气:大作已发,稍作了些修改,希谅。"待到样刊寄来,所谓"稍作修改"的地方,只是将我的笔名恢复成原名,作品一字未动。另一个家伙与我相熟,回信不懂礼貌:"稿已用,笔名删去,仍署你的真名,以后少来这一套！"这叫什么话！还有三处连信也未回,稿子全发了,竟无一处使用我的笔名。他们粗暴地践踏了我的笔名权！

遭此沉重打击,我一蹶不振。多么好的笔名,尚未使用就让人给废了,那些日子我一直有种被扼杀在摇篮里的感觉。我只得老老实实地用原名写作,继续披着"农民"的外衣。

有一次我途经某街区,目睹了一场流氓闹事。回来写了篇报道给报纸。编辑打电话来说,为防止流氓报复,建议我使用笔名。我一听"笔名"二字气就不打一处来,回答说:我没有取笔名的本事,你随便给取一个吧。隔了几日见到报纸,那篇报道末尾的括号里,果真署着我生平第一个笔名:狄柏崇。我觉得这笔名取得好,出奇的好。细细琢磨它的含义,乃是一种农药的名字——敌百虫。

照镜子

我发现在照镜子这件事情上,男女有别。

女人爱镜子。自从镜子发明出来的那日起,女人就一屁股坐在镜前,一往情深地顾影自怜直到今天。她们照镜子的目的很单纯,只是为了欣赏自己的天生丽质以及百看不厌的容颜。男人对镜子的兴趣远不及女人,如果一定要照,那就非得从相貌之外再照出点什么来不可。有古人为证。

春秋时代齐人邹忌临镜照出了自知之明,已是众所周知的典故;李白"高堂明镜悲白发,朝如青丝暮成雪",作为诗人,他领悟到了人生的短促;唐太宗李世民带着政治家的面貌来照镜子,他总结出"以铜为镜,可以正衣冠;以古为镜,可以知兴替;以人为镜,可以明得失"的经验,这镜子照得比较有档次了;而另一位皇帝隋炀帝杨广揽镜自鉴,却冒出一句"好头颈,谁当斫之",由镜中的容颜联想到人头落地,也不失为一种别致的照法。

或许由于男人太爱玩深刻,也或许由于多数男人既玩不了深刻又对自己的模样缺乏信心,现时能够称得上爱照镜子的男人几乎绝迹。男人的宿舍里,可以烟头满地,可以酒瓶如山,可以粗话绕梁三日而不绝,但要找出一面镜子来却非易事。

女人则不同。她们的居室内,床前不能没有梳妆镜,墙上不能没有穿衣镜。她们要上街去,随身的皮包无论多么小巧玲珑,里头一面镜子是绝对少不了的。

　　这区别又岂止男人女人,连动物也是如此。诗曰"双兔傍地走,安能辨我是雄雌",其实这有何难,无须扑朔迷离,给面镜子就解决了。一位女作家曾对我笑言她家的母花猫每天必跳上妆台对镜起舞,自美一番,我立刻就相信这是铁的事实,因我曾在另一位朋友家中看见,他家养的那只公狗只要一见镜中的自己,便龇牙咧嘴、怒不可遏地狂吠,恨不得把镜子撞个窟窿。男人的心态大约与它相似吧。

　　多数的男人只在迫不得已的情况下才照照镜子。比如女人嫌他邋遢,他对着镜子刮刮脸,女人嫌他不整洁,他对着镜子打打领带。等到坐上理发店的椅子,他应该有充分的时间来端详自己了吧?但是他不,他要么闭目打盹, 要么翻着眼球, 从镜中死盯着人家女理发师看。如今商场里随处装有镜子。男人们总是视而不见,真有想照一下的,又怕人说他女气,也是首先左顾右盼,继而神色慌张地走去瞟上一眼,那模样不像照镜子,倒像个贼头贼脑的小特务在防人盯梢。假如有哪位男士无事临镜久照,他的同伙就会讥笑他臭美。即便是立在自家的镜前,太太也要怀疑他收拾得人模狗样的想干什么去。恋上自己身影的男人曾经有一位,那就是希腊神话中的美少年那喀索斯,想从现在的男人堆里扒拉出第二个来,难。

　　然而女人,她们有天生的自恋癖,天下的女人永远都是孪生的,一个在镜前,一个在镜中。镜子使她们发现了自身的美,保持了自身的美。古有花木兰女扮男装,替父去从军,已经成了百战沙场的勇将,她退伍后回到家中的第一件事,仍是"对镜贴花黄";外国的女人很懒,闷得发慌的时候她们唱歌,唱的是"墙上镜子请你下来,快来照照我的模样",所以为她们设计的镜子还得带两条会走路的腿。总之,女人高兴的时候照镜子,发愁的时候也照镜子,她们一旦站到了镜旁,便忘乎所以,或开屏如孔雀,或翩然如飞蝶,那份旁若无人的神气,足可使男人自惭形秽。

有次座谈会上我与一漂亮女同行相对而坐,不一会儿便见她直勾勾地盯住我,似有红情绿意。那眸光初时脉脉,复而灼灼,随之面部也开始生动:时而莞尔微笑,扬眉飞眼;时而侧目含怨,努嘴送娇。真个有千般媚态,万种风情。这大胆的表示臊得我脸红耳热,我虽窃喜不已,心花乱放,但在众目睽睽之下,总得尽力保持一个作家的庄重,怎敢投桃报李?于是我只好闭目佯睡,偏偏又不甘心,就从眼缝里看她,却发现她的表示仍在继续,且愈演愈烈,仿佛也不是冲着我,而是向我的身后。失望之余,我回首窥视窗外,见四周空无一人,心中又顿生疑惑,不得其解。待到会场散尽,我用福尔摩斯的手段坐到她的位置考察,才发现她那春光四射的表情竟然是冲着窗户上的玻璃,那块玻璃能够照出人影儿!女人对镜子的酷爱,真是到了无以复加的程度。镜子如若有灵,当谢女人的知遇之恩。

人说面对暴跳如雷的男人,递他一支点燃的香烟便可使他恢复到心平气和;那么同样,面对一个唠叨不休的女人,给她一面镜子立刻就能够让她安静下来,这大概是古今中外颠扑不破的真理。但这种镜子跟前的安静,对男人怕也不是什么好兆头。与我相熟的一位作家只要一见他的太太照镜子就心惊肉跳,因为他太太每次临镜的结果,总是首饰盒中又多了一件珠宝,或者满满的衣橱内又添了一套时装,而他的口袋里则又少了一笔稿费。他用文学的语言向我形容,当他太太站在镜前搔首弄姿之时,于无声处,他却听见了躲在镜后的商人们发出的得意的奸笑。这位文弱的书生啜嚅着立下誓言:"有朝一日我发了脾气,就挥拳打碎家里所有的镜子!"我笑着给他出主意说:"这不行!最好的办法是,从现在开始,你也拿起镜子来。"显然,这两种方案都是行不通的。女人离开了镜子,人间就再没有美丽可言;可假如天下的男人都揣上了一面小镜子呢?那将是世界的末日。

我想起了一副与镜子有关的对联:

千尺水帘　今古无人能手卷

一轮明镜　乾坤何匠用功磨

这镜子乃天工所制,我们仰首可见,却不能够去照,它就是月亮。唯一能够与它相照的是历史,而历史,恰恰是一位多变的女人。

翠玉蝈蝈

重庆这城市有一万种声音,到了夏天,再添上蝈蝈叫的声音。

这虫子全是由人从北方乡下捉来叫卖,北方的农民贼精,千里迢迢,把噪音担来卖给城市。重庆这个地方奇怪,产热产雨,也生虫,只是不产蝈蝈。重庆人自己就是蝈蝈。

一想又不是了。人噪出的市声,浑浊到鼎沸,简直要煮熟了整座城才罢。而蝈蝈一噪,眼前真就飞落了原野山林,嗅得着草腥,市声便不再是市声,坍作淤泥。一万种声音里,只有蝈蝈的叫声是绿的。

所以我又欢迎蝈蝈的噪音。也实在感激那些挑着笼子的农民,顶着重庆的太阳,流着北方的汗,给我送来些生态,让我平衡。否则沦陷在沸声浊音里,早晚也煮熟了。

买过一只大肚皮的翠玉蝈蝈,叫得好,回家给儿子听。儿子嗜虫,不吃,只看。他盒子里的宠物真是吓人得很:会磕头的,能装死的,带钩子的,挥刀乱砍的,嘴边长钳子的,会放屁的(放白屁)……瞟上一眼,触目惊心。只是这些怪物多不善叫,能叫的一种,声音又阴阳怪气,像个奸臣。

蝈蝈很讨儿子喜欢,喜欢到极点,竟扯下它一条大腿来,还在弹。我怒吼一声,在儿子头上敲出了栗子,儿子知错,赶忙把大腿还给蝈蝈。我想这虫子完啦,活不了几天啦。

谁知蝈蝈活得挺精神。吃饱了菜叶儿,开始叫;啃几口辣椒皮,叫得更欢。它还吃过一些巧克力什么的,是儿子给的,儿子想让蝈蝈尝尝他爱吃的零嘴儿。这只蝈蝈还吃那条断腿,像猛士吞下自己的眼珠一样,很壮烈。

最闷热的日子它的叫声不断,而且是变着法儿叫:织织织地,喳喳喳地,唧唧唧地,当然也要咹咹咹地叫,叫出了韵味儿。我便诱导儿子从那叫声里听出山意来,听出水意来,听它如醉如痴,叫活了满墙的画,飘出些树荫地气,呵得人痒。整个夏天,只要这位长翅膀的俞伯牙一操琴,不远处立刻就会冒出两个钟子期竖着耳朵在听。这是蝈蝈最富激情的浪漫时期。

有时也忆起童年的事。夏天跟大人去北方乡下玩,常常钻进野地半天不见影儿。回来大人举着巴掌问:干啥去了? 我就答:去河边了。再问:到河边干啥? 只说:听蝈蝈叫哩。这顿打也就免了。蝈蝈帮我逃过很多次打。又记起庄稼人的一句话:听蝈蝈叫,还不下地了呢! 这大约是说蝈蝈叫得太好听了吧? 不知道。

入秋之后这虫子叫声少些,也低沉了,却极有灵性。有时觉着屋里缺了动静,心想蝈蝈怎么不叫呢,突然它就叫了起来。又有时夜半梦断,听它仍在唧唧复唧唧地烦人,心里刚骂了一句,那叫声就戛然而止,再不复鸣,秋夜便无限空寂了。试过几回,灵验得很。我一直认为人与虫子之间有某种相通的东西(思想? 情绪? 感觉?)。

渐渐地天气很凉了,又很冷了,奇怪这断腿老虫仍然不死。它不吃,通体已变化了颜色,紫若檀木,派生出一些玛瑙的红,最紫处乌亮如漆,微微地透明,两眼蕴着宝石的蓝。只剩额前还有一点绿,仍是翠绿。它很偶然地叫过几回,声音极缓,极沉,极深,极玄,极冷静,仿佛大师说法谈禅。听不懂了,却被它的语调感动着。

忽然想起了荷马,这盲诗人一定也是用这样的语调来吟诵诗歌的吧。我不明白为何因了一只蝈蝈,想到这位压根儿没有见过,也不曾认真读过的人,并且流了泪,潸然泪下。男人流泪的样子一定很难看。

农历大雪那天,老虫犹动,默无声息。我产生了找一只葫芦装着它越冬的念头。必须是葫芦,从前北方人就是这么做的,揣在棉袍子里,贴着胸口。但是重庆也不产葫芦,更没有棉袍子。只得作罢。

下午正写着什么,竟听它叫了一声,轻而飘逸,有种前所未闻的特别。搁笔屏息等着第二声来,又久久不至。我走到笼边观察,发现蝈蝈双翅微启,摆出欲飞的样子,凝如雕像。细看它额前的一点绿,没了。

方知听见的那一声不是叫,是灵魂出窍的声音。

街戏

猴戏

耍猴乃街头常见的把戏,敲锣打鼓,场面热闹,但花样不多,老一套。

早年在北方看过一回高级的。

耍猴者三四人,率猴十余只,只只训练有素,擅演京剧。戏分文戏武戏,所备行头齐全崭新,皆是依照猴子的身材缝制。一旁还挂着戏码,供观众点看,煞有介事。

表演时,由耍猴者在旁拉胡伴唱,猴子上场比画动作,颇似双簧。锣鼓家伙一响,众猴旋即排队肃立,规规矩矩作候场状,除了登台的猴子,无一敢动。

《四郎探母》中扮佘太君的猴子能躬身瘪嘴模仿老妇的样子,杨四郎时而单膝下跪,时而以袖掩面,逗人发笑。

演武松的一只猴,会虎跳、旋子、打小翻儿,动作难度大,它还东歪西倒表现景阳冈上武松酒后的醉态。更奇的是与它配戏的老虎乃一只名叫展昭的猫,耍猴的一喊展昭,猫便冲出去,能扑能剪。两个斗到后来弄认真了,武松又抓又咬,老虎喵喵乱叫。耍猴的走上前把它们分开,各踢一脚,重来。这出戏结束时,猴子金鸡独立,猫倒地装死。众人称奇。

显然这只武松是猴子里的角儿,在许多戏里担纲。它演花果山的美猴王,神采飞扬,是我迄今所见最成功的一个,无人能望其项背。《西游记》被这群猴子演成一出闹剧。唐僧是骑着一只狗去西天取经的,其余的猴子扮成各路女妖,花花绿绿地一拥而上,把唐僧抬了走。那悟空扛着根棍儿,也不去斗妖精,只顾从怀里掏出半拉桃来啃,十分潇洒。围观者捧腹不止。

耍猴者中操胡的年轻人,长相英俊,嗓子极棒,功底厚,老生老旦花脸青衣,全由他一人坐唱,韵味十足。观众里有知情者,说这人曾是某县河北梆子戏班的头牌,在台上唱戏,能用眼神勾引了看戏的大姑娘小媳妇。他怎样改行唱京剧,以至于沦落到在街头耍猴卖艺,必有一番故事。我欲追问,知情者见我是个娃娃,便卖个关子,不说了。妈的。

蚤戏

蚤戏极稀罕,可以说没人见过,有一次让我撞见了。

1967年冬季一个大太阳天,我在路边遇着一人,低声问我想不想看跳蚤表演文体节目,很便宜。我立即答应了。我连跳蚤都没见过,更别说看它演节目!有什么可犹豫的。

那人带我到僻静处蹲下,掏出个百雀翎小铁盒,打开盖,仔细朝一张白纸上倒出几个小黑点儿。

他捏着嗓子报幕道:第一个节目,跳蚤跳舞。说罢即摸出一把口琴哇哇地吹。纸上那些小黑点儿真的就开始乱蹦,越蹦越高,越蹦越快。琴声一停,黑点儿马上都不动了。如此反复数次,次次皆灵。

他又用三根细棒在地上搭个架子,接着报幕:第二个节目,跳蚤跳高。便将一片葱叶含进嘴里吹出尖声。这回更奇怪了,每吹一声,只有一个黑点儿弹起来,跃过横杆,秩序井然。正在诧异,就听他报一句:节目到此结束。没了。

就这么两下子,赚了我三毛钱。

我觉得不可思议。问他怎样驯养跳蚤,他笑笑说:科学方法,科学方法。又很小心地端起白纸,将黑点儿倒进自己的袖子。

我说你这是干什么。他说:辛苦了一场,喂喂它们。我问跳蚤都吃啥?他慢吞吞地回答:这东西,残忍,吃我的血。说这话时,他的表情很得意,很满足。

捋起他的袖子看,满胳膊的红点子。

他推开我的手,捡起三根细棒,摇晃脑袋哼哼着小曲儿,走了。

影戏

原先我住江南时,某个元宵节曾被亲戚领至一县城看影戏。那时我做小孩的干活,爱凑热闹,看稀奇。

影戏不是皮影,而是艺人在幕后变幻自己的身影,所以天黑了才能看。事前要在街头搭个竹棚,三面用床板及青布遮严,内置一张矮桌,一盏油灯,正面垂一幅白布,影子投于其上。表演者张老头,与我亲戚相熟。

吃过夜饭,竹棚前便陆续来些县民,站到稠密时,众人就齐喊:张老头,开始喽!张老头笑嘻嘻地走出来,五十多岁的模样,穿件很厚很脏的对襟棉袄,作揖鞠躬,不停地说着吉利话。人群里一阵笑骂起哄,张老头赶紧撩开白幕钻了进去。想是那些观众早看熟了张老头的节目,又乱叫道:关公!关公!关公舞刀!

棚内的油灯渐渐亮起来,幕上果真出现关公的影子,长髯飘飘,手持青龙偃月刀,还挥舞了几下,掌声四起。灯光暗下去。

再点亮时,映出的却是一个俊俏女子,摇晃婀娜的身姿剪窗花,轻轻慢慢地哼着吴语小曲儿,调子极好听,歌词有些黄。观众里有人随着唱,样子挺陶醉的。那女子剪出的窗花就别在幕布上。

顷刻又变了,一筋斗翻出个儿童,扎根朝天辫,光屁股围着短兜兜。奶声奶气地笑,蹦蹦跳跳放鞭炮。看戏的男人就高兴了,说:咦!快看!还有个小鸡鸡。女人们便叫:没羞!没羞!

又变出位老太太,咿咿呀呀地唱,没完没了,难听得很。

又变出一个厉鬼,大头双角,龇牙咧嘴,当场吓哭了几个小孩。有人骂道:该死!张老头这老妖精!

接着变出的还有壮汉、僧人、书生、县官、长舌僵尸、仙娥、南极寿星等,相当逼真,灯光一暗一明,就出一个新形象,转换时间极短。戏演完,张老头出来谢幕,拉开白布让大家看,除矮桌油灯外,无道具,无帮手。令人百思不得其解。

张老头对人说,这还不算什么,哪天他高兴了,就站在太阳下作法,直接把影子变给人看。话是这么讲的,谁也没见他变过。

张老头其人未婚独身,无后嗣,有相公癖。影戏乃他家秘传,每代只传一子,决不收徒弟,所以到他这里,成了绝活儿。听我亲戚说,这影戏他也只是逢年过节露一两回,义务献演,不取分文;平日他就摆个摊子代写书信谋生,能写一手好字。他曾想过继个儿子,把影戏传下去,但人家嫌他名声恶,怕把孩子教坏了,不干。

"文革"初期破四旧,张老头被捉去挨了一回斗,当夜忽然消失了,无影无踪。

蛇戏

六十年代有一阵子,我迷上了连本的京剧武侠戏,一放学就朝戏院钻,机关布景,吐火飞人,直看得天昏地暗。

戏院附近常有江湖人扯圈子耍蛇卖药。看耍蛇不要钱,白看;等他们推销药品时,我就走了。很经济。

有一类耍蛇者模仿印度弄蛇人的样子,结跏趺坐,置蛇袋于地上,含一根竖笛玩命地吹,曲目选用《社员都是向阳花》等流行音乐,据称能将蛇唤出来狂舞。半晌无效,他便舍弃掉音乐,起身发表演讲,谈天说地,言古道今,归纳为健康,落实到卖药。

这类人的优点是口才好,常听能提高作文水平;缺点是耍蛇不见蛇,不好看。其所卖者多为酵母片,于跌打损伤风湿麻木一概无效,助消化。

另一类人耍蛇,动真格的。我曾见过山里来的三兄弟大规模的献艺,一声唿哨,便从竹笼里唤出数十百条毒蛇,计有金环银环、眼镜蛇和蝮蛇等,花花绿绿,十分壮观。他们取出一种药片,吐口唾沫在地上画一个无形的大圈儿,蛇就待在圈内不敢出来。

这些蛇像被他们玩熟了,能依照唿哨声表演,或蛇立成阵,或纠缠成团,还能于数秒之内摆出一个巨大的太极图。最精彩的一招,是他三兄弟赤膊走到圈中,任群蛇爬满身,缠在腰间、绕在脖上、盘在头顶,吐着舌须摇动,特惊险,特神话。

三兄弟卖的是蛇药,卖药的方式让人目瞪口呆。他们各捉一条蛇,掰开蛇口把毒牙给大家看了,然后诱蛇咬住臂膀,咬得滴血。蛇咬过的地方乌紫肿亮,迅速扩大,这时三人才取药丢入口中,嚼碎了敷在伤处,眼见着血凝肿消。这种现场示范效果相当好,蛇药旋即被抢购一空。

整个过程不说一句话,三兄弟是哑巴,胸前背后,伤痕累累。挣的是钱,玩的是命。

城里人买蛇药纯粹凑热闹,一生难遇蛇咬。拿此药治蚊叮虫蜇有奇效,抹脚气极灵。

刀戏

刀戏好看。我爱看。

耍刀人走南闯北,行踪飘忽,今天还在四川卖块儿,明儿一眨眼,广西了。他们礼数周全,举止有范儿,持刀昂首当街一站,单凭那架势就招人喜欢。

耍刀人的眉宇间总洋溢着一股气,或透侠气,或露匪气。浑身冒仙气的我只见过一白衣老叟,耍一把龙柄快刀,会轻功。他能纵身跃起用两指夹住细柳枝,衔刀悬空,不掉下来。这老叟最绝的一招为踏蛋断绸。地上摆好两排鸡蛋,空中抛起一条长绸,他迈着小碎步以足尖踩蛋,一路挥刀过去,可使绸带断成若干截而蛋壳无一破损。

其实在街头耍刀卖艺的,都有两下子。顶不济者也能拿刀朝肚皮上猛砍,跟义和团似的。这一套挺唬人,也不需久练,会点儿气功就行。我曾在郑州的热闹地面见过一条大汉,敢脱去上衣直挺挺地倒向一排利刃,在上面横滚竖滚,屁事没有。他自称绰号"肉盔甲",还表演了赤脚走刀锋,在刀尖上单掌拿大顶、打空翻。这几手功夫比较厉害了,没个三年五载的练不成。

我还见识过另一种刀戏——玩剃刀。以前家住南京时,有个担挑子的扬州剃头匠把剃刀玩神了,他能在客人脸上斩苍蝇!他给客人修面,有苍蝇飞落爬动,他也懒得用手去赶,只是不经意地随便挥刀一点,像完成一道工序似的,就把苍蝇脑袋齐齐地斩下,决不伤客人皮肤。剃头挑子招苍蝇,剃一个头修一个面,要屠杀好多只苍蝇,他一点一个准儿。更奇的是,连落在自己脸上脖后的,他也能点着。有一回我亲眼见他快速连斩三只苍蝇,第三只是起飞后被他在空中削去首级。苍蝇没了头,还要乱飞一阵才坠地身亡。扬州剃头匠的这手绝技曾让我看得两眼发呆,他自己倒觉得没什么大不了的,又没有刻意练过,操刀日久,手熟了,自然就会了。他也不知道,我一直把他看作南京城里最高级的刀客。

遁戏

遁戏很神秘,像魔术又不像魔术。人钻到地下去,很快从另一处冒出来,不打洞不刨土,比土拨鼠还灵便,似土行孙。是个什么道理,想不通。

遁戏的表演者是五个年轻人,安徽口音,三男二女,互以兄妹相称,相貌也相仿。地点在路边公园的一片开阔地,地下不可能有什么暗道或下水管道;时间为午后两点,光天化日。表演之前他们几人转来转去,仔细勘察了地形,然后挑出一面旗,旗上墨书一个"遁"字,下方还有四个小字:古老法术。附近的闲散人员很快聚拢,按他们的要求围成大圈,我站在一个类似主席台的平阶上。

他们的演出服装也很奇怪。三个男的换成清兵打扮,背后印着"勇"字,像从县剧团顺来的戏装;两个女的着紧身服,皂色,上下相连如和平衣。演出道具简陋,只有一大张红布。

开场时无铺排。首先表演单遁,由一男勇走到场地中央,另几人扯红布将他蒙住,踩牢四角。眼见着布中人渐渐矮下去,矮到一半时,他还在里面说话,用手顶布,猛一下就消失了。四人迅速揭开红布,地面完好依旧,无痕迹。突然相距七八米处的地下传出撞击声,四人循声而至,将红布拉平盖上,红布立即开始隆起,隆到一人高,再掀开,那人已冒回地面,满头满身都是土,真像在地下钻了一回。

我看了看表,整个过程不到六分钟,干净利落。

接着另一傻不拉叽的男勇开始端盘绕场收钱,演一个节目收一回钱,数额随意,收钱的这位参与表演最多,从双遁到五遁,每次都有他。表演五遁时他先将那四人遮了,又请几名观众来镇布角,自己钻进去喊声一二三,红布瞬间全塌,比前几次还快。数分钟后五人从圈外百米远的五个方向跑回,鞠躬,收钱。

观众边看边议论。有自作聪明者说:我明白了,这五个人其实是十个人,五对双胞胎,另一半预先藏好了当替身。另一人说:不可能!一个妈生出五对双,都快成世界奇迹了,再说原先的几个呢?难道都变扁了贴在布上?

这时圈内人又请观众与他们共同表演,大家派自作聪明者去弄清机关。他被用黑布蒙住眼睛,由一男一女抬着,红布撤去,三人全不见。一会儿在圈外一棵树后复出,他仍被抬着,也搞了一身土,很兴奋。大家向他打听情况,他说:我晕晕乎乎的也不知被抬到哪里去了,耳旁嗖嗖响,有风。大家笑道:怪了怪了!你被老鼠精卷到无底洞里去了。

大家一致怀疑还是有地下通道,所谓土遁仅是神话,大家都不迷信。五个人走后,大家围着那块地,又跺又拍又敲,结果什么也没发现。

宰牛

有个牧羊的孩子曾告诉我,羊这动物通人性,晓得人什么时候要杀它。人在一旁磨刀,羊见了便浑身发抖;人提刀向羊走去,羊会双腿下跪,流着泪,一下一下点头哀求。听这番话时我也是个孩子,直听得眼泪汪汪。我的缺点和优点就是心肠软,自己知道。我本来应该信佛的,却又没有。

我没见过人杀羊,但我见过人宰牛。那场景触目惊心,只见过一次,我记了一辈子。

1970年在沙角码头,有天早晨我目睹了三个伙夫怎样宰一头水牛,说是宰,其实是打死。这三个伙夫,一个唤作小老广,长得精瘦,却很有些暗劲,掰腕子没人能赢他;另一个一身蛮肉,孔武有力,是条河北汉子,平日打篮球喜欢撞人,被我们收拾过;还有一个新手,不认识。他们是附近食堂的。

当时我们一群人坐在码头边"天天读",就见他们牵着牛朝不远处山坳的篮球场上走,河北汉子扛一把开山用的重磅大锤,那牛膘肥体壮。隔着一段距离,还跟着个农民,像无事闲逛的。起先大家也没在意,聚精会神地读书,只我一人思想开小差,用眼斜瞟着他们。

三个人把牛绳拴在篮球架子上,一声不吭蹲下抽烟,那个农民也远远地蹲下,托着腮帮子。一会儿,小老广直起身接过大锤,在牛的额前比比画画,我觉得这个动作很奇怪,伸长了脖子瞧。突然,小老广后退两步,将大锤抡圆了,"咚"地一下击中牛头。

我完全没回过神来,不曾意识到这是一次宰牛活动的开始,那一瞬甚至以为小老广他们在恶作剧。"咚"的一下,声音沉闷且响,像砸在实心的石头上,又被山壁反弹,撞得我脑门发麻。那牛却四腿直立,纹丝不动,只仿佛被什么不经意地碰了一记。学习的人全都侧目。

小老广接着又砸了第二下,"咚!"大家跳了起来。学习组长很激动地大叫:"住手!你们想干什么?"于是我们齐声怒吼:"浑蛋!"

三个人便很歉意地解释,没办法,因为有第三世界的朋友要来,按规定杀牛款待。他们谁都不知该怎样下手,就采取了这种笨招儿。没办法,没办法,对不起。

组长搞清了原因,就转身向我们喊:"继续学习!'天天读'雷打不动,锤打就能动吗?"

接着便是一连串的锤击声。小老广累了,换上河北汉子,继而又换上那个新手,新手脱光了上衣,竟也是一身好肉。三个人大汗如雨。四周一片寂静,唯有锤击声单调残忍地重复,又猛又狠,听得出操作者使出了吃奶的劲儿。那是我听得最真切的一种致命的声音,毫无表情地朝生命撞击,每一记都像提起我的心脏,再重重地夯击下去。那头牛简直不可思议,从第一锤落下,它就似乎被钉在了原地,如一尊雕塑。它本可以发怒,用漂亮的双角顶翻他们,不费吹灰之力,但是它不!它唯以那种无所谓的姿态抵御,每一次迎击都显示出惊人的骄傲。我从未见过任何包容生命的骨骼可以这样坚韧持久地对抗死亡。我看见铁锤击中牛头迸出了火星,弄不清可是自己已被这声音震得眼冒金花。

大约过了半个小时，那声音发生了变化，渐渐地变空，似敲一只木桶，又变得像和尚在敲木鱼，再往后变得很轻，如用细棍很小心地在敲一层薄薄的硬壳，声音发劈，隐约可闻生命正在逸出，咝咝作响。小老广他们没力气了，也许是害怕了，动作迟缓软弱，终于停下。他们不知会发生什么样的后果，牛的眼睛圆瞪，直直地盯着他们。

这时那个远远蹲着的农民忽然站起来，跑上前去，举起双拳照牛头一擂，那牛轰然倒地，像一座小山坍塌。小老广三人一屁股坐在地上。我浑身散了架。农民捂着脸，号啕大哭，这头牛是从他们公社买来的，他是饲养员。

这是我所看见的最壮烈的一次动物死亡，顽强、高贵。我发现折磨了我许多年，使我感到震惊和畏惧的，不是咚咚的锤击声，而是那头牛的无声。

看人吃鼠

世间把老鼠当成美味的,除了猫之外,还有我的战友阮。

阮和我同在一条船上,睡铺相邻。在没吃老鼠以前,他的食谱与我无异,也吃米面蔬菜及常规的猪肉等物,只是胃口更好。所不同者,我在饱食三餐之后,便心满意足,再无非分之想,而阮却额外能够产生出猫心来,令人不可思议。

阮和猫又有本质的区别。他是把老鼠当成风俗来吃的,或者说当成一种信仰来吃,这就比猫深刻多了。

据阮说他的家乡人有吃老鼠的嗜好,因为大家相信老鼠大补,乃席上珍品。但不知何故阮从来未亲口尝过,他一直引以为憾事。

所幸我们船盛产这种长尾巴的风俗和信仰。有一天,一只老鼠打我们面前路过,教阮看得馋涎欲滴,勾起了乡情。他津津有味地对我言及老鼠的种种吃法,切剁片剔,煎炒烹炸,如果列出菜单,足可制作一整桌的老鼠宴。我对阮的话将信将疑,因这经验对一个没有尝过老鼠肉的人来说,实在过于丰富了。阮有干过炊事兵的经历,他尽可以将厨子的全部技术照搬照套;再说他当时的神情,完全像一个贫农在假想财主家里的筵席。我仅相信他内心确有食鼠的欲望。

不过阮转而谈到他家乡的另一个风俗,就不由我不信了。他家乡给死人入殓下葬的习惯,是先用竹席卷了尸首埋进土中,一年之后尸身腐烂,再挖出来捡了骨头,按顺序放入一个坛子内,重新埋掉。与此同时,还要另备两个坛子,将整个的冬瓜装入其中密封好,埋在骨坛旁边。天长日久,冬瓜自会消融化水,这也是大补之物,跟老鼠一样。往后家中有谁得了重病,只须取出冬瓜水饮下,便能痊愈。阮年幼时曾发无名高烧不退,喝过这种冬瓜水,清凉沁人,甘美无比。冬瓜这种神奇独特的吃法,我是头回听说,听着害怕。我断定这决非阮的臆造,他不可能。大凡叫人害怕的事儿,我都相信是真的。我认定喝过冬瓜水的阮,已具备了吃老鼠的基础。

阮吃老鼠的机会是我给提供的。一个大太阳天我把军呢子大衣(水兵的配备)拿出来晒,发现口袋里有东西在动。伸手掏出来,竟是一窝刚出生的小老鼠,一共九只,未长毛未睁眼红嘟嘟肉乎乎地打着哆嗦,透过薄薄的肚皮,可见血脉和内脏。另外,呢子大衣破了一个窟窿,是母老鼠咬的。我大喊大叫。我不反对谁在我的口袋里生儿育女,但是我讨厌老鼠乱咬衣服的行径。

闻声赶来的人中有阮,他见了老鼠,神色极为兴奋,说是要亲口吃掉它们,为我的大衣报仇。大家谁也没见过人吃老鼠,立即奔走相告,霎时附近几条船的人全跑来围观,弄得我们船晃晃荡荡。

阮把吃老鼠的过程搞得像个仪式。他找出一张白纸垫在机舱盖上,搁下老鼠;继而脱去海魂衫半裸着,又取了条毛巾系在额前;然后单膝下跪,微闭双眼,口中念念有词,那模样不像要吃老鼠,倒活像是准备切腹自杀。半响他睁大了眼睛,两臂开始在空中画圈,画8,画S,由慢渐至飞快,突然打住,拎起一只老鼠放到嘴边。这时大家才明白他是要把老鼠活吃了,一个个情不自禁地张大了嘴,仿佛在与他争吃。

阮把老鼠扔到嘴里,先用牙衔了一会儿,又咬断,慢慢地咀嚼,发出响声。大家也赶紧闭上嘴,皱着眉,各含着一只老鼠似的。我被他嚼出了一身鸡皮疙瘩。阮的表情很奇怪,目光炯炯,满身肌肉抽搐,非哭非笑,他大概把老鼠嚼成了浆状才徐徐咽下。根据当时的气氛,这一只老鼠,他是咽到了每个人的肚子里。日后我曾问过他老鼠好不好吃,他说好吃,极鲜美。又问他是什么味道,他说没味儿,味同嚼蜡。我没嚼过蜡,所以体会不到吃鼠的感觉。时隔数年我游杭州。品尝虎跑泉水沏出的龙井茶时,见一个牌子上写着"此无味之味,乃至味也",细细地琢磨,再联想起阮吃老鼠,恍然大悟。

剩下的八只老鼠,阮不嚼了。他让人端来一碗酱油,拎着老鼠的小尾巴,一只只地蘸了生吞。每吞一只,便伸长了脖颈,用手往下捋,很艰难的样子。八只老鼠吞完,他低首捧腹跪坐了许久,又念念有词,又挥臂画圈,接着端起那碗酱油,咕嘟咕嘟全喝了下去。大家掌声雷动。阮摇摇晃晃地站起来,打着嗝儿,我扶他到舱内躺下。我觉得他很了不起,连老鼠都生吃了,这世上就再没有什么能叫他害怕的了。

后来阮告诉我,那八只活鼠下肚时,小爪子挠得他喉咙直痒痒;在胃里化解前,还蠕动挣扎了好一阵子,让他直犯恶心。他不得不用酱油去淹死它们。

问及他当时念叨了些什么,他说念的是下定决心,不怕牺牲,排除万难,去争取胜利。我听了忍不住地笑,原先大家都以为他会作法。至于那套仪式,更是他的临时发明,与他家乡吃鼠的风俗无关。我曾嘲笑他不过吃几只老鼠而已,何必弄成跳大神的架势。很久以后才明白,仪式是很重要的,人的信念往往要靠仪式支撑,使之坚定,贯彻到底。对神如此,对老鼠亦如此。

有人现场看见阮的肚皮被老鼠搞得直动弹,就送他一个不雅的绰号:鬼胎。此后大家无论逮着了什么,都拿到他面前,希望再看到他的表演。还有人提着一瓶蟑螂来问他吃不吃。

我对阮说,总而言之我是绝不会把老鼠当食物的,也不喝那冬瓜水。阮便起劲地追问我:如果世上只剩下老鼠和冬瓜了呢?如果你饿极了呢?我被逼无奈,只好回答:那就吃吧,但必须煮熟了,比如说,冬瓜炖老鼠。阮笑了,他说看来你不饿。我感到奇怪,阮也不饿,却敢吃。阮的笑容挺神秘,似乎比风俗或信仰更深奥。

这事过去好几十年了,很残酷,很有趣。因我以后又见过许许多多的猫,所以一直忘不掉阮这个人。

门

家家户户皆有门。门的功用妙不可言。闭门岂止可以思过,简直能够造车,甚至连懦夫和弱女子,都会摇身一变,成为不知天高地厚的小小的夜郎国主。而打开门时,那出口便是人人走向世界的唯一通道。据我所知,一扇比较完善的门,总要装备三件东西——门锁、门镜,还有门铃。

对于门锁,人常爱说一句古已有之的格言"锁君子不锁小人",现今听得,颇似自嘲。但古代的人,等于是在用这格言锁门。从前的门构造简单,几乎到了一把钥匙能开千把锁的地步。有了这句格言,锁挂于门上,就成为象征,成为一种衡量道德的准绳。想必作用是很大的,不然荡荡千年,制锁业怎会发展缓慢?身为现代人的我,无法想象那时世风如何纯正,只有认定古代的窃贼都是雅贼,把名誉看得比财物重要,见锁生耻,飘然而去,否则何来"梁上君子"的绰号?相形之下,目前新锁层出不穷,恐怕也与现代君子的堕落有关。有例为证。

许多年前,我同龄的朋友中忽然流行结婚之风,爱神的金箭频频射出,大家整日提着贺礼慰问那些中箭落马者。一日扑去一处"爱的小窝",适逢新人伉俪外出,门上挂了一把廉价的锁——自然是锁君子的。吃了闭门羹,本该做鸟兽散的,偏偏同行人中有好为鸡鸣狗盗之术者,用一根小棍将锁拨开,于是众君子拥入新房坐定,搜索出喜酒喜糖瓜子花生,光天化日之下,牛饮马嚼,直至杯尽盘枯,满地狼藉,方才掼下薄礼,呼啸而去。隔日再去见一对新人,虽然人家面不改色,但谈笑之间,我瞥见门框上新添了一把巨锁——那锁别说君子,就是小人,不使出浑身的解数来,也休想弄开了。

我常常望门兴叹。门这东西,少它便没有了体统,有它却又添了一点儿人与人的冷漠。由此我倒艳羡古时的鸿儒名士,房屋与胸怀一般坦荡,进出自如,视门若无睹。欢时相聚,兴尽则散,或谈或歌,或弈或饮,或坦腹东床,等着人家来招他做女婿,而且也就真做了女婿。全不似现代的人,把自己当成秘密关在家里,只要听见门响,赶紧抓起衣服往身上套,虽说多了一层文明,却少了一份自在。

中国人善良,所谓"害人之心不可有",但也时时戒备着,正是"防人之心不可无"。这防人之心跃然于门上,便成为一个精致的瞄准系统——门镜。有人说门镜是舶来品,因近年西风东渐,飞入中国百姓家。其实,以中国人的精明,老早就懂得"门缝里看人",不管看扁了还是看圆了,却足可证明门镜乃门缝旅居海外的若干世孙,正如"二踢脚"是"飞毛腿"导弹的祖爷爷一样。

前几年我也曾购得一只门镜,从此便多了一件事。每逢客至,我必定趴在上面窥望,用目光击毙过不少的来访者。忽有一日,觉得滑稽可笑,外面的人倒是堂堂正正地站着,怎么自己反要蹑手蹑脚,屏住气,猫着腰,仿佛一个监守自盗的内贼?我拿一块胶布将门镜贴了,发誓再不看一眼。与其整日在家中鬼鬼祟祟,我情愿开门揖盗。

不过,门铃我从未安装过,我喜欢听敲门声。那声音:轻时笃笃,重时砰砰,缓时如从前打更人的铎韵,急时如一连串的小鼓。听久了竟可以分辨出哪些熟悉,是常来常往的朋友,哪些陌生,是不速而至的疏客,原来敲门声也像人的指纹,无一相同。谓予不信,诸君可回去潜心研究一番,结业之日,甚至能从敲门声中听出客人的年龄性别职业乃至教养程度。当然,倘若房门忽被来人大搋大擂,其声粗野,而门扇顷刻即有卵破之势,据我的经验,就应马上中止探讨这门学问,尽管拎上一把菜刀再去开门好了。

如上所述,敲门声带给我这般乐趣,我为什么要装门铃?为什么要让千篇一律毫无个性的铃声将我享乐的权利剥夺?一位致力于门窗革命的朋友,曾向我炫耀他的门铃,款式之新,远非掩耳可盗的那一种能够相及,每按一下便奏出一支世界名曲,曲目达三十种之多。我认为这发明奇蠢无比。要是主人家正办丧事,而前往吊唁者恰好按响一首《婚礼进行曲》,岂不弄得主客双方啼笑皆非?或者索性把《哀乐》也灌进去,倒不失为设计之良策,但这样的门铃谁还敢买?

我到别人家去,往往可见门上睁一只咄咄逼人的独眼,左右贴着两张纸,这张写:"清洁护院值日表",那张写:"水电燃气数据单",俨然一副门联。上方竟还有横批,也是四个字:"请按门铃"。我偏不按,偏要一手敲门,一手捂住门镜,然后想象着主人在内抓耳挠腮、黔驴技穷的样子,等他气急败坏地大喝:"谁?"我就爱听这一声"谁"。有时门儿应声而开,主人笑呵呵地说一句:"就猜到是你!"我更欣赏这一句话。

时下四处都在弘扬各种"文化",而古往今来,门以不朽的姿态启闭于人间,当然更是一种文化,其涵盖面之广,渗透力之强,理应高居茶文化酒文化之上。因为有了门,兵家才会有"关起门来打狗"或"御敌于国门之外"的战略决策;我幼时爱听"公子落难,小姐后院赠金"

的老故事,由此起源的"走后门"一词,早已发展成人际关系领域十分深奥的学科;文学上以长门代表宫禁冷落之苦,以门前车马比喻世态炎凉。至于"小叩柴扉久不开""门对浙江潮"之类的诗句,开卷俯拾皆是。此外更莫谈宦门如海,佛门空妙。试想,人类若未曾发明门,也许世界的历史都得重新改写。我无学者风度,岂敢奢谈"文化",在此不过聊记二三趣事,来衬托自己的肤浅。其实,我唯一庆幸的是,幸亏诞生了门,也才有了推敲,否则我们这些舞文弄墨的人,恐怕至今还不懂得遣词造句的要领呢。

所以,我才愿于房壁上保留一块光秃秃的木板,为了深夜从世界上回家,能够领略"僧敲月下门"的古老意境。

芝麻开门!

贝雷帽

人间有一种贝雷帽，帽顶有蒂，帽边无檐，或用呢料缝就，或以绒线织成。很长一段时间，我对此帽推崇备至。

最初见到戴此帽者，是若干年前一张相片上的赵丹。他手中似乎还拿着一件乐器，贝雷帽轻松俏皮地斜在额角，显得潇洒倜傥，十足的帅哥气派。这瞬间的印象令我顿生好感。稍后又看他主演的电影《聂耳》，剧中的革命女青年郑雷电面对白色恐怖说道："我偏要穿红戴红。"她戴的，便是一顶红色贝雷帽。于是此帽在我心目中又成为革命的象征，使我的好感得到进一步升华，以至爱屋及乌，从此对所有头戴贝雷帽的人肃然起敬。一顶小小的帽子，竟因使用者的光辉而对一个少年产生了深远的影响，足见明星效应是何等重要。那时，我尚不知如何称呼这种帽子，就管它叫"赵丹帽"。后来才知此帽在国外早已泛滥，从上等阶级的绅士款爷富婆名媛，到穷途末路的艺术家，乃至浣妇厨娘贩夫走卒一类的三教九流，都不乏喜戴贝雷帽者，却也个个生动鲜明，各得其所。此外，更有女王戴它出巡，既显亲切又不失体面；武装部队以它作为军帽，可使将士们个个酷似硬汉。当年大胡子的卡斯特罗头戴贝雷帽站在加勒比海一声吼，就让我唱了许多日子的"要古巴不要美国佬"。天下能以一种款式适应千万颗脑袋的帽子原本就不多,贝雷帽久盛不衰,且有代代相传之势,正所谓年年岁岁帽相似,岁岁年年人不同。脑袋算老几?立马可以凋谢,唯贝雷帽不朽,这才是真的。

曾见有为联合国执行任务的我国士兵归来,头顶是清一色的天蓝色贝雷帽(所谓蓝盔),看上去效果不错,比大盖帽随意,比解放帽英武。解放帽都让黄宏郭达赵本山戴出了一股子土腥味了。其实贝雷帽传入我国已有一个多世纪,大约是与马克思主义同来,多为具有浪漫气质新潮思想的人物所戴,是一种从外国人头上拿来,移植在自家头上并戴出了中国特色,且很成功的帽子。同样是洋为中用的礼帽和鸭舌帽就不行,礼帽戴着像汉奸,而戴鸭舌帽又像特务,这也是电影造成的后果。许多年来我之所以削尖了脑袋朝作家队伍里钻,就是因为文学界人士多爱戴贝雷帽的缘故。可惜我天生一头怒发,总呈冲冠之势,与任何帽子无缘。出席文学会议,常是人皆有帽,我独无冕,然而对贝雷帽的好感却不减当年,往往在与同行谋面之初,冷不丁地送他一句"贝雷帽很适合你",弄得人家莫名其妙。

忽然就有患了考证癖的朋友来跟我抬扛,说贝雷帽不是自外"拿来"而是外人"拿去"的,据他考证贝雷帽原是瓜皮帽的变种,瓜皮帽盛行于中国至少有三百年的历史,传教士或外商把它带去欧洲仿制,自然有充裕的时间。三百年前的欧洲人还不会洗脸,何谈帽子?只是不洗脸的欧洲人做事未免粗针大麻线,这才有四不像的贝雷帽问世。又说这只是初考,再验证下去武松头上的那一顶似也有贝雷帽之嫌。我听罢这一番高论,先是瞠目结舌,继而又觉得此君已走火入魔,病入膏肓。但又不便反驳,否则他势必要把孙悟空抬出来对抗。那猴子的帽子与武松相似,且本事更大,倘若一筋斗翻到周口店去,贝雷帽的发明时间还得大大提前。跟这种人自然不必较真,由他信口雌黄也罢,人家恨不能把世间一切发明都揽给自家祖宗,摆出"先前阔"的样子,本意也是爱国,只是爱得有点离谱,好在嘴巴说说并不费劲,提出一堆假设去折腾专家学者,学术界也显得热闹。

于是我鼓励此君写成论文发表,三言两语打发他走人。我还有事要做,桌上放着一位陌生人寄来的著作,附言要我"加以评论",言下之意,是要我送他一顶高帽子。然而高帽子戴着不一定舒服,要送,就送他一顶贝雷帽吧。

无臂画丐

街头有年轻的残丐席地而坐,无臂,用脚执笔作画,画鸟。

是写意的水墨画。已画好了一幅岩鹰,兀然独立,具备了猛禽的威仪,只是稍嫌呆板,有痴笔。正在画着的八哥图却甚好,真好。

他的运笔用墨很有法度。粗放处墨气酣畅,随意挥就,表现出羽毛的层次和质感;细部的笔触精微健劲,可见喙毛爪鳞。画活了八哥饶舌跳跃的样子,只只灵动,白眼向人。

他能让闲观者看得入神,感觉那脚像手一般聪明,又感觉自己的手像脚一般愚蠢。这是他的功力。

所用的东西也不错,纸是宣纸,墨是曹素功书画墨;身旁置一壶、一盅、一碟,笔有两支。另有一塑料袋,装行李用的,还有一个小筐,盛钱,多为角票分币。

这个人画得很投入,似乎不像卖艺,像在大街广众之下作画自娱自赏。路人朝筐里扔钱,他不抬头,不谢,只顾陶醉于画中。画着,又眯起眼睛端详,如那种富有的国画家的神态。他丐行于市,却无丐相,更无丐心,骨子里倒透出一股傲气,让人望而生惭,不容易。

地上有纸,寥寥数语写明了他的身世,看后便觉既惨且奇。他四岁时为捉小鸟,被电击伤,从此失去双臂,齐肩而断。那鸟真如一只从冥冥中飞来、兆示他命运的精灵。

他因捉鸟而断臂,又因断臂而画鸟。前因后果,唯一是鸟。那鸟分明是飞了,又分明被他捉到了。有失有得,失即是得。

如此,鸟便是他的缘了,难以化解的缘;是一生的梦。鸟给他留下双脚,让他随缘而行,为梦而浪迹,居无定所;没有双臂却生活在飞翔的艺术里。他用脚谋生。他的脚,必须兼备手的一切功能,负载着生命的重量和艺术的重量,还有鸟。鸟没有重量。

其实,是缘的东西不捉也在,那鸟无所谓飞与不飞。他行走,鸟便是世界,在脚下;他坐思,鸟便是心。鸟原本就在他的体内,即灵魂。世间的人总要遭受各种折磨,有人为金钱所惑,有人为功名所累……为此为彼,皆可以挣脱。唯独被灵魂折磨才真正痛苦,却至高,至纯。

世人投钱给画丐。钱是万能的,在此表示敬意。画丐不需要敬意,他仅需要用钱维持肉体生存,使鸟有巢,灵魂有寓所。作为回报,他画鸟。实际上,他只在画着自己的缘和梦,和灵魂。然而这三样东西可感而不可画,画出形迹来便什么也不是了。所以,围观者看到的,乃笔,乃纸,乃墨,乃无。

无并非没有。无是另一种境界。

譬如信仰,无形而存在于精神中,使人为接近它而不惜献身。

又譬如人常说"回去",回哪里去?家吗?家有两个。一个是暂时的,在世上;另一个永久,是无。当人的生命终结,那瞬间的感觉,定然是真真实实地回家了。

中国的哲人称此为什么呢?

我儿子说:视死如归。

你在谁的伞下

在城市,某个雷雨之夜我赶路回家,没带雨具。前面几步远的距离,一位姑娘持伞而行,那伞宛若一朵无雨的云。

雷雨交加,街上行人稀少。那姑娘不时地回头望我,目光带着疑惑甚至惊恐。很显然,我的存在使她有后顾之忧。这虽让人心寒,但也不能怪她,因此情此景也太像一些虽不高明却足以令人紧张的小说情节了:深夜,一条汉子尾随一个年轻的女郎,在雨中。

君子坦荡荡。为了她的安宁,我加速走到她前面去。我只担心在经过她身边时,她别吓得尖叫起来。电闪雷鸣之际再加上女人的尖叫声,会搞得这城市神经错乱的。

我把背影留给她,这样便显得更纯洁些。我哼着小调,步伐坚定从容,并竭力装出好人的样子——大概世界上再没有比好人假装好人更加狼狈的事了。

雨至滂沱,我已浑身湿透。忽然发现她竟跟了上来,走在我身边,事情发生了戏剧性的变化。她有意无意地向我靠拢,慢慢地又将伞举到了我的头顶。雨被截住了,拍着伞。

我给了她安全感,她给我信任和帮助,转眼之间,我们成为一柄伞下的同路人。在城市,这是很动人的一刻。人与人的心灵原是可以相通的，凭借着雨夜，伞是小小的道具。

起初我挺拘谨，东张西望，有做坏事的心情，见四周一片茫茫，也就释然了。我接过伞来举着，路过自己的住所也未离开，像个真正的保镖一样，把她护送到家门口。她要我带走伞，我谢绝了，尔后我们像朋友似的道别。

故事本可以到此为止。然而时隔数日，我在街头再次遇见那姑娘，互相一愣，犹豫了一瞬，又像陌生人一般擦肩而过，连招呼也未打。这是白天，没有雨，街上人涌如潮。

这个破坏性的结果无疑令人失望。我为此假设过多种结果，反过来看看，唯有它真实得不可动摇。因它绝对符合现代城市的性格。

在日趋冷漠的城市里，人们习惯了隔膜与生疏，每个人都是一座孤岛，挨得很近也无法连成陆地。孤独感使人对沟通和交流产生抗体，再没有什么比陌生更让人熟悉。

想一想，人真可算作一种自相矛盾的生物。人类创造出现代文明来掩埋自身的情感，同时，又渴望着人性能够破土抽芽。

城市实在是司芬克斯一般的怪物。人建造了它，住在里面，它却把人变成难以解开的谜。

今夜又是雨夜，乱雨敲窗。不知此刻路上的行人，谁在谁的伞下？

告别青蛙

两年前的某日我出门散步,在离家不太远的山野发现了一个池塘,里面住着许多青蛙。那一带有大片农田,黄昏过后是青蛙乱叫的好地方,也是人乱叫的好地方。

那个池塘的青蛙能闹,肺活量大,干劲足,它们叫起来团结一致不歇气,让人听着产生幻觉,以为那池塘自己会叫,是一张叫不累的嘴。而人呼吸了有蛙声的空气,喉咙便发痒,忍不住也要开怀大喊。我曾在塘边亮过几嗓子,把声音使劲抛到远处田里不见影儿,感觉极畅快,极过瘾,也没人管。

自从发现了这地方我便心下欢喜。走田埂比挤马路好,蛙声则比市声更纯情,又能治病,诸如忧郁症、胸闷症、心神不宁六神无主神经衰弱什么的,一治一个准儿。我介绍给几位熟人去换脑子,回来皆说灵验,不过他们从此却都做下个新毛病——怪叫病。另外,他们跟青蛙在一块儿待久了,据说每次几乎都是跳着回家的。所以我控制自己不常去,不多留。

有一次我还看见两个情人跑到塘边亲嘴,站在蛙声里他们的胆子要大些,也比电影里亲得真。在这种情况下我只好捂眼离开,留在现场继续观望就显得不甚正经,也伤感。

现在那片山野成了房地产开发区，炸山的炮声四起，机械声不断。前两日我去看时，农田早就变为平地，小山头整个儿被削掉，几台推土机正在工作，把土推向凹处，差不多快要将池塘填满，只剩一个不大的水洼。

我注意到水洼边上似乎有东西在动，仔细看，竟是一只青蛙在跳跃。这只青蛙行动敏捷神秘，像地下抵抗运动组织的战士，不断穿梭在草叶间，突然又蹦到石块上，圆瞪眼睛注视着推土机的动向，虎视眈眈，充满敌意，仿佛孤胆勇士面对入侵的坦克。我大概看得出来，它是池塘的留守者，手无寸铁的唯一卫兵，它没有手雷和炸药包，却想对付钢铁的履带，拯救家园。

事实果真如此。当推土机再次轰响着逼近水洼时，我眼睁睁看着这只青蛙毫无畏惧躲闪之意，反而纵身一跃扑进水中，企图以身躯阻挡一场灭顶之灾。这是酷似人类英雄的壮举，惊天动地，但又是无足轻重的较量，螳臂挡车，白搭命。顷刻之间，一大堆泥土滚滚落下，水洼无影无踪。我不露声色地目睹了一个青蛙王国的覆灭，和一只青蛙猛士的殉葬。青蛙太渺小了，它的壮举也同样渺小，像碾死个臭虫那么小。一切迅速、干净。

然而转眼的工夫，这只青蛙居然又从土缝中爬出，它简直是青蛙中的兰博。这一次，它终于放弃了抵抗，跳到离土堆很远的地方，它好像明白了有些灾难是无法抵抗的，因为在不断扩展的土堆上，在推土机的后面，城市来了！

是的，城市来了。田野和村庄都已撤退，绿色也已撤退。城市将在这里栽种它喜欢的钢筋混凝土植物。我在瞻望这片不毛之地的远景时，看到青蛙踏上了流亡的道路。我同情了它一小会儿，想起它是池塘的最后一只喉咙。

几年之后,绿色仍将以树和草的形式回到这里,却只能作为城市的仆从和侍者,而不再是主人。但是青蛙不会回来,情人们在楼房拐角或街头树荫下相约时,不会再有蛙声配合他们亲嘴,而他们也不可能想念青蛙。

我也不想念。我将坚决和城市站在一起,以更复杂更现代的都会方式生活,忘掉池塘和山野,我将用没有蛙声的语言一心一意地写作。这也就是诗为什么越来越让人难以读懂的原因。

窗前飘絮

禅

早晨,碰见一个人问:"吃过了?"回答说:"吃了。"或者说:"没有。"真假皆可,反正都是废话。其意义在于礼貌。

若随便找一句不相干的话来回答,譬如"鸡鸣抬头看天",答非所问,却极似禅。

街边见一中年人,不疯不癫,在墙上写粉笔字,很认真,字极佳。首句写:"云散尽,荷上有蛙,床底有猫。"读着雅似俳句。第二句写:"少打麻将多养猪。"意思虽不错,话却俗了。第三句写的是:"轻轻地告诉你,加油站在印信封了。"几句连起来反复研读,不知所云。

此乃大禅。

镜中花

车内很拥挤,发觉有一女子掏出小镜子来照,像要证实自己是否被挤丢了。

下车前又见她照镜子。这次她看见的,定然不是刚才的自己,应比前一个稍微老些,肉眼看不出来的那种老。

桶

一人向另一人倾诉幸或不幸,无异于一只桶朝另一只桶里倒水。水倒满了,空桶轻松地走开,如需保密,再顺手给那只桶加个盖子。替人保密的感觉,就像女人偷偷怀上了别人的孩子。

反义词

这世上有数不清的反义词。

近期又发现:爸爸的反义词是儿子,老公的反义词是老婆。怎么看都挺合适,可算作生活的感悟。还有一悟乃神来之笔:淤泥的反义词是莲花。自觉妙极。

突然想到"痛"这个字,它的反义词是什么呢?沉思良久,想不出结果,只能想出"不痛"二字,但它仅算作中性的,不足以造成另一个极端。又想了几个,都不确切。

不知为什么会这样。是人对痛的感受太深太久了,一旦达到不痛就已满足,再无更高的奢求?

请教过一些有学问的,皆不能作圆满答复。便将这疑问珍藏起来,以为很有哲学。

二人相见

二人相见问好,是相识但关系不深。二人相见对骂,是熟识且关系较深。二人相见可互骂至祖宗亲娘姐妹姑嫂,是关系极熟、极好、极深。

欲从中挑拨者,慎之。

倒行于岁月

每天傍晚必有一老者倒退行走于公路,神态自若,健步如飞。此功已非一日之寒了。

常想他这般持之以恒,内心究竟该有何种坚挺的支柱?他一定有不可动摇的信仰。莫非他相信用这种方式行走,就能够从衰老退向年轻,退回到从前的岁月中去?

"宇宙爆炸说"认为,当宇宙膨胀到一定程度,便会重新向中心收缩,时光也将倒流。

老者或已彻悟,领会到宇宙精神。

从此再见他走过,必怀着深深的敬意注目,视其为超前者。

三日人生

接待一位匆匆路过的外地来访者,面熟,细细一问,果然三十年前曾与他有一面之缘。

那时他风流倜傥,乃一翩翩少年,而今却已老成持重,秋霜初染。假设三十年后有缘再见他一面,三次相加也不过三日,我却看到了他的少年、中年、老年。仿佛在读他生命的提纲,厚厚的内容尽都省略了;仿佛他的一生本就只有短短的三日。

其实三日和三十年、三百年,又有什么本质的不同呢?换一种时间尺度,三百年也是三日,三日何尝不是三百年。

世间有一种微生物,生命短促到二百分之一秒,还未来得及看见它诞生它就消逝了,但它本身的感觉,却也度过了漫长而充实的一生。如果把地球的年龄压缩到一小时,人类的历史也只能以秒计算。冥冥之中,谁在注视?谁在嘲笑?谁在感叹?

这三日,对他对我,都同样地短,同样地长。

开门送客,似觉已生出些仙风道骨,遂乘兴挥毫于纸上乱画:洞中方七日,世上已千年。

卖书

数年之前我妹妹出国,临走时送给我好几箱书。

抽空打开一只箱子清理,发现多为文史经典著作,有不少与我书架上的重复,多余了。还有一些数理化外语之类的杂书,于我无用。这些书,留着也是累赘,就决定卖掉。正巧楼下有收破烂的吆喝,我唤他上来。那人是个六十多岁的老头儿,满鞋泥浑身汗气。我让他在楼道里站着。我们家进屋是要脱鞋的,我嫌他臭。

一摞书只卖了两元多,我嫌钱少他嫌货少。他瞥见屋里一地的书,就问还有么。我说有是有,还没清理呢。他便坐在了楼梯上,说声你清吧,我等着。我回头看看另几只箱子,说:这样吧,你先回去,我慢慢清,三天之后你再来,全给你留着。老头儿不信。我又大声说一句:保证给你留着。便关上门,不睬他了。

几箱子书清理完毕,又淘汰了二三十本,打成捆堆在墙角。过了三天,我把卖书的事给忘了,一大早和家人去朋友处聚首。午后下大雨,傍晚借伞走人。回家后做好饭端上桌,已是晚上八点多钟。这时有人敲门。

门口站着那个收破烂的老头儿,背着背篓披块塑料布,裤管淋得透湿。他说已来过好几趟,冒雨在外面转着等我。我这才想起卖书的事,过意不去,让他进屋歇歇。他脱鞋进来,把背篓反扣在地,坐到上面。我赶紧去搬书。我太太估计他肯定饿着肚子,就盛了一碗饭,拨上些菜给他。

老头儿嘴上说不吃不吃,却端着碗大口小口地扒,是饿慌了。我太太又给他一只馒头,夹着煎鸡蛋。我对老头儿说:你这把年纪了,何苦冒着雨来收这几本书呢?他说没办法,儿子、儿媳死在前面,留下两个孙子在县里上中学,要靠他收破烂供他们念书。说罢搁下碗,将书过秤,付钱,道谢。他装起那只馒头说是边走边吃。我太太心软,在耳旁嘀咕道:这老头儿怪可怜的,把书送给他算了。我假装没听见,忙着拿拖把清除老头儿踩出的一片脚掌印。

转眼到了今年八月下旬的一天,我们全家外出应酬归来,院里有个孩子交给我一封折成纸条状的信,拆开来看,落款处签着两个陌生的名字。信是这样写的:

"先生:我们来拜访您,您不在家。您不认识我们,但我们得到过您的帮助。几年前有个老人到您家收购过旧书,他是我们俩的爷爷。爷爷为供我们上学,吃了很多的苦。他识字,爱读书,他总是从收购的旧书中挑出有用的书留给我们,让我们丰富知识。记得那年暑假我们来城里帮爷爷的忙,有一天他冒雨从您家背书回来,连声说遇见了好人。我们吃到了您带给我们的鸡蛋馒头,更让我们高兴的,是还有那么多的好书。爷爷希望我们都能上大学,现在终于如愿了。我们当中的一个已于去年考上,另一个今年也收到了录取通知。爷爷的腿脚已不大灵便,我们趁开学前来接他回乡。对于这些年遇到的好心人,他念念不忘,悄悄记下了每一位的地址。现在他要求我们尽可能将我们的喜讯告诉大家,作为对好心人的报答。这些年我们收集到许多好书,我们决定全部送给乡下的孩子……"

　　对着这封信我发了半天愣。我做了好事了吗?我自己怎么不知道呢?而且我怎么把好事做得一点儿都不像好事呢?我很窝火。这时我的儿子已换上了AC米兰队的队服,他踢了一夏天的足球。我要他认真读读这封信,他只瞟了几眼,满不在乎地扔在桌上,抱球出征。我大怒,一把将他拽回来,弄到墙角站好,立正,罚站一小时。

开会

无聊的会议不一定枯燥,如果会上有健谈而幽默的发言者,那就比较有趣了,他们善于即席发表机智漂亮的废话,可以变无聊为有聊,甚至海聊、神聊。某次我赴外地开会,遇见三五个这样的人物,有的擅长气功,有的能侃荤笑话,有的懂相法精占卜兼通时局,他们就有本事把一个严肃空洞的文学讨论会开得飞墙走壁、蝶浪蜂狂,消灾添财,延年益寿,未出茅庐而三分天下。这些人乃会议家之中的上品、极品,可遇而不可求,所以,无聊的会议大多数仍然枯燥。

有些同志对付此类会议的办法是坐在台下打瞌睡,这招数很陈旧,也不好,起码对发言者不够尊重。再说人睡着了,小呼噜打着,哈喇子流着,脑袋瓜跟磕头虫似的一叩一叩,很不雅观,破坏会风。

也有人爱掏出个笔记本做记录,一记几小时。我不明白如此冗长无味的内容还记它干什么。也许是练字打发时间。当然这种做法比睡觉光荣,能为会场增添庄重的气氛。有一回我身旁坐着个认真的记录者,我斜眼一瞟,他在本子上画小人,画小狗,还在旁边写"张科长我儿",我觉得这个同志内心还是很活泼的,同时又觉得张科长真倒霉,一点儿也不知道有人在暗中当他的爸爸。

我在会场上一般还是能坐得住,不搞那套借上厕所中途溜号的把戏,雕虫小技,壮夫不为。人家请你来开会,不坚持到底不像话。作为一个开会开出了一身经验的人,我比较善于把乏味的会开出趣味来。

倘若发言者的水平不高,我就来精神了,全神贯注地听他每一句话,努力从里面找出白字来,找到一个,如获至宝,越找越上劲。这有点像战争年代的我军将士在衣服上抓"革命虫"(那时虱子的别称叫"革命虫"),抓住三个以上,就很高兴。曾经有个学者发言念白字,我很惊讶。起先他把折戟沉沙的"戟"字念成了"戴";继而又引用《论语》中的一段话,把"子在川上曰"念成"子在川上日"。这五个字很有名,早被借入著名的领袖诗词,凡人皆会背诵,而这位学者对此似乎一无所知。我忍不住地笑起来,学者看见了,以为自己的发言很精彩,连忙冲我点头致意。我无意中使他受到鼓舞,他把我的笑也念白了。

还有些人的语言习惯很滑稽。比如有个人发言爱说"这个",好好一句话被许多"这个"弄得不成样子,"这个我们这个大家这个一定……";或干脆连珠炮似的使用"这个这个这个这个",语调也很怪。若平时这样说话肯定要把人逗乐,但在会场上却没有人笑,大家感到很正常。好比穿着游泳裤,站在游泳场是正常的,走上大街便不成体统了。

在会场听得最多的一个词是"啊"。没有"啊"来帮助思考、措辞、转折,许多发言者将会语不成句。我曾在台下替人统计过,他一共说了五十句话,使用了一百五十三个"啊",平均每句话三个,并拖腔甩调地用,极为抒情。以前评论家论诗,常嘲讽我们诗人"情不够,啊来凑",而开会发言者的"啊"更多,却没有谁说他们"言不够,啊来凑"。翻翻现在的诗集,这个感叹词几乎已消失,诗人们都搞前卫去了,而会议发言者们却依然固守着这浪漫主义的"啊"。我被深深打动,同时也感受到诗歌的悲哀。

这是一些开会心得,拉拉杂杂的。总之,没事去开会,比开车兜风要有意思。

劝美

最近李钢认为应该坚决谢绝吃请，尤其不要应邀赴女士们的饭局，否则若遇席间风云变幻，他还得停樽叱咤一番，十分费劲。

上周，李钢在宴桌上劝慰几个矮矮的美女，因她们当时议及身材话题，颇为伤感，声言要集体参加科学增高训练云云。以当时众美之坐立不安，之跃跃欲试，已无法将吃饭进行到底。

李钢只得把盏进言。他说：诸位千万不要相信什么增高术。上帝造人，为何不用模子而坚持以手工劳动，其意义就是为了使人高矮不等而各有巧妙不同。所以，人应当根据自身的条件尽量解知天机，一旦领略，自然其乐无穷。

李钢问众美，可知上帝要她们来世间领略什么风光，众美一时茫然。

李钢呷了一口酒，继续说：就是为了让你们享受穿高跟鞋的乐趣。这就跟上帝造人为何总是赤裸裸的，原是欲让其来世间享受穿衣的乐趣一个道理。须知古往今来，从未有十全十美的人儿，如果真有一美女若东家之子，美到"增之一分则太长，减之一分则太短"，那么该美女只好整天光着脚丫；倘若她又"著粉则太白，施朱则太赤"，因此化妆品也就不能使用；照这般推论下去，要是她"穿衣则太肥，脱衣则太瘦",那又该怎么办,这衣服她到底穿还是不穿?该美女美则美矣,但面对人间的千鞋万履,霓裳羽衣,以及可以浓施淡抹的各类化妆品却无享用之福,乐趣何在?而你们——

众美圆瞪杏眼。李钢又呷了一口酒,再说:而你们,却能因天赐之机纵情徜徉于这一切好东西中,达到无间亲和。就比如这高跟鞋松糕鞋之类,穿在脚上立马身材修长,脱掉以后又顿时小巧玲珑,这等变化手段,正乃天仙之手段也,应该珍惜。更何况高跟鞋穿着不但是装饰,还是兵器,危难时脱下一只即可用鞋跟痛击色狼,手感极好,并且还能享受皮匠用钉锤揳钉子一般的快乐,何乐而不为呢?

说到此,众美哈哈大笑,烦恼自消。座中当即有两人宣称曾以此法御敌,不过有一人打的是自家老公,因那老公从黑暗中斜刺而出,冷不丁抱住太太,想给她惊喜,不料头部立遭重创,变形数日。

李钢端酒一饮而尽。回家后口焦舌燥但腹中空旷,只好泡方便面充饥。

前两日,李钢又出现在本市某酒吧,与一胖一瘦二美女聊天。胖美女希望变瘦,瘦美女希望变胖,两人互相羡慕。

李钢见状心想,环肥燕瘦,各领风骚,美人切不可自轻。便附耳对瘦美女说:你知道"瘦"的学名叫什么?叫"骨感"。你知道骨感的人穿衣是什么风度?那叫一个"飘逸"。所谓"瘦骨铜声",便是对这种美的肯定——哦对不起,这是形容马的。汉时有赵飞燕轻盈到能作掌上舞,骨感美从此开始流行,垂范千古,待传至章子怡,依旧风采照人。为什么时尚有"减肥"之说却无"添瘦"之说,因为骨感美乃中国的正统。你看章子怡演《英雄》里那场武打戏,直杀得胡杨叶漫天飞舞,轻灵绝伦,如果她是个胖子,这戏非演砸不可。所以,你要保持骨感美。

稍顷,李钢怕冷落了胖美女,又侧身对她低语说:大唐风范,以肥为美。因为国体的昌盛,唯有胖才能作为象征。杨贵妃的体态名垂青史自不必说,其实唐代的皇后个个都胖,否则岂能母仪天下。因此,胖的另一个意思就是"雍容华贵"。你看庙里的菩萨,皆是以唐代美女为模特塑成,方额广颐,端庄大气,如此惊世之美,最能体现慈航普度之心。你可千万别去什么减肥场所,不要为时尚所害。没见前几年又开始流行唐装了,我估摸着要不了多久,人们就得转而崇尚体态丰腴之美,气死那些骨感人。你该吃就吃,别亏着自己。

由于啤酒灌得太多,不久,李钢起身如厕。二美女互相交换了李钢的劝美言论。

其实李钢想说的是,世上没有绝对的美,只有相对的美、具有特征的美;失去特征的美只会沦落为俗美。而美的价值和意义体现在对绝对美的不断追求之中,就像绝对的圆只存在于理论上,实际中的任何圆圈都不圆,只能尽量地接近圆。但是,李钢的口头表达很不接近圆。

李钢回到座位上,见二美女有发难之意,心知肚明。他想,阿Q以生命为代价所画的圈都不圆,何况他这不打算玩命的。于是他掏出手机作有要事状,溜之大吉。

次日,李钢发表谢绝吃请之声明。

喝酒

很早以前我是不喝酒的。后来也就喝了。

对于中国人来说,喝酒是一种很普遍的社会文化,既是雅文化,也是俗文化,不管你是俗人还是雅人,喝酒的事难免不碰上。碰上了,不喝也不好,盛情难却。再说雅也罢俗也罢,在中国,这二者之间是可以互相转化的,大俗即大雅,大雅即大俗,转来化去,酒便成了个雅俗共赏的东西。

其实中国人挺看重喝酒这回事儿。从国家宴会上的举杯高祝到民间小摊上的推盅换盏,酒总是必不可少,只不过酒质有别,酒风有别,酒德有别。就连出家的和尚诸如唐僧之流受施主款待,也要吃些个素酒。素酒即水,但必须得说成酒,方表敬意。喝酒在许多场合,是一种隆重的礼节和仪式,甚至和人的道德情操有关。我依稀记得中国古代的官职里,似设有祭酒或司酒什么的,好像没听说过设有司肉。虽然我也很喜欢吃肉。早年我有一次参加民间饭局,刚落座就被主人斟了个满杯,那时我尚无多少酒量,只好站起来说:"对不起,我不会喝酒。"主人家当场翻脸道:"哟嚹!你以为你是谁,是李玉和?上这儿赴宴斗鸠山来啦!"举座哄然。我心想我当然不是李玉和,就算是,临行前不还喝了他妈一碗酒吗?行了,喝吧,奶奶的。

我得承认酒对我的诱惑始于文学。我少年时立志高远,要当一名诗人,并且以李白为榜样,而李白则是个"斗酒诗百篇"的人。翻开文学史卷,我发觉从历代诗歌、散文到章回小说,"酒"在字里行间不断出现,香气袭人,直至当代伟人诗词(即注:毛泽东诗词中就有"把酒酹滔滔,心潮逐浪高"之句)。而酒后所发生的故事或豪情万丈,或轰轰烈烈,或缠绵悱恻,或悲悲戚戚。我即对酒心向往之,觉得它真是个奇妙的东西,没有酒,许多名篇都将黯然失色。不可否认,这种对酒最初的认识为我后来的涉酒奠定了基础。时隔多年,诗人我算是做成了,并且酒量渐长,虽不至"斗酒"级,但诗作早已超出百篇。不过,这些诗没有哪一篇是在喝过酒之后写成的,我喝了酒,大脑兴奋,想法很多,就是懒得动笔。这也是我与李白的区别。

顺便说说李白的"斗酒"。由于时代不同技术所限,他那时喝的酒比较糙,酒精含量低,也不甚纯,通常还要用布过滤掉杂质才能喝,所以喝上一斗不成问题。早先陶渊明就经常取下头巾来漉酒,那酒喝着一定有股子头油味儿。

喝酒的人一般要分几等:酒圣,酒仙,酒徒,酒鬼。酒圣者酒品极高,酒德极正,这样的人理论上应该有,但我至今还未见过。酒仙大致乃性情中人,喝酒之后高傲狂放,属于"天子呼来不上船"的那一类,却不失才气和灵气,文人之中偶有所遇。世间可称酒徒的,为数众多,这些人沾酒之后粗犷率直,酒风猛烈,咄咄逼人,有些知识分子做酒仙不灵时,也朝酒徒堆里凑。郦食其求见刘邦,刘邦一边洗脚一边吩咐左右说:"去告诉他,我不见知识分子。"郦食其闻言大怒,瞪眼按剑呵斥当差的:"你也去告诉姓刘的,老子没文化,老子是高阳酒徒!"刘邦赶紧光着脚跑出来了。此为酒徒之范例。至于酒鬼,识别起来比较容易,大凡逮着酒一气猛灌,然后扭住人胡搅蛮缠、死缠烂打的,一律列入此等。当然在这四等酒人之外,也还有一种人,叫作饮者。饮者与圣仙徒鬼无关,具体感觉也说不清楚,只需记住"饮者"二字便是。

现如今酒的种类真是不少,白的红的黄的啤的土的洋的真的假的,我作为一个饮者遍尝之后,觉得真酒还是比假酒要好喝(不用说,这是真理)。而真酒之中,又当以白酒为最。

有人说陈年老酒的特点是不上头上脚,这个说法很别致。试想一个人脑袋清醒着,看见自己的脚醉了,一定很好玩。我目前尚无此体会。不过在我看来,真正的好酒,必须是极有说服力的酒。所谓说服力,是我的一个比喻,好比酒理与酒力。喝酒的人面对一瓶这样的好酒,应该如逢良师益友。酒置杯中一口一口去喝,那感觉应该如闻大师论道,朴实无华,声声入耳,毫不勉强;让你愿意听,听得进,春风细雨,沁人肺腑,出神入化;听到精妙之处,顿感心窍贯通,百结俱解,恍然大悟,抬眼望去,一片灿烂,大道如青天。而在不知不觉中,杯已尽,瓶已空,酒酣耳热,浑身畅快淋漓。我每次喝时,酒液徐徐入喉,都有这种闻道之感。所以我称它的酒理与酒力具有说服力,绝非征服、制服或降服。

我居住的城市地属西南,而西南产酒,极负盛名,我与朋友聚饮时也喜欢就地取材,是由于这些酒很容易让人到达"酒逢知己千杯少"的舒畅境地,亲切而爽快。换成别处的酒可就不一样了。北方也产好酒。如果聚会时大家喝的是北方酒,那么三杯之后,就会变得又纵性又豪迈,多半就要进入"相逢意气为君饮"的拼酒状态了。之所以如此,盖因酒性不同所致。

我相信不同地域所产的酒有不同的酒性,就像不同地域的人有不同的性格,而不同的酒性又会使同一个人有不同的表现。1997年各路作家云集西安,为文坛一时盛事。我作为一名参加者,席间痛饮,醉卧长安,喝的是墨瓶西凤。但在醉卧之前,酒性初起之时,我突然觉得自己孔武有力,腋下虎虎生风,浑身有使不完的劲,便把护送我回房间的魏明伦兄拦腰抱住,扛起来放下去,放下去扛起来,一会儿放在浴盆里,一会儿放在床上。如此折腾了半个小时,我才玉山自倒,鼾然大睡。酒醒之后我很纳闷:我平素是一个老实人,怎会因酒变得这般彪悍?这西凤酒的酒性果然厉害!遂联想到王维的名句"新丰美酒斗十千,咸阳游侠多少年",渐渐有些明白了,从新丰酒到西凤酒,上下千年,却秉承着一个传统,原本专为西北血性的汉子而酿造。

回想我所经历的酒事,最记得的一次是在二十世纪六十年代末,那时我在海军当兵。有一天,舰队训练团的聂副参谋长忽然要请我喝酒。我作为一个小兵拉子,受此礼遇,满心欢喜,飞快来到他家中。他从架中取下一瓶茅台(此酒时价八元一瓶),又端上一盘亲手做的肉皮冻,浇上陈醋,十分好吃。就这样一酒一菜,我俩对饮。他请我喝酒的原因,是看见我从重庆带回了几罐金钩豆瓣,他很喜欢那陶罐的造型,想要一对,并声明他对里面的豆瓣酱毫无兴趣,希望我吃光了把空罐送他(去掉豆瓣酱,此罐一个约值五分)。这么好的要求,我想都没想,满口答应。聂副参谋长,大连人,身材魁梧,步伐矫健,他是此生第一个请我喝酒的人,也是我此生见到的第一个买椟还珠的人。以后我拎着空罐子又去他家喝过几回酒,每次都是一瓶茅台,一盘肉皮冻,至今难以忘怀。到现在我也认为肉皮冻是最好的下酒菜,举世无双,不过一定要加一些陈醋。仅此足矣。许多事情原本简单为好,菜搞复杂了,把酒的真味都喝没了。

酒本是水，上溯到远古的玄酒，也就是水。古往今来所有喝酒的人，其实喝的只不过是心情，无非喜怒哀乐，聚散离合。像李白的花间独酌，那种"举杯邀明月"的境界，孤傲离世，常人毕竟难及。今生热闹了几十年，我的想法却越来越简单，对人对事，唯求其真。我倒是很希望能忽然静下来，在荡荡的时间里与朋友对坐，喝着水一样单纯的酒，品着各自的一生。

昨天的那场雨

　　昨天傍晚的那场雨，想不到会下得那么猛，那么烈，那么具有灾难性。不只是大雨，而是暴雨，是特大暴雨，雨势无比磅礴；雨落时狂风大作，夹着冰雹，扫荡般地掠过，风力已达十级。记忆中，好多年都未下过那么狠的雨了。我居住的地区树被刮折、被连根拔起，压断了电缆，所有的道路顷刻变成湍急的河流，四处一片茫然。但雷声仅是偶尔响起，并不特别亮、特别震耳惊心。而同一城市相距十余里开外的地方，却只闻远雷，不见滴雨，唯觉阵阵凉意袭来，舒服极了。真奇怪。

　　那场雨来势也急。当时我在离家不远的路边让小贩帮忙选西瓜，感觉空气闷得很，抬眼看见头顶聚着一团灰云，也不显得有多么沉重，更不像有巨大的含雨量。谁知蚕豆般的雨点子突然就砸将下来，猝不及防。慌乱中我接过西瓜，匆匆地付钱，赶紧躲进附近一座楼。前后不过几十秒的工夫，雨势已由瓢泼转作倾盆，继而竟似河汉决堤，飞流直下。一时间，街上人如逃蚁，车如水舟。我站在楼道里，外面还直朝脚边蹦冰碴子。

　　抬腕看表，此刻我儿子也正在返家的路上。这小家伙一向爱搞雨中冲刺，但现在他若再敢玩这种把戏，非得给浇傻了不可。心里想着，不免就开始着急。急也没用,听天由命吧。

令我感到意外的是,楼内一户人家见我久站,便端出一张凳子让我坐,男主人也坐下来陪我聊天,仿佛我不是借檐避雨的路人,而是冒雨来访的熟客。这个举动带着朴素的人情味儿。看男主人的模样,文化水平并不高,也不会有多少钱,反倒把善良表达得更加流畅(我一直怀疑,钱和文化是人类性格、感情的障碍)。我就跟他自然然地聊开去,海阔天空。陌生人和陌生人,不问姓名来历,友好相聚,促膝相谈,这在平日是多么不容易的事,是雨带来了这种新鲜感。换成晴朗的日子,很好的天气,不能想象我会任意走进一座楼,去找不相识的人随随便便地交谈。那会使自己像个病人,像可疑的人。

雨停了赶紧回家,开门的竟然是我儿子。他在风狂雨骤时就已返回,却滴雨未沾,是一位中年人拦下一辆出租车,拉着他钻进去,一直把他送到了家门口。儿子说起这段奇遇很激动,这个傻瓜道谢时忘记问问人家的姓名。在满街大水中行车使他无比兴奋。

我和儿子的感受,也许是昨天的那场雨在破坏的同时产生的副作用。水的力量在于,它能打破生活常规,冲开人与人之间的防线,水有一种亲和力。当然还不止这些。据说昨天有一辆中巴客车打算停下来载一个雨中人,受到全车乘客的一致反对,自私在此刻又表现得多么赤裸、坚决、团结。另外,我在风雨来临之际匆匆购买的是一个倒瓤西瓜,那贩子也趁机玩了一次小小的狡诈。一切人在一切突如其来的事件中,都能及时找准自己的位置。这就是现实。

昨天傍晚待在家里的人也很有意思。我的邻居们隔窗观雨,看到了奇景:一些裤子衬衫漫天飘舞,一张张床单在半空中急速掠过,如神话中的阿拉伯飞毯。

战友

从前当兵在部队,战友是最亲最近的人,摸爬滚打,同甘共苦。人一退伍,战友们忽然全不见了,像分散隐蔽了起来。感觉上他们就潜伏在自己周围,但是多少年连个冒头的都没有,伪装得真好,一个比一个出色。

许多年以来,我一直企图在祖国各地碰着他们之中的任何一人,然而不行,世界太大了,人太多了。有时我甚至怀疑自己的军旅生涯是不是在做梦。没有战友,就没有谁能够证明你曾经年轻过,英武过,光荣过,说起队伍上的那些事像在编造历史。

我很纳闷,我这人就这么没缘,在原地一趴多年,总得有个来查哨的吧。

今天上午电话铃响,一个女声试探性地询问:你记不记得过去有个名叫李小舟的战友?

我惊呼:小舟!你是小舟?你在哪里?

查哨的终于出现了,此刻她就在重庆。我们赶紧相约见面,甚至顾不上见面,便先在电话里谈了一阵。

李小舟,原海军广州基地宣传队女兵班班长,排演京剧《沙家浜》那阵,我唱刁德一,她分管服装。《沙家浜》唱完,宣传队便解散了,从此天各一方。她是宣传队战友中跟我取得联系的第一人。

而这次她也是来去匆匆,从见面到送她上飞机,一共不足两小时。我们的谈话几乎都是在去机场的车上进行,小舟对我说了一串宣传队战友的名字和近况,说谁我眼前就浮现谁的模样,真有点驶入时光隧道的错觉。

原来小舟这些年经商,附带着把各地的战友都联系上了,北京的上海的天津的南京的,实在不容易。大家当官的当官,下海的下海,多数人是一只脚站在岸上,另一只脚在水里划拉,像我这样完全彻底的旱鸭子也有几个,不多。他们相聚时常谈到我,也曾四处寻找我的行踪,苦于我去向不明,其实我趴在原地根本就没动弹。

最让我喜出望外的是,我后来发表的那些水兵诗他们也读到了,并且凭直觉就认定是他们的战友李钢写的。世上与我重名者多,要确认诗人李钢便是刁德一李钢,跟刨西瓜堆差不多,他们的判断力够可以。说句实话,我当年一口气写那么多水兵诗,有一半原因是为了他们,战友们若不注意,我可就太冤枉了,锦衣夜行。

小舟还提起一件事,据说战友之间至今仍有争议。她问我是否跟阿庆嫂好过。我赶紧声明:没有没有,绝对没有。又补充提供一条线索:那是郭建光,他对阿庆嫂似乎有过那么点儿意思。说完这话,我心里也觉得好笑,这么多年了,她提问的神情和我声明的语气,都还如此郑重其事,好像宣传队还没解散似的,好像她还是女兵班长似的。我们都不知不觉回到从前了。

小舟临上飞机前对我说:找个时间,找个地方,战友们凑齐了聚一聚,这事我来办吧。

我说好啊,现在把我老刁也找到了,到时候,重演整出《沙家浜》。

小舟又说:你没变,一点儿也没变。说完就飞走了。

回来的路上我觉得这也像一个梦。战友们都已步入中年,都已变得很现实,平日拖儿带女的,重新聚一聚,重唱一台戏,恐怕只能是一种憧憬。其实战友们是这样一类人,我们在偶然的机会匆匆相见,又匆匆消失,对彼此的生活都不会产生丝毫影响,但我们又不能相忘,因为我们共同度过的,是一生最浪漫的时期,最有活力的时期,最单纯的时期。我们见面时互相说对方没变,怎么可能没变呢? 我们不觉得,因为在那个瞬间我们让时空发生了错位,我们都站到过去的位置上对视、交谈。在这个瞬间,我们的见面是最单纯的,不带任何功利性的,说不清是为什么而见。也许什么都不为,不为什么而见。这一瞬最好。可是毕竟,生活不会重演一遍,好时光不会重现。必须承认这一点,除非我们想欺骗自己。

我和小舟只顾说话,到最后连她开什么公司住什么地址也没弄清,只留下一个手机号码。战友们的通讯处也忘了记下。想一想,又何必非弄个一清二楚不可,更何必在今后的日子里大家生拉活扯地纠缠在一起呢? 人生重的是感情,至于其他的东西,诸如职务名气公司金钱等等,皆为身外之物。

进园老厨

泸定那地方,有大渡河水和红军飞夺过的铁索桥,此外还有一个名叫进园的餐馆,主人家姓岳。该餐馆的招牌很大,店堂很小,半堵墙隔出内外两桌,拢共可容十几个人七八条枪。招牌上"进园"二字写得龇牙咧嘴,马马虎虎,还行。至于店家为何要取这么个店名儿,不知道。想当然,生意人觉着"进"字吉利,吃客进来,钱财进来,如果换成"出",完了。

我们驱车赶路,到泸定时天色已晚,人和车都饿了,车去加油,我们沿街找食,琢磨着吃顿好的,挑三拣四。进园设在稍偏的路段,门口站立一东张西望的老厨子,臂笼袖套,腰系洁白的围裙,头戴一顶蓬松滑稽的厨师帽,如此正规大厨的打扮在这个县比较炸眼,给人一种卫生感。我们遥遥见了,溜达过去,老厨子乜斜着眼睛瞅我们走近,开口说一句:吃饭不,里面坐。我们问都有啥。他说:啥都有,去看菜谱。我们再问他的手艺怎样。谁知他听罢冷笑一声,白我们一眼,倒背着手踱进馆子,不理人了。我们陷入尴尬,多亏岳店主来赔笑解围。其时堂中冷冷清清,无生意,老厨子的态度却像买卖做疲倦了只图悠闲自在,你爱吃不吃,少啰唆。我们也横下一条心,拥入馆子里坐定,今天非吃你不可。

大家取过菜谱各点一道菜,价钱都拣便宜的,凑了个煎炒烹炸一应俱全。老厨子不情愿地板着脸掌勺。我点的是肘子,存心想挑老厨子的毛病。因我曾住在眉山苏居士的院子里主攻东坡肘子十余日,自以为乃吃肘子的专家,倘若老厨子这道菜做得不合口味,我就要卖弄知识,挖苦人,打击一下他的傲气。一会儿肘子上桌,我动筷子只尝了一口,心里就服了,味极正,极好,做法则与东坡肘子截然不同,不免暗自惊讶泸定这小地方也有烹调的高手。同桌的几位全是识货的,转眼将肘子争抢吃光,剩一些汤在盆里看。

其他菜也很精彩,虽都是些家常腥荤,却做得大气,口感不俗,一道道端上来,似好戏连台,有人吃得噎住。岳店主忠厚朴实,不懂得宣传自夸,只站在一旁恭敬地侍候。我瞥见柜上有几大瓶药酒,便叫岳店主选色泽金红透亮的一瓶抱来,里面泡了十几种药,我只认得枸杞一味。岳店主给每人筛上一碗,喝一口,觉得这药酒泡得颇见功夫。大家吃上了劲,开始拍案叫绝,以图博那老厨子一笑。老厨子没听见似的,皱着眉把菜做完,头也不扭地走去门外站着。大家讨了个没趣。

向岳店主细打听,原来老厨子是他爸爸。老厨子自幼拜师名厨门下,几十年间受聘于川西各大菜馆,技艺精湛,脾气不好。退休后无事,回泸定助儿子开个馆子玩儿,主要为了露一手。吃客中谁若怀疑他的技艺,他情愿不做,不挣这份钱。我们先前的问话已惹他不高兴,幸亏没再多问。了解到这些,大家觉得这老头挺逗,他的菜和他的脾气,给人留下深刻印象。

从泸定开车回重庆,沿途又吃了许多饭馆,店家技艺高低不等,菜品好坏有异,但在挣钱方面,却皆生财有道,各庄的地道,都有很多高招儿。因技艺而自尊,把名誉看得比金钱还重要的,我只见到进园老厨子一人。

朋友刘希卡

刘希卡是我的同学,口才好,人也很精神,长得像个科长。准确地说,他是我中学同校同学的小学同班同学,兔子的汤的汤。不过,我们相识之后关系密切,所以汤还够浓。

以前刘希卡在一个单位的机关里上班,离父母家很近,他不回去,喜欢住在单身宿舍。那间屋子的特点是,凡是该有玻璃的地方都没玻璃,通风凉快,我们常聚在里面侃文学、喝酒。与他同屋的一个人睡午觉睁着眼睛,眼皮不起作用。那种样子挺吓人,也容易使人产生迷惑,搞不清他到底是梦是醒。我们想出一招,用手指假装要戳那人的眼珠子,如果他不眨眼,就证明睡着了,我们也就放下心,开始胡说。刘希卡这人喝不来酒,偏又爱喝两口;很懂文学,却又不搞文学,述而不作。我那时觉得他颇像孔子。

刘希卡工作卖劲儿,毛病是爱发议论,说风凉话,机关领导一见他头就大。有一回,领导召集会议,热情动员大家向社会义务献血,接着又说:"像我这样上了年纪的,想献也不行了,医学界研究,五十多岁的人,血有毒。"这时,刘希卡联想丰富,举手插话了,他说:"领导,不对吧,我记得当年白求恩同志也是五十多岁了,不远万里来到中国,他给八路军伤员献血,照您的说法,白求恩是在献毒?"一番话把领导呛得直咳嗽。最后全机关去献血的只有刘希卡一人。领导不跟他一般见识,开会表扬他,还给他颁发千元奖金。刘希卡拿了钱,又说风凉话:"这怎么能叫献血呢,卖血也得不了这么多钱呀!"刘希卡就是这么个人,不适合机关工作。

过了不久,刘希卡辞职,去向不明。当时还有个姑娘在追他,是他同一机关的机关花,追呀追的突然找不着他人了,六神无主。机关领导从此松了口气,刘希卡辞职,也好,机关里少了挺机关枪。

我们几个朋友最后只找到他留下的一句话,写在一张纸条上,是那个睁着眼睡觉的人提供的,上写:大丈夫不乘驷马之车,不过此桥。我们读后顿悟,原来刘希卡是当司马相如去了。

十几年后的某日,刘希卡复出,果然开着车来会我们。他已创立公司,当了总经理,刘总,长得仍然像个科长。他谦虚地管那辆面包车叫手扶拖拉机,自称拖拉机手,坚持要拉着朋友们去兜风。这种谦虚使我们愤慨,拖拉机是拉什么的。

去参观他的公司,规模不大,设备先进,都是高科技的玩意儿。但他家里却很清寒,可偷性不高。小偷曾光顾他家两次。第一次撬开门,进去转了一圈,什么也没拿就走了。第二次又撬开门,不但没东西,还在桌上放了一叠钱,下压一张条子:你太穷了,留下五百元,聊补无米之炊。刘希卡觉得挺跌份儿,又觉得挺自豪,心想这小偷也不知是何人,出手如此阔绰,起码是坐着"宝马"来偷东西的,跑我这儿扶贫来了。他把那五百元装进镜框挂在墙上,希望小偷下次再来把它偷回去。

看来刘希卡是个干事业的人,不是那种无聊冒富的人、追求享受的人,因此他是一个高尚的人,脱离了低级趣味的人。大家总算没白朋友一场。

吃饭时刘希卡请客，我们都不忍心宰他，就去吃火锅大排档，替他省钱支援公司建设。临了刘希卡又把我们一一送回家，说今后有事用车，就随时招呼他。这话使朋友们感到，相隔十多年后，我们终于有了自己的司机。大家希望刘希卡再失踪一回，那样没准儿我们还将拥有自己的飞机。

鄂北游记

我的老朋友老石见我在重庆待得发腻,就拉我出去搞摄影,还要我随便挑选一个地方。我毫不犹豫地说:去谷城。

步入文坛这些年,除诗以外,知道我会摄影的人不多。而知道我精于此道者,就更是不多了。至于目睹过我的摄影作品,并为之击节赞叹的,恐怕已是凤毛麟角。因此,老石的邀请,使我大受感动,好比漫漫长夜里,抬头望见北斗星。我还有什么好说的,士为知己者用嘛。

我挑选去谷城,实在是为了要圆自己的一个梦。那年秋天我去国外,乘车赴京途中,一觉醒来,车正经过一个名叫谷城的地方。窗外闪过的风景绝佳:忽而美丽的小村,红瓦落霜,炊烟如雾;忽而无叶的秋林,树干似银,直指蓝天。再一闪又是成片的绿树,外缘一律金黄。满目的野草闲花正让人心醉,猛然间又兀立出一棵孤独的火树,红得叫人想跳车。如此两三个小时,景色才渐渐平淡,我也昏昏睡去。再醒来觉得像一个梦,心中便记死了谷城。萧瑟秋风今又是,那景色一如既往地在等待我,所以我就说:谷城。老石听了我的一番描述,眼睛被深深地打动了,几乎要流出些什么。关键的时刻我又根据欧阳修的环滁皆山也加上句:环谷城皆景也。这概括性的点睛之笔,便教老石的魂儿出了窍,彻头彻尾地飞到那厢去了。

不过,除了这走马观花的印象,我对谷城可是一无所知了,连它的地理位置也没闹清。于是两人赶紧翻地图,发现它属于湖北地界。身旁有一位精通掌故的朋友,这时说了句话:那是张献忠诈降的地方。我听了便如获至宝,觉得这顿时使谷城具有了历史的深度。其实对于张献忠,我除了晓得他当过几天皇帝,其余的一无所知。时间紧迫,也来不及考证诈降地的真伪了,只有恼恨自己的才疏学浅。反正张献忠横竖是个历史名人,许他在那里诈降,就不许我等去那里拍照么?

方针已定,我俩便收拾行装,检点照相设备。老石又去弄来一瓶假冒名酒,两人干了,以壮行色。我家小妹刚刚回国,闻讯愿为我提供一架尼康专业相机,这本是很风光的,可惜我弄不懂英文说明书上的全部性能,只好带上我原有的一架,外加一只特夫龙28-200的变焦。特夫龙听起来像名牌腾龙,也就有些假冒之嫌,不过平日用着蛮好的,我的一些得意之作,都是用它捉来。老石身穿一件大红猩猩摄影马甲,里外一共十九个口袋,除了装有相机胶卷附加镜头等,还塞进不少牛肉干花生仁,以备不时之需。我俩向车站开拨的架势,极像是去采访张献忠的受降仪式。

列车缓缓地启动,重庆正下着小雨,我知道只需一夜,天就会蓝得令人乐不思蜀。老石说:你不念首诗抒发抒发?我触景生情,脱口而出古人的名句:

风萧萧兮易水寒,
　壮士一去兮不复还。

我们带着视死如归的壮士情怀开始了这次旅行。其实,这是一次成功的从城市向大自然的逃亡。假若老石是一个女的,我们简直就是在进行一次很罗曼的欧洲式的私奔了。二十世纪末期,女人都长着络腮胡子——我望着老石,很伤心地想。

列车隆隆前行,夜使我们失眠,两人喝酒、吃东西、窃窃私语,任何一点细微的动静都足以启发我的全部灵感。窗外一排灯光闪过,照亮对面旅客毛毯的图案,让我立刻联想到摄影组织的徽记,我就兴奋地大叫:镜间快门!镜间快门!那旅客忽地从毯下坐起,朦胧又惶恐,可怜的人儿一点儿也听不懂我说的话。我俩不敢用声音,只敢用胳膊用腿用面部表情使劲地、没命地笑。之后在鄂北摄影期间,镜间快门四个字,就成了我们的口头禅。

终于让我安静下来的,是一盘詹姆斯·拉斯特乐队的磁带,名叫《蔚蓝色的天空》。我用老石的随身听反复播放,耳机里流淌着溪水,回响着鸟鸣,还有阳光和树梢的风。真棒!蔚蓝色的天空,那就是我将要到达的地方。

谷城以它干燥而冷的空气和一辆客货两用机动三轮迎接我们。三轮车去县城,四毛钱一位,拉人拉猪都是这个价,装满了就开,跑起来贼快。半道上有个人蹦上来吊在车尾,提里荡浪的,我眼巴眼望等着他摔下去。孰料那厮是把老手,快入城时身子一甩,好端端站到了地上,拍拍衣帽的尘土,扬长而去。开车的伸头望了望,也不停下要钱,只管奔前程。老石就唱:妹妹你大胆地往前走哇,往前走,莫回头……满车的人都笑。

那车把我们送到铺天盖地的一片衣衫裤子中间,收了钱一溜烟跑了。这里是谷城的摊贩市场,浩浩荡荡,尘土共脸蛋一色,领带与裤衩齐飞。吆喝声此起彼落,满地的锅碗筐锄,还有驴。老石对着驴举起相机,进行首拍仪式。那驴见了,也不吭声,只将身子一扭,便把屁股拿来朝着镜头,小尾巴一抽一抽的。我俩面面相觑,啼笑皆非。我们从重庆出逃,逃出人群,逃出雨季,逃出喧闹的市声,千里迢迢到达此地,总不至于是为了来逛廉价货摊,观赏驴腔?那年我飞车观景,两三个小时一闪即逝,而今真的沿着铁路边走边拍,却要走到猴年马月?再说如若夜投荒村野店,遇上强人,性命事小,三架相机白白相送岂不太便宜了他们?猛然间我想起,动身之前第三军医大学赵博士嘱咐我们,到谷城找一个姓李的朋友,可以解决困难。现在寻得此人,请他指点迷津,然后抓住重点,以点带面,方为上策。老石听罢,连声叫好。

李先生其人刚从重庆迁回谷城,需要到县公安局打听他的下落,我二人就去向民警问路。民警同志警惕性挺高,把我俩上上下下盘查了一番,仿佛公安局是这儿的保密单位。待到沿着他指引的方向走去,两人的神情,有些像是去投案自首。

几经周折,终于到达李宅,正所谓山重水复疑无路,柳暗花明又一村。时已正午,我俩饥肠辘辘,却仍然精神抖擞,确信当地景观,尽在此一人掌中。进门之前,我们首先以手加额,继而弹冠相庆,最后异口同声地欢呼:镜间快门!

李先生的老婆正在走廊上做饭,看见我们如同看见鬼子进了村,立即实行坚壁清野政策,把肉锅一盖,风也似的钻进屋去,那肉锅便一往情深地对着我们的肚子咕嘟咕嘟地唱。半响,屋里探头探脑冒出个角色,身子挡住门,屁股遮掉锅,自然是李先生了。我俩暗中好笑,一边告知来意,一边掏出牛肉干扔在嘴里嚼,证明并非是来打他的秋风。他就换上一脸假笑,又大呼小叫道,俺这一带都是农村,怎能比得大城市的风景!他以为所谓风景,就是重庆商店的玻璃橱窗。我和老石再无任何指望,却偏偏要磨蹭到那肉锅散发出些许的煳味儿,才告辞离去。听着背后铲锅浇水乱作一团，两人觉得实在过瘾。

只有依靠地图了。当晚我俩按图索骥，到达丹江口市。这里1958年兴建水库，调来了军队，横江拦起一座大坝，工程的结果，几万士兵留在当地，形成一座小城。从地图上看，水库被山环抱，俨然一汪大湖，我们正是冲着这山这湖而来。夜色茫茫，我俩肩负背囊在小城间穿行，路两旁的楼房亮着温暖而宁静的灯光，使街风更加寒冷。我们敲开店门买一瓶烧酒，钻入小饭馆吃一碗水饺。来往的行人稀少，保持着二十世纪五十年代的密度。

这小城还不太懂得什么是夜生活，全然没有南方城市的灯红酒绿，丹江口宾馆的舞厅可能是城里唯一的一家，生意清淡，我们坐进去歇一口气，避避寒风，就有一位小姑娘怯生生地来邀请我们跳舞。姑娘很单纯的样子，她这在当地算是大胆的举动，完全出于善意，再没有别的企图。她只想让两个外地人感到这儿不是那么生、那么冷，她想让小城带有一点儿人情味，姑娘美好的动机，体现出人性，可惜在大城市，人性常常被金钱或者其他的东西异化了。我们很受感动，老石欣然应邀，和姑娘翩翩起舞。我把脸转向窗口，夜色温柔。

第二天一早，我们动身去丹江口水库。大坝巍然屹立，气势雄伟。警卫看过证件，验明正身，就放我们上去。走在坝上，极目一侧，但见山似眉峰，水若眼波，不觉已进入宋人词中的眉眼盈盈处。山虽不奇，树林之中却有牛儿闲卧、牧童嬉笑，倒映在水面，好一幅世外的画卷。而另一侧鸟瞰下去，闸口的瀑布倾泻成急流，波光粼粼，江鸥点点，巨石突兀在江中，人舟横渡于浪间，如此景致，是可以拍出许多佳作的。机不可失，我用变焦镜头逮住那条船。快门瞬动的刹那，忽然觉得自己正在俯视一条人生的大河。江心的舟子奋力摇动双桨，一心向着对岸,并不知道高高在上的我的目光,他到对岸去做什么呢?那么在我之上,隐形于一派蓝色之中,默默将我注视的,又是谁人?我仰首苍穹,几乎发出天问,再俯视江水,看它一逝不返,俯仰之间大彻大悟:那舟子不是别人,乃是我卸于尘世的一副皮囊,而在我之上,永远将我注视的,正是我自己。经过这一番脱胎换骨,待到乘卷扬机下来,我已飘飘然弄不清天上人间,差点儿要立地成佛了。

丹江渡口,日影西斜,一片美丽的桦林诱惑了我们。满地的落叶黄如智者的睿思,笔直的树干挺若处女的身姿。我二人超然于世外,穿行于林中,尽情地拍摄,扬扬自得,得意忘形,自称桦林二圣,以呼应前世的竹林七贤。这一切都始于我的谷城之梦,那个漂亮的、该死的梦!

黄昏时分我们到达长途车站,准备星夜兼程赶去下一个拍摄点老河口。刚要进站上车,猛听得一声喝令:二位同志别动,我们是公安局的!我们一惊,转过脸去,只见身后立着一高一矮两条汉子。

那矮汉子抢上一步,伸手从老石腰间抽出一把藏刀来。另一位亮出了派司,果真是公安局的便衣,姓吴。吴公安宣布说:带刀旅行违反了治安条例,应予没收。态度虽然和蔼,但语气铿锵,掷地有声。

这把短刀本是藏族朋友强巴所赠,老石临行时带着,一路上用它切肉剖面包开罐头,很派了些用场。如若日后财尽粮绝,也好拿它挖草根剥树皮切皮带,学习红军的榜样。我曾劝老石不用时就揣在口袋里,他不听,偏要别在腰上露出来,觉得自个儿威风凛凛,阳刚之气十足,使不法的歹徒望而生畏。谁知歹徒倒是销声匿迹了,公安干警却奋勇向前,连刀带鞘一齐缴了去,无论怎样协商都没有用。天下的事儿乃是一物降一物,老石傻了眼,从此只好把汉藏人民的友谊保存在心中。

履行完公务,二位公安客客气气地送我们上车,依依惜别的样子,再三叮嘱一路珍重。老石表情悲壮,频频挥手,不知向人还是向刀,又哭丧着脸对我说:吴小伙子长得真帅! 我扭过脸偷偷笑,百忙之中,他还注意到人家的脸蛋。

老河口市位于谷城和丹江口之间,我们去丹江口时曾在此转车,到街上溜达过一圈。这座城面积不小,文化程度较高,书亭有纯文学杂志卖,草莓酱才一块四一瓶,相比之下,重庆的奸商尤其可憎。非常奇怪的是,这儿随处可见太极图,就连公共厕所的白墙上也画了一个,加上八卦,不知出于何种文化心态。我依稀记得伟大的老子是楚国苦县人,与老河口有些什么关系,就闹不清楚了。偏偏又耻于下问,放不下诗人的臭架子,与其栽在当地老乡手里,不如回家去翻书。

汽车到站。有个妇女拉我们去住家庭旅馆,我俩图个便宜,就跟她七拐八拐进了深巷,来到一座比萨斜塔式风格的小楼。里面灯火如豆,妇女把我们领进一个房间,说声准备饭去,便没了人影。那房间是一间大屋隔出的一半,只挡了半截纸墙,一捅就破,踮起脚尖隔壁的情景一览无余。墙那边住着两个女的,其中一个说:来了两个男客。另一个就哧哧地笑。我二人的汗毛都竖了起来,老石说:莫不是进了窑子? 我说,窑子算老几? 只怕要被拿去做人肉包子! 正说着,就听见外面有铁家伙砍在案板上。此处不可住,我俩拎起背包开溜,刚出得楼门,又听那妇女醉醉地喊:客人,饭就要好啦,别走呀! 两人像听见催命咒似的,撒丫子便跑。

跑到热闹地面,惊魂始定。想想刚才出逃的样子,一定狼狈而又滑稽,我俩脸对脸乐了一阵,开始察看民俗。

老河口人心不古,市剧团正开着舞会,小青年成双成对往里钻,舞场的音乐飘扬出来,一把京胡咿咿呀呀奏着《苏三起解》,十分的民族化。文化馆放映录像,门口贴满花花绿绿的海报,中外杀手云集其上,好不壮观。

这城市的建筑确实漂亮,各具特色,错落有致,中国银行一带甚至有异国情调。只是街边小贩发明的无馅馄饨,有些惨不忍睹,不敢领教。我二人逛至一家拉面馆,是从兰州新近引进的,生意红火。吃拉面必须要先参观制作工艺,看那厨子怎样将一块面又甩又打又拽,变成许多银丝,丢到锅里去,然后在对民族饮食文化艺术的无限崇拜之中,大快朵颐。老石吼道:怎么牛肉放得这么少?那厨子瞟他一眼,又给他添上一勺。俗话说吃一堑长一智,真是不假。这厮丢了一把刀子,却学得猴精了,我的心态由此便不太平衡。想到明天一早就要起身摄影,两人赶快投宿到一家国营旅店,及早睡了。

翌日黎明即起。鄂北的太阳升腾起来,把它带有男人体味的紫外线照射在我们身上,使我们粗犷。我和老石的嘴唇都已干裂,面部的皮肤一层层脱落变得十分粗糙。而遥远的重庆此时应是小雨不断,那纤细如女人头发一般的雨丝,飘拂在脸上的感觉是非常柔和的。这么想着,我俩情不自禁地摸了摸腮帮子。我们已经意识到,现在过着的是一种值得珍惜的、骑士式的流浪生活,无拘无束地摄影、旅行,自由自在地呼吸大自然。也许堂吉诃德了一点儿吧,但如果在重庆那阴柔的气候中沉溺下去,将是一种不可拯救的堕落。男人放出来是一条船,拴起来是一条狗。男人应该流浪。

老河口城外,一条宽阔的大河自天而来,复又向天际流去。水虽清而势犹猛,波涛滚滚,鱼龙隐现,带着古时的琴韵,千万年无休无止,给人以最形象的时间的动感,真是逝者如斯,不舍昼夜。

我和老石跨越长达四公里的大桥,对岸是一望无垠的旷野。河套上,密集的树林枯叶落尽,好似伏兵乌亮的矛枪挺立,一座树皮搭就的小屋孤零零地竖在野地,像是隐者避世的居所,而主人不知去向何处。沙滩上一行脚印弯弯曲曲伸入野草和灌木丛,那草丛便惊心动魄地扩展开去,环抱着一片又一片大沼泽地。我俩穿行其间,步履声使野禽惊飞,射向长空,发出尖利悲凉的叫声。蓝天之下,云团变幻如女巫,浓重的阴影投在地面,宛若圣鸟的大翅急速掠过。

置身在这片荒原之中,我已被一种巨大的力量震慑。我的情绪被一种气氛感染着,激动着,却说不出话来。这里应该是哲人冥想的所在,是乐师抚筝的所在,我们的出现和消逝,只是瞬间,面对的是永恒。我几乎要匍匐在地,合十膜拜,我感觉自己让一种辽阔的忧郁包围着,俄罗斯莽原一样的忧郁。任何人,当他面对大自然的时候,所得到的只能是忧郁,不分古今中外。

一辆空空的木轮车扔在草丛里,它使我想起那支俄罗斯民歌:茫茫大草原,路途多遥远。有个马车夫,将死在草原……我和老石唱着这支歌走出老河口的这片荒野。马车夫死了。战争一次又一次死去。哲人呢乐师呢?一切都无法与永恒抗衡。九九归一。

猛然想到老河口市的太极图,那是宇宙爆炸之前的形态么?天文学"宇宙大爆炸说"有一个假设:当宇宙膨胀到极限时,就会重新向中心收缩……

是的,九九归一。

当夜,我们行进在茨河镇通往承恩寺的山路上。八一电影制片厂一分厂也在承恩寺附近,去那里是为了拍摄一些具有田园风味的作品。为此,我们取消了原定的两项计划,一不去武当山寻仙访道,二不去神农架追踪野人猎奇。吃别人嚼过的馍,没味道。

四十余里的山路,无灯无车无人迹,月黑风高,黑到看不见脚下的路,我俩摸索着,磕磕绊绊地朝前走。沉重的行囊压得两人气喘吁吁,寒风之中,竟然走出了一身大汗。午夜时分,终于看见一处灯光,我二人扑了进去,是一个小商店,店家吓了一跳,以为来了响马,待问明了来意,又说:你俩的胆子也太大了!还没有人敢深更半夜到这儿来。他指着一个中年汉子介绍道:这位就是八一分厂的杨厂长。杨厂长连说欢迎欢迎,遂引我们到一个简陋的招待所,又叫一个女人起来做饭,那女人便骂骂咧咧地烧火去了。

我二人到达目的地,先是松了一口气,继而又觉得这八一分厂的招待所实在太简陋了些,像个乡村旅店,房间也像许久没人住过的样子。只听杨厂长介绍道:俺这厂虽然偏僻,大明星却来过不少,于洋潘冬子都来过的。我纠正说:潘冬子名叫祝新运。杨厂长说:什么?姓祝的?那是演武松的,他没来过。我心想这位厂长怎么连祝新运祝延平都分不清楚,灯下再仔细打量,杨厂长一身的土气,而且殷勤得可疑。

长途跋涉之后浑身松弛下来,我俩觉得脚底板火辣辣的,脱鞋一看,已是血泡累累。赶紧掏出水乌龟,通电烧了两盆热水,烫完脚,又拔下几根头发把血泡穿了。这本是革命前辈的光荣传统,近年几乎失传,却又被我们发扬光大。

待到清晨,只朝窗外一望,我二人便惊呼着跑出门去。但见四周重峦叠嶂,层林尽染,云蒸霞蔚,秀色可餐。我们到此,原本是瞎猫来撞死耗子的,不料真的就闯进了洞天福地,想想那几十里的夜奔一点儿都不冤枉。我俩都乐疯了,只管一跛一颠地拎着照相机,野狼似的满山乱跑。

八一分厂的大门紧靠我们的住所,相距不过咫尺,也是去承恩寺的必经之路。里面满山的杉树黄绿相间,更有红叶乔木点缀,衬着蓝天白云,极为富有层次。我们喝足了杨厂长的地瓜稀饭,抖擞起精神,一路拍将进去。这个分厂并不拍片,只是冲洗胶卷,业务也不兴旺,工作人员闲散在路边打堆儿聊天,其中一位闲出毛病来的就走过来干涉我们。我告诉他这是杨厂长同意了的,那人一咧嘴说:嗨!姓杨的是林场场长。至此我俩恍然大悟,原来杨场长学问深奥,利用中国文字相同的音调,鱼目混珠,有意把林场招待所设在八一分厂门外,专打我们这号人生地不熟的过路鸭子。不过,他实在是一个好人。

承恩古刹藏于深山之中,拾级而上,仰见两棵高大的银杏树掩映着飞檐红墙,气势非常雄伟。只是保护得不好,倒了山墙,塌了侧殿,毁了僧房,和尚统统还了俗,香火断了许久。现今住着谷城县文化馆老詹一家看守庙宇,我们进去时只见鸡鸭鹅满院,彩电里小虎队红唇族正热闹非凡。

有客自远方来,老詹盛情款待,从一口古井里打水沏茶,据说隋朝的一位公主曾用此水洗亮了双眸。我们呷着那茶,滋味儿果然如同古代美人的眼泪一般。老詹又引我俩参观了正殿,殿堂表面看去并没有什么特别之处,但酷暑时疟蚊成阵,殿内却不进一个虫子,这就奇了。

更奇的是寺院附近山上有一个直径三米的蜂巢,与一座硕大的鸟窝相临,时常发生蜂鸟大战。马蜂帝国的空军倾巢出动,遮天蔽日,声响如雷,直杀得鸟王的臣民四散而逃。我们去时战事未起,蜂巢里只派出一个探子来,追踪了我们两三里之遥。

中南设计院向总一行人马到来。我俩拱手告辞,老詹却备好酒宴,架不住他苦苦挽留,便一同入座。向总肥头胖脑,戴着酒瓶底儿一般的近视眼镜,谈吐幽默风趣,一副大儒的样子。他曾主持设计了黄鹤楼,与滕王阁、岳阳楼相比,应是最杰出最气派的一座建筑,巨碑似的矗立在长江边,使他不朽。这次他率队勘察鄂北风景点,我们相见,自然惺惺相惜。我想到李姓诗人的祖宗李白,当年在黄鹤楼上丢人现眼,没有作出诗来,暗自又有几分丧气。

老詹一家也都是奇人。女儿有特异功能,岂止耳朵,浑身上下都能听字。詹夫人练就气功,当着大家的面,将一瓶酒倒置,用两根手指吸住瓶底提了起来,令人拍案叫绝。小儿子则是未卜先知,一两岁时忽然开口不断地说"火"字,结果三天之后,邻居便遭一场红羊大劫。有案可查的。我由此联想起我家儿子从三岁起便说地球还有十年就要爆炸,已经说了五年。我一向把这当作资产阶级的悲观论调来批判的,回去以后,可要好好研究研究了,万一是真的呢?

老詹知道了我和老石一路的辛苦,便说:我把一句话讲在前面,从承恩寺开始,你俩的运气要好起来,不信也得信。

果然,我们从此便坐上向总的面包车摄影。后来到了襄樊,竟变成轿车接送。不过这样一来,反倒没有了先前那种传奇式的经历,失去了一种宝贵的感觉。

在去隆中的路上,我拍摄了田野,防风林带,草垛与牛,道路和村庄,那是可以跟戴维·普洛登等人的作品相媲美的,纵然算不上不朽之作,我却也敝帚自珍。

回到重庆后不久,老石上了仕途,我则依然如故。朋友归朋友,毕竟是两股道上跑的车。

但这段在鄂北游历的日子,却是让人难以忘怀的,是为记。

黄河摄事

前注：有位朋友要求我写写他以前的一段摄影经历，并且就以第一人称来写。我觉得他这经历挺有意思，正巧又在创作空档，便顺手写下了，还变换使用了书信体和日记体，没事练练手嘛。总之，事是他的事，文笔是我的文笔。文中所涉及的地区和人物，连同我朋友在内，一律为化名。前注毕。

一、我为什么去黄河

这些年，搞人体摄影在国内摄影圈早已不算什么新鲜事了。无论哪种档次的摄影家，只要长着个脑袋的，脖子上挂着个相机的，手里都能拿出一堆这方面的好照片、破照片来。

不过，那年我耗时三个月，只身赴黄河拍人体，一拍千里的过程，我相信他们绝大多数人不可能经历。

事情是由一本画册引起的。那年春天我住在深圳时，海外一家图片社突然跑来找我，约我拍一本人体画册，态度诚恳而坚决。

其实我并非职业摄影人，但又爱在摄影圈里蹚水。对于人体摄影，我算得上是早期闯入"禁区"的为数不多的几个人之一。

那家图片社正是冲着这一点来找我的。他们一直很欣赏我当年拍就的那些人体作品,有些念念不忘。他们认为我在那批看似漫不经心随心所欲的作品中,实际表达出一种对人体与生命真实而深刻的理解,有不落俗套的构图和超凡的感觉。

他们说,他们正需要我这种极为个性化的风格,拍摄这一本画册,非我莫属。

然而,此时的我对于拍摄裸模之类的题材已毫无兴趣。由于近年摄影人一窝蜂地介入这个领域,人体摄影已变得做作、矫情、千篇一律。我甚至反感职业模特过于标准的体态和已成套路的姿势,天然感与纯真朴素的神情早已荡然无存。再有就是她们身上那股子浓重的商业气味,不管什么鸟人只要出价高她们都让拍,还有个什么劲儿。

基于以上原因,我打算婉言拒绝。但是,那家图片社的策划很出我的意料。

一、画册的全部图片以波澜壮阔的黄河为背景;拍摄对象不用职业裸模,而用黄河女子,大胆展示她们极富生命力的人体之美。所有拍摄仍使用反转胶片,不考虑数码图像。这使我怦然心动。我预感,出作品的时候到了。

二、图片社为这本画册开出了对我来说算是天价的酬金数目,这使我更加怦然心动。除去所有的拍摄经费以及各种胶卷全由他们提供以外,他们还可预付我部分稿酬,作为定金。

我表面上镇静,心里乐开了花。我自打从俄罗斯回来以后,一直有些囊中羞涩,眼下正为筹集去西藏和尼泊尔的费用犯愁。这下可好了,拿到此笔酬金后,去尼泊尔住上两个月绰绰有余,就连下一步去非洲的盘缠也解决了。何乐而不为呢?只身去黄河拍人体,虽说十分冒险,但我天生就喜欢冒险。

经过一番细节上的商讨和狡猾的经济上的交锋之后,我欣然与图片社签约。然后收拾行李,打道回府等待。

图片社的条件也够苛刻,照片拍完后,十年之内使用权归他们,我个人不能自由处理。他大爷的!

七月底,盛夏时节,黄河一带的气候已很适合拍摄了。我从久未开启的电子防潮箱里取出器材:一台哈苏,加波拉后背;一台尼康F5和一台尼康FM2,几只镜头;另取一台康太时T3轻便机作记录用。我又找人借了个曼富图脚架,我自己的法国"捷信"弄坏了。

另外很重要的一项,我打印了许多份拍摄合同装进包里。没有它们是万万不行的,以后发生了什么事你都说不清。

一切准备完毕,出发。

以下记录的,是我在这段拍摄的日子里发生的一些事情,它们是一些片段,但使我难忘。

二、首拍:方改芬

摄影人老西指点我说,找民间女子当裸模就到铁县去,那一带他们以前去过,也拍过,有群众基础。老西还说,铁县农村的女子挺大方,也好说话。

凤村是铁县靠黄河的一个村子,离县城比较远,县城每天开往凤村的班车只一趟。我到铁县时错过了发车时间,只好出钱搭上一辆顺路的小货车,一路颠簸了差不多半天。

我在凤村看见的第一个女子,叫方改芬,她也是我此行拍到的第一个女子。

小货车路过方改芬家门前时,她正在院里推磨,乌亮的发辫红红的脸蛋匀称的身材,使我心头一震,再定睛看去,她身上似乎还透出一股野气。

我赶紧叫司机停车,拎着行李走到方改芬的院里,借口问路跟她聊了起来。

改芬是个爽快女子,她从水缸里舀水给我喝,不大一会工夫我们就聊熟了。我知道了她从县高中毕业,现在是乡小学的代课老师,一边教书,一边务农。她父母都在小煤矿上打工,农忙时才回来。眼下学校放暑假,改芬一个人在家里,喂猪下地整理果园子,所有的活儿全包了。她今年二十岁,有个未婚夫是退伍兵,也在村里务农。她很快就要出嫁了。

接着我便切入正题,亮出身份,说明了来意。

改芬听着咯咯地笑起来:"原来你是个照相的?那好,你给俄(我)照一张。"

我说:"我下车就是为了给你照相啊,不光照一张,要照很多张哩!"

"真的?那你等着,俄进屋换件衣服。"

改芬走了几步,又转过身来问:"你照一张相要收多少钱?"

我赶紧说:"不要钱不要钱,不但不要钱,我还要给你钱呢!"

"说啥?你照相还倒给俄钱,天下哪有这好事!"改芬瞪大了眼睛。

我趁机告诉她,我是拍人体的,也就是裸体,被拍的人叫模特,人体照是一门艺术,我选中了她当模特,我要把她放在黄河边上拍,拍得很美……这些话我是一口气说完的,反正成不成,就这一锤子了。

改芬听红了脸,半响轻轻地说:"那咋行?"

"咋就不行?"

"那多丢人,丢死人啦!"

我一时不知道说啥好。情急中从包里掏出一本人体画册,边递给她边说:"你自己看吧。那么多女子都这么拍了,人家就不怕丢人?人家把青春中最美好的一瞬留下来印在这画册上,光荣还来不及呢!"

我这一招似乎还挺灵。改芬翻了一会儿画册,突然抬头自言自语道:"好像乡里有两个女子前一阵也让人这么拍了。"

我马上说:"就是嘛,你也不是第一个。"

"那你为啥要拍俄?"

"因为在这里我只认识你一个呀。"

"那俄带你到村里去,村里女子多着呢,你选。"

"我不用选。所有的女子里,你最漂亮。"

改芬又笑起来。直觉告诉我,有戏了。

她指着画册问我:"你也能拍得这么好?"

我说:"当然,比这还好。"

"也能上画册?"

"不但上,而且印一本新的,比这厚,比这美。"

她调皮地歪头看看我,猛地迸出一句:"你咋就让俄相信你不是坏人?"

我故意一拎行李一转身:"你看我像坏人,我这就走。"

改芬喊:"回来!俄让你拍。"

第一关过了。事情就这样搞定了。我取出拍摄合同,改芬在上面签名盖了手印。我与她说定拍三天,每天的酬金是一百元。如果她觉得方便的话,晚上我就住在她家里,吃住费用另付,改芬痛快地答应了,我又问她这事是否跟她未婚夫打个招呼,她坚决地摇头说:"不用,俄自己定下的事,俄自己作主。"

凤村离黄河还有一段路,下午去河边,改芬还是叫来了她未婚夫,一个叫志民的小伙子,开着手扶拖拉机突突突地把我们送到地方。

改芬挥挥手说:"你回去吧,俄俩在这里照相,没有你的啥事了,天黑下来再来接俄们。"

小伙子一声不吭地又开着拖拉机走了。

我架好哈苏,改芬开始按照我的要求脱衣服,她虽然大方,脸还是臊红了,一直红到脖子根。阳光斜照下,她弯腰抬臂的姿态显得那么美,美极了!我举起尼康,连拍下了她的一系列动作。

忽然身后的玉米棵子一阵乱响乱晃,我扭头看时,只见志民手里挥着棒子,疯了一样吼叫着从玉米地里冲了出来:"俄当你照相哩,俄当你照相哩,原来你俩在这里干好事!"

我本能地护住相机,背上结结实实地挨了他几棒子。改芬扑过来,一把抓着他举棒子的手,死死地拖住。

我喊:"小伙子你冷静些,我这是在工作。"

志民喊:"呸!你这叫啥工作,看女人的光屁股蛋子大奶子叫啥工作!"

改芬喊:"志民你不懂,人家搞的是艺术!"

志民转身对着她叫骂:"你不要脸!"

志民手里的棒子被改芬硬夺了下来,扔得老远。静了一会儿。志民突然往地上一蹲,双手捂着脸号啕大哭:"啊——啊——,艺术个球哇,俄自己的女人俄都没看,让你先看了啊——"

改芬急了,声嘶力竭地叫着:"王志民你住口!俄愿意让他看,俄还要上画册让人都看!"

志民打住了哭声,仰脸望着改芬,猛地站直了身抽了改芬一耳光,骂道:"骚货!"头也不回地跑了。

我怕志民出事,要去追,改芬拦住我说:"别管他,他那个窝囊样,能出啥事。"

天黑了回去,改芬做饭吃了,就出去了一会儿,回来轻声说了一句:"没事了。"

接下来两天很奇怪,每天出去拍摄,志民仍然一声不吭地开着拖拉机来送我们,也没再闹事。拍摄工作进行得顺利出色。

我离开凤村时,付给改芬五百元钱,并且把我的手机号码留给了她。

回到铁县县城,找个旅馆住下来歇了两天。临走那天忽然接到改芬从乡里打来的电话,她告诉我,她和志民的婚事在志民胡闹的那晚就吹了,志民后来送我们,是给她最后一个面子。还有,学校领导把她叫去谈了话,通知她下学期不必再去代课了,像她这样的教师,败坏校风,对学生影响不好。

我心里极不是滋味,刚想安慰她几句,不料她反倒安慰起我来。她说,大哥你不必灰心,你要去的地方还多,路还长,一定要把照片拍好。时代在改变,凤村的观念不会老是这个样子的。

她最后说,我去凤村拍摄她的那几天,是她最辉煌的几天,一想到自己最美好的样子能印到画册上,"俄这辈子也知足了"。

三、一封信

老赵：

　　你好！

　　我在木县被人扭送进县公安局关了两天,里面对我还算客气,让我住单间,吃小灶,生活过得不错。后来你在木县文化馆工作的朋友王福生得知此事,在他的帮助下,我的身份得到了证实,所以很快就被放出来了。摄影器材也如数归还,完好无损。

　　县公安局长是个好人。我进去时他怒目拍案对我喝道:"流氓!你从事淫秽的色情活动。"而放出来时他拍着我的肩膀笑着说:"老弟,你的成就还不小嘛!"使我感到人生如戏,理解万岁!

　　因此望你见信后,务必从你的书架上取一本我的摄影作品集,以特快专递的方式寄给我,我将亲送给公安局长,以感谢他对我目前从事的活动的信任和支持。

　　我之所以写信给你,是由于出来之后就往你处打了电话,四处找你不见,手机也关了,知道你狗日的又躲起来画你的破画了。

　　我这次拍摄之旅承蒙你的漠不关心,至今已走了四县七乡,拍了二十几个模特,个中甘苦,唯吾独知。

　　最精彩的是这次到木县,我一下车便八方搜寻,很快便发现木县是个美人窝。我在此找了八个模特,都在十八九岁的年龄,个个神采飞扬,清纯可爱,气质也符合我的要求。尤其是我把她们放到黄河里戏水拍下的那十几个卷,我敢说是迄今为止我所拍的最满意的一大组群像。那真是清水出芙蓉,天然去雕饰啊。只可惜胶卷编了号,要由图片社统一冲洗,再经你处时你看不到,你也没这眼福。

但是这些女子的生存条件很差,她们都在一个乡办企业工作,那个厂是加工塑料的,车间里有股刺鼻的味儿,简直像毒气室。她们每天要上差不多十个小时的班,月工资却仅有百元。

我去挑选她们时见此情景,忍不住就跑到乡里提意见,乡领导见我挎着相机,以为是大地方来的记者,起初唯唯诺诺,将我奉为上宾。后见我带她们到河里拍人体,方回过神来,恼羞成怒,这才有将我扭送见官,银铛入狱之事。

所幸扭送我的几个人不懂得将胶卷抽出来曝光,否则这些杰作毁于一旦,岂不痛死我也。

我用康太时拍下了她们的工作环境,里面的胶卷是我自己的,不归图片社。再到你处时我将这些照片多印几份,烦你送交省人大代表、政协委员等人,也好替她们讨个说法。此举不仅是怜香惜玉,我本来就有侠义心肠。

今天我给八个模特送去一笔酬金,是我有意给的高价,差不多是职业模特的价格了。我知道费用超支,图片社是不会补偿的,那就从我的稿酬里拿吧。钱这东西,花也就花了,扔也就扔了,大不了不去尼泊尔了,有什么了不起。

所以务请将我放在你处的那笔现金火速打入我的卡中,这样既可解我燃眉之急,又可免你将它昧了。我住福生处,款到启程。

祝你的破画无人喝彩!

哥舒缨

9月6日

四、龙乡裸模与忧郁的巧姑

水县的龙乡与我所到之地完全不同。这儿风气开化,商业气息扑鼻。

龙乡是个穷乡,据说原先少有外人到此,自打圈内赫赫有名的刘摄影家带着几拨人来这里搅和了不少回后,龙乡就变得热闹起来,常有这个家那个家来此办什么"人体摄影速成班",总之折腾不断。如今的龙乡堪称"裸模遍地,影人如织"。

我路过水县时出于好奇,搭车到龙乡去看西洋景。果然,人还没有站定,就有跑来介绍业务的,问你要不要住旅店,要不要拍人体,要不要看裸模……

龙乡的裸模还真有干职业的,随介绍人过去一看,只见她们三五成群聚在一起,身上穿的戴的,就有些值钱了。

再一介绍身份,更是吓人:这一位是"刘摄影家的首席模特",那一位"形象曾出展平遥摄影节",又一位"被摄作品入围法国摄影沙龙"……一问价格,高得令人咂舌。

要说这些女子的底子还真不错,可惜被各种摄影人摆弄来摆弄去,给教坏了。细细观察她们,举止搔首弄姿,气质俗不可耐。

我摇头叹息离开,还被她们白了一眼。

晚上躺在旅店里,翻来覆去睡不着觉,一会儿后悔"早知如此,就不该来龙乡,白耽误功夫"。

一会儿又替那些裸模女子惋惜,用东北话说,叫"白瞎她们这些人啦"。

再过了一会儿,开始骂那些摄影人:好好一个龙乡,原本是清净之地,都让这帮急功近利的家伙给毁啦。这些人的脑袋也不知怎么长的,人体是这么个拍法吗?模特是这么个用法吗?

到末了,也不知是在骂谁了:自私啊,可耻的自私!凭什么你能端着机子拍裸体,人家女子就不能当裸模挣钱?人家也是一种活法嘛!凭什么人家龙乡就不该变,就该穷,就该等着你追名逐利地跑来花低价雇模特?你不喜欢龙乡,尽管拍屁股走人,少在这里发议论。

想了想,我好像在骂自己。

就这么脑子里乱七八糟地迷糊了一夜,第二天起得也晚,精神状态极差。

打开房门,看见外面站着一个瘦小的女子,像是等待了很久的样子。

她见我出来,就问我可要雇模特,她说她愿意受雇,收费很低。

我打量了她几眼,人长得也还清秀,只是眼神呆滞,表情麻木,体形条件也不好,根本就不是我要拍的那种类型。

我摇头拒绝,心里犯嘀咕:龙乡这个地方,女人想当模特都想出病来了。

但是她像是跟定了我。我吃饭,她在一旁站着;我逛街,她在后面跟着;我回头,她就用央求的目光望着我。

后来我被搞得不耐烦了,问她到底要干什么。她说:我想挣你的钱。我问她一天要多少钱。她说:十块。

十块?这是惊人的低价!我的嘴半天没合上。问她怎会十块钱就让人拍,她说价高了没人要,又说她父母久病在床,只靠她挣钱。

她叫巧姑。

我对她的话似信非信。想到她开价这么低,龙乡又这么无聊,不如乱拍一天走人。

我背上器材,带着她去了土屋、河边、船上,让她脱。我状态不好,几乎是闭着眼瞎按了两卷。

收工的时候发现有个傻孩子坐在我的摄影包前敲什么。走去一看,他竟然拿着我的尼克尔长焦镜头敲土块儿。我一把夺过来,怒火万丈。

巧姑惶恐地看着我。我心想都是她!若不是被她纠缠,我不会到这儿来,也就遇不上这傻子。我的尼克尔镜头啊!

巧姑见我发怒的样子,吓得钱也不敢要了,掉头就想跑。

我叫住她,付给她十块钱。她低头说声谢谢,消失了。

我把镜头装在机身上试了试,还好。

两个多月后在图片社,我看到拍巧姑的两卷片子,有许多张不是手抖了就是焦点不实,但是其中有一张巧姑坐在黄河岸边的,极棒!众人惊呼。

我都记不起是怎么拍的。在那张片子上,巧姑全裸而坐,黄河的水纹映在她身上,像美人鱼的银鳞。

她的眼睛极忧郁,忧郁得发蓝。

大家全笑我看走了眼,这么好的条件,应该狂拍猛拍才是。我想起巧姑,心里很难受,难受得要死。

五、拍摄日记两则

九月二十八日 晴 火县牛庄

我跟房东老郑头一起吃午饭,搞了些肉,外搭我带来的一瓶烧酒。以前还是公社时,老郑头当过生产队长。

老郑头问我来拍啥,我告诉他来拍裸体。他问啥叫裸体,我说就是人脱光衣服。老郑头说:呀!那多难看。我问他:你老婆难看吗?他说:难看,她最难看。我说那你还娶她,跟她生崽儿。老郑头嘿嘿笑。

酒至半酣,我对老郑头说我是初来乍到,拍裸体的事儿还请他给张罗张罗。我的意思是如果遇上困难,还要请他出面做做工作,打打圆场。

老郑头说:嘁!人家能让你拍?我说我要跟人签合同的,还要给报酬,就是给钱。老郑头听说给钱,不吭声了。

天擦黑时我看罢地形回屋,发现屋里坐着二十来号子人,从十几岁的小女孩到六十开外的老太不等,有两个老太光着上身,还有几个男的。

我问老郑头出了啥事。老郑头说:你不是让我给你张罗嘛。我差点儿晕过去。

我趴在老郑头的耳朵上说:赶紧让他们回去,他们都不够条件。老郑头正色道:那咋行?都跟他们说好了,人也来了,你也看了。

我只好掏腰包发钱,每人三元五元不等,递到手里。

众人领了钱,呼啸而去。

十月十一日　晴间多云　傍晚有雷阵雨　土县虎镇

今天我在此碰到一个家伙,脖子上吊着一架徕卡M6,特牛叉。我心里就管他叫牛叉。

他跟我套了一阵近乎,说是同行,也拍人体。我忙我的事,没怎么搭理他。

下午我带着模特开拍时,见牛叉也带了一个模特在不远处的砖窑附近摆布。

黄昏时太阳正好,忽然飘来一片黑云,打雷下雨。我跟模特躲到搭起的塑料布工作棚下,再看牛叉也不见了,兴许是躲进了砖窑。

猛听见砖窑里传出女人的喊声。感觉事情不妙,跑去一看,牛叉精赤条条压在模特身上,M6搁在一边。

看到我出现,牛叉边使劲边说:"老兄,我痛快痛快,我给她双份钱。"

我抡起M6照丫脑袋上砸过去,扳过来,又照额头上砸了一下。牛叉额前瞬间鼓起一大包。模特趁机逃了出去。

我令牛叉坐好,左右开弓给了他一顿大嘴巴子,嘴角鼻子都打出了血。然后举起M6,对着他的肿脸一通狠拍。拍到没卷了,我把M6扔给他,说:你丫回去洗出来,看看自己的熊样。

我逼着他把所有的钱都掏给了那模特。

我最恨这号东西,败坏我们的名誉。从看见他挎着M6出现的那一刻起,我就瞧他不顺眼。

不过M6这机器质量真好,让我狠砸了两下子,又摔到地上,竟还能拍。回去后一定得搞一架。

后记

我在黄河边行走了三个月,行程一千里,拍卷八百多。

我的出现改变了黄河边的一些人和事,黄河也改变了我的生命历程。

回来后,我向图片社提出要求,希望第二年五月,我再到黄河边去补拍一些东西,并且弥补一些遗憾。比如说,找到巧姑。图片社十分理解,并表示同意。

但我没能实现这个愿望。因为第二年五月,非典来了!

卷三

月出

1960年,内华达山的老山民安塞尔·亚当斯风尘仆仆,来到落基山下的新墨西哥州。此行他照例扛着笨重的照相座机,这三条腿的独眼老饕与他形影不离,一路上已大吃小嚼了不少风景。

遥想三五少年时,他偶然去约塞米蒂国家公园,过了一把拍照片的瘾,竟鬼使神差地迷上了这种瞬间游戏,一发不可收,而此前他每天都按部就班地敲打键盘,一心做着钢琴家的白日梦。人生的转变往往就像按一下快门那样迅捷,是何原因他自己也说不清,迷了一生的东西毕竟是缘。

(随缘而托钵,旧金山那孩子做了季节的巡望者。穿山甲的岁月仙一样流浪,好色的行脚僧,你朝匣子里收集用过的日子世界的花纹。)

比较起来,音乐给人的感受,有点像坐在静止的空间里倾听时光流淌;摄影则是刹那的凝固,是瞬息即成的空间艺术。从音乐到摄影,只不过是从耳朵到眼睛,距离何其短,亚当斯却足足跋涉了几十年几万里。自打二十五岁时拍摄《约塞米蒂的半圆丘》,一夜名声鹊起,如今的他,已被公认为美国当代风景摄影大师,佳作等身,开一代先河。想到这一点他双眼闪闪放光。但五十八岁的年纪,不觉老之将至,弄得满脸沟壑一腮秋草;况且在山里钻久了,难免又沾些土气,亚当斯也无所谓,宽边牛仔帽戴在头顶,依旧是十足自信的西部汉子。有时他也侧身回望,似闻钢琴在远方自鸣,怎奈背后早甩下了河流纵横山岳参差,回不去了。

(总是暗房和显影药,很邪乎的亚当斯,总将世界还原成黑色与白色,仿佛东方的太极图光阴的正反面钢琴的白键和黑健。)

其实,亚当斯的摄影生涯一直踏着旋律走路,灵魂里透出的音乐气质弥漫在全部作品中:瀑布、阳光与风的三重奏,红杉树康塔塔,云的叙事曲,湖冰滑出华尔兹的圆,以及山林的音诗和海的交响……他已习惯于用眼睛谛听自然界的声音。只要镜头一对准风景,这怪老头的行为就更像尽职的清道夫,他坚持不懈地把人这种讨厌的动物驱赶出画面,以防污染,这方面他有洁癖。人对于大自然,好比蝗虫对于庄稼。

两年之前在犹他州,亚当斯曾把身影映在嵌着闪电石纹的山壁上,拍下一张具有象征意义的自摄像,构思绝妙。所谓摄影家,就是不断抓住闪电的人,他在无数个刹那中接近不朽。当然,亚当斯业余也要讨价还价拍拍广告,种种商业田,不嫌其俗气,这会使他更加感到大自然的纯净。

(大自然,相看两不厌。天蓝得足以让汉子掉泪,还有随处的草,卧一会儿就能将全身染绿。)

此行到新墨西哥州已经是第五次了,前几次他的创作收获总算不大不小:在北部拍出过谐谑曲一般的小白杨,那幅作品无论构图层次影调都让他得意,技术上也摈弃了他惯常使用的小光圈;此外他还拍了几张妇人、沙丘、干打垒土墙什么的,凭着多年玩弄光与影的老经验，不起眼的草木石头由他一点便可成金。这一回卷土重来，大小景物自然不会放过，但亚当斯心里寻找的却是月亮。

月亮是永远的诱惑，亚当斯无法摆脱它的磁力，他的作品中不能没有月亮。

月亮有许多种。大都会的病态之月亚当斯不屑一顾，而情人地带的月亮又总是色眯眯的且患有偷窥欲，让这好老头儿羞于举镜对视。他要寻找的月亮健康、原始，没有被颂歌和诅咒污染，也不曾被种种哲理弄得疲惫不堪。这天宇中不发光的反光体，夜王国的统治者，阳光一经它冷却再洒向大地，世界即变得宁静神秘。

早先亚当斯也拍摄过月亮，1935年在加州的那幅《高原日出之月》，仅能算作尝试，强烈的阳光使月亮变成空中的一个泥点儿，多少有些可怜滑稽；到了1948年，他又去约树亚树拍成了《月和岩》，朦胧柔和的月亮与黝黑粗糙的岩石形成强烈对比，但构图略嫌单调，无论怎么看还是不尽人意。这些都不算！十二年间月光一夜一夜把亚当斯照亮，他琢磨它，从美国的各个角度审视它，现在好像一切都成熟了。

这一个晚上天气晴朗，怀着突然袭来的创作欲，亚当斯像老狐狸一样山行，总觉得脚踩着一段熟悉的旋律，仿佛是德彪西著名的《贝加莫组曲》第三乐章，那是月光的旋律，自己早年弹过的，他随着旋律，嘴里反复哼出的却是魏尔伦的诗句："去参加欢畅的假面舞与贝加莫舞"，这时刻能想起这样的曲子和诗总归算好兆头。他收紧了心，乱喘粗气。

亚当斯架好了照相机，月亮出现在眼前，他和新墨西哥大地同时感受到月光的重量。天边的云带飘浮如白绸子，落基山脉的雪峰在远处闪光。他有点儿魂不守舍，望着月亮上模糊的斑纹，想起中国人曾说那是一个女人的宫殿,而在自己看来,今晚的月亮是上帝之眼,咄咄逼人,只有像他这样心如明镜的人才敢于仰视。

(撩人的月光,弄蛇乐和致幻剂。美丽的女人总爱离群索居。羽化的影子镀银的叹息,你不敢抬头,你的目光会把月亮弄脏。)

一阵胡思乱想之后,亚当斯定了定神,极力排除掉欣喜若狂的个人情绪,恢复了大师常态,目光冷静深邃。面前的景物那么清晰:树木,村落,小教堂屋顶和墓地的白十字架,生命正以梦幻和死亡两种形式在安睡。栅栏的影子悄悄移动。风发出宇宙长笛的声音。草地起伏绵延。田野在呼吸。女人在月光下怀孕。而在这一切之上,月亮是辽远的,无机、冷寂,原始又永恒。天幕深蓝,没有星辰。

还等什么?亚当斯启动了快门。

1960年,在新墨西哥州北部一个真正的夜晚,安塞尔·亚当斯完成了这幅不朽的摄影名作,黑白胶片,小光圈,题名为《月出》,宏大如史诗。亚当斯准确地表现出月亮的原始形态,同时赋予它孤独高傲的个性和一层淡淡的宗教色彩,高超地体现了智慧的生命对宇宙本质的把握。这一年在他发祥的老地方约塞米蒂,他还拍摄了另一幅名作《月亮和半圆丘》,那是光与影的世纪之碑。

二十多年以后我来到美国,其时安塞尔·亚当斯已谢世四载。夜晚走在新墨西哥州的原野,感觉仍走不出大师的画面。我仰视天空,月亮仍那样迷人——不,惊心动魄。

纪念艾青

在艾青去世后的那些日子，我常想起他的名字。不是刻意地去想，而是平静自然地在脑海中闪现，像想起一个活着的人。

五月中旬，中国作协的同志打电话给我，谈了艾青的葬礼过程。他说这位诗坛老人的生前愿望是丧事从简，不发讣告，但是国内及世界各地仍拍来大量的唁电，葬礼举行的时刻，从四方赶来的送行者多达千人，出乎有关方面的意料。

我相信，艾青是极愿意静悄悄地离开这个世界的，他真的不打算去惊动谁。其实任何一位真正的诗人，当他面对死亡的时候，都愿选择平静孤独地离去。该体验的已经用整个生命体验了，该说的已经留在诗里，为什么不能让灵魂悄悄地不辞而别呢？一个对一生充满自信的诗人，不屑于用讣告来证明自己曾经存在，更不屑于去争那些闹哄哄的死后哀荣。

我这么说，是因为我见过艾青面对死神时的样子。1986年，第二届全国优秀新诗（诗集）奖颁奖仪式举行之后，获奖者们聚集在北京远望宾馆小会议室里座谈。艾青突然呻吟起来，甚至发出痛苦的叫喊，那是他的心脏病第一次发作，疼痛感由心脏放射到整个背部。艾青并不知道自己的心脏有病。我们把他扶到隔壁房间的床上躺下，有人去打电话叫首都医院的救护车。在医护人员赶到之前的几十分钟里，为了减轻艾青的痛苦，我和杨牧、周涛、张学梦轮流给他做背部按摩。此时的艾青已是七十六岁的老人，情况危急，我们每个人的心情都很沉重。但是在呻吟和叫喊的间隙，艾青却用一种平缓的语调开始说话，他说：天堂的钟声敲响了，我听见了钟声。他一下一下地数着钟声，很认真，目光凝视着天花板，仿佛看见了虚幻中的敲钟人。那次由于抢救及时，艾青转危为安，却给人留下极深的印象。那一刻我知道了，即使死神临近，诗人的呻吟也只是来自肉体的痛苦，他的灵魂依然幽默、从容、超脱。

而我更加相信，艾青从来都以这种超然的生命态度对待一生的荣辱沉浮。他将他的深刻体现在诗里。"文革"时期，艾青已在中国诗坛消失多年，我从一本二十世纪五十年代的评论集里，从姚文元批判艾青的文章里最初读到了艾青的诗。所以艾青是在一种尖锐对立的状态中出现在我眼前的。在满纸的文字围攻下，艾青的诗句仍然闪光，使我受到震动。这就是艾青的力量。

二十年后，在美国新墨西哥州的圣菲，我和艾青之子彻夜谈诗。他说他更喜欢我早期的诗作，那些诗里透出近似他父亲的气质。他的感觉是准确的，我必须承认艾青对我产生的影响。事实上，每一位诗人迈入诗坛的时候，都曾受到前辈或当代杰出诗人的影响。可惜中国诗坛总有那么一种人，一旦成名，就像流氓无产者那样，拼命诋毁影响过他们的诗人，他们惯于用农民起义的方式打倒别人，树立自己。艾青复出之后，热情地扶植过一些青年诗人，这些人却背叛了他，否定他。我听说艾青为此很生气，又听说他表现出长者的宽容，这自然是他的大度。但我倒更希望艾青能表现出诗人的愤怒。

我从国外回来的第二天,就到艾青家里去看望他,那时艾青住在北京丰收胡同寓所。记得我去时艾青外出未归,而他回来后,一踏进院门便高声喊我的名字。我感到很奇怪,问他怎会知道我已到达,因为并没有任何人告诉他。艾青回答说:是第六感觉,是我的第六感觉告诉我的。当时他已是八十岁的高龄。那天下午我们拉家常,晚饭吃很普通的馅饼。艾青突然离席,走进他的房间,关上门,独自一人。

至今我想象艾青去世时的情景,也该像那天一样,他离开人群,很从容地走进一间房子,独自一人,把世界关在门外。

我现在留作纪念的是与艾青合影的两张黑白相片。一张是在颁奖台上照的,另一张出自我妻子之手,摄于1980年初,地点在北京北纬饭店215房间(当时艾青暂住于此)。相片上一共有四个人,艾青、高瑛夫妇,孙静轩和我。我动手在暗房里放大成六寸,曾分寄给他们。这张相片比较有名,因为孙静轩后来将它印在自己的诗选中,许多人都见过。相片中的我理着平头,手搭着孙静轩的肩膀,艾青坐在沙发上,露出艾青式的微笑。

1996年,艾青就带着这样的微笑,安详地躺在本世纪的边缘。在这个世纪生活过的人,将被时光的风沙掩埋,能够留下名字的毕竟是少数。若干年后我们回望二十世纪,艾青仍然是一座碑。

流沙河逸事

流沙河先生是文坛杂家，著作颇丰，其人学识渊博，谈吐幽默风趣，又有些迂。他的逸事很多，现随手拈出几则记下。

流沙河打电话

二十世纪八十年代初，流沙河在星星诗刊社任编辑，独占一办公室，一手著述，一手编诗，日常生活杂事均由夫人代为处理。

一日有事需要联系，他叫夫人去传达室打电话。夫人觉得这是他们老余家的私事（流沙河本姓余），不便插手，就坚持让流沙河亲自去打。流沙河面呈难色，推三推四，却拗不过夫人，只得拿着电话号码去了。

半晌，只见流沙河急匆匆地走回，将夫人从人堆里拉到僻静处，四下张望后怒气冲冲地说："你快告诉我，电话这东西，究竟是先拨了号再拿起来，还是先拿起来再拨？"

夫人闻言，捧腹不止。仔细地想，此前流沙河还真的不曾亲自拨过一次电话。

流沙河待客

流沙河无事好清谈,盘腿坐于椅上,面前放一盒烟一杯茶。平日他门前慕名求见者不少。

有一天他热情接待一来访者,高谈阔论半天后,才发现对方蓬头垢面,衣着不整,神志恍惚且语无伦次,乃一精神病患者。

流沙河大惊,设计将其哄骗出门后,赶紧添置一只门镜。从此再闻敲门声,他必定趴在门镜上反复观察并高声提问,直至确认来客正常无异后,才打开门。

流沙河吹电扇

某年某日午后,我在流沙河办公室与他对坐聊天。

时值盛夏,天气炎热,流沙河见我额头冒汗,就从桌下拎出一台电扇让我吹风。我欲使电扇摇头与他共享,他连连摆手道:"你个人凉快就行了,我不敢吹。电扇风猛,我一吹就感冒。"

见我吹得舒服,他又有些羡慕,遂指着电扇说:"这发明电扇的人其实是个笨蛋,如果让我来发明,我就要给它设计一个装置,让它能抬起头对着天花板吹,这样落下来的风很柔和,我也就不怕了。"

我立即拧松电扇机头下一螺丝,将扇叶仰起。流沙河见状大喜,拍手道:"啊呀!原来人家不笨,已经发明成功了!"

流沙河拥有电扇数年,竟不知它还有这样的机关。

流沙河发财

我曾撰写《冥币》一文,说到流沙河羡慕我拥有一张大面值冥币的事儿。此文在报纸上发表后,福建有好事者,即给流沙河寄去各种面值的冥币一捆,使他暴发。

流沙河赠书

流沙河长我二十岁,为诗坛前辈,常有新著赠我。

他赠我的第一本书是《流沙河诗集》,题款为:送给李钢同志。

第二本书的题款就变成:李钢同志雅正。

再送给我诗集《故园别》,题款已写作:李钢同志赐教。

后来收到他的《十二象》,扉页上写着的竟是:李钢垫枕。

我很得意,不过短短的几年,流沙河已经送书来给我垫枕头了。

不久又出版了由他编著的《台湾中年诗人十二家》,他请人转交一册给我。翻开扉页一看,这一回流沙河却用墨笔写着:李钢我儿跪读,尔父手谕。

冥币

诗人收藏的东西往往很怪。我与诗刊社的王燕生先生在贵州相遇,闲聊之时他掏出一个小本子来向我展示他的藏品,竟然是几张冥币。

人活着敢在身上揣这东西的,大概也就是诗人了。

这种冥币的面值很大,一张就有五千万,几张加在一起,我面前的燕生,俨然是一位巨富。

见我也有喜欢的样子,就送了一张给我,可谓挥金如土。其中有一张烧缺了一个角,燕生视为极品。这张缺了角的,死活也不肯相赠,他说那张票子已经开始流通了。

燕生会唱山歌,为人豪放幽默,但眼下这种幽默很冷,透着寒气。

意外地发了一笔冥财,我也揣在身上行路。回来又去了成都,到流沙河先生家神侃,其间说到燕生赠金的事儿,孰料他的兴趣倍增,要我把冥币拿出来瞧瞧。

可见喜欢这种藏品的诗人,不止燕生与我。

流沙河接过冥币,翻来覆去仔细看了很久,仿佛考证一件文物。

冥币的正面套印红绿二色,背面是蓝。标有中英两种文字,编号用阿拉伯数码。

流沙河说票面汉字用的是繁体,横写的"冥通银行"与"阴冥通用"字样,排列仍然是由右至左,可知阴间的文字没有改革。

票面居中有头戴王冠者的半身像,他认为那是玉皇大帝,因两侧已注明"行长玉皇""副行长阎罗",所以阴间的财权,并不在阎王手中。

冥币背面的一座飞檐大殿,流沙河考证既非凌霄天宫,亦非阴曹地府,却正是冥通银行的所在。

他说那里依然停留在古代,然而正副行长的签名却很有意思,使用了英文花体字,玉皇和阎王也通晓外语了。他又把票面上的一句英文译出来:另一个世界通用的钞票。

另一个世界,我们就从一张冥币上窥视它,很近又很遥远,很虚又很实在。我们由此得到了一种快乐。

流沙河拿着冥币,显然有些爱不释手了。但他还是还给了我。他说:你到阴间去,也是一个富翁了。

我说诗人就是这样,生前无一文,死后有半亿。

流沙河说:好!你家住在楼上,何不就叫半亿楼呢?再刻一枚印章,四个阴文字——半亿楼主。

我拍手大笑。

他又指着冥币说,此物很妙,使用的时候,要点火烧掉。

的确很妙。想它被火化为灰烬,随风而散,飘舞在空中如轻盈的黑蝶,诗人的生死观与金钱观,大抵就是这种形态的吧。

过了一段日子,流沙河先生有新著赠我。翻开扉页,题词落款处赫然写着这样的宅名:成都一亿楼。

我便知道,他已经有了两张冥币,在与我斗富了。

童心

我跟老诗人蔡其矫只见过一面,一见面就把他惹火了。

有年夏天到四川省大邑县参加西岭雪山诗会,我在会上作了个简短发言,对新诗这种形式能否存在下去从根本上提出疑问。其实这观点不是我的,而是借军旅诗人周涛的《新诗十三问》(当时"十三问"鲜为人知,后来诗歌界才围绕它展开了大讨论),我知道,抛出"十三问"会场准热闹。一个会,最怕严肃枯燥地开下去,有人捣乱,气氛就活跃了。

果然,言发到一半,蔡其矫便拍案而起,怒气冲冲地打断我的话。他厉声对我提出一连串质问,要我回答,要我解释,因周涛没有到会,我只得李代桃僵,任蔡老先生把满腔火气一股脑儿掼在我头上。看得出他那坚决的态度,是在一个心眼地忠实捍卫神圣的新诗。那时蔡其矫已年高七十有八,却依然敢怒敢言,不妥协,不退让,认真得像个孩子,其人透明纯粹,其心清澈见底。我心平气和地看他发火,觉得这老头儿如此易入圈套,真是可爱极了。

后来诗会开到都江堰,老先生的钱包、身份证被当地土贼扒去,他反倒像没事人一样,景照游,街照逛,会照开,舞照跳。

另一位与会的前辈女诗人郑敏我也是初见。她的发言很具学术性,谈了些什么记不得了,好像是谈新诗的语言,诗的建筑美、诗的音韵美、诗的节奏美,总之是老太太研究了一生的问题。她用很好听的北京话发言,珠圆玉润,音色极美,让人听得入神,不觉就买椟还珠,忽略了内容。蔡老先生对我发脾气时,她很平静地坐在一旁。

诗会接近尾声已移至成都的宾馆里。一日我从房间走出,正遇郑敏挨着门找人,看见我就向我打听,她开口第一句话竟是:"请问,您是参加我们诗会的人吗?"哈!与她同行数日,我一路闹会,制造风波,这位老太太却连我的模样也没记住。她大概一直沉浸在诗里。与蔡老先生相同,她内心也是很纯的,但又相反,是另一种纯,静的纯。

诗人的年轻与衰老,不在乎年龄而在乎有没有童心,保持了那种纯,那种真,人和诗便年轻,永远年轻。蔡、郑二老就是这样的诗人。

可惜我认识的诗人并不都像他们。有的浮躁,有的矫情,有的老谋深算,圆滑世故,有的装腔作势,端架子摆谱,总起来是一个"浊"字,离"透明"二字差得远。做诗人做到浑浊的份上,人就衰老了,诗也完了,完蛋了。

又岂止诗人,凡人莫不如是。

大家

时过中秋我仍坚持穿短袖衣裳出门,遇上降雨降温,冷得抱着膀子往家跑。进屋后连着打喷嚏,在打到第三个喷嚏时,忽然想起了陶渊明,真是奇怪。

想到陶渊明我就看见了一位生活简朴的古代诗人,一会儿当官,一会儿又跑去种地,光着脚,喝着酒,领悟着人生的快乐。林语堂对陶渊明的一生如数家珍,充满景仰,认为他是中国文学传统上最和谐最完美的人物,是照彻古今的炬火。陶渊明自乃千古大家,而他留下的著作,诗不过薄薄的一本,文不过零星的几篇,可见大家征服世人,已在诗文之外,往往以一种人格的力量。

由陶渊明我又想到当代诗人王辛笛,日近长安远。王辛笛是一位奇怪的诗坛老人。在现今的大陆文学界,他是被人有意无意冷落和忽视的一个;若干年前我曾在书店翻过一本《辛笛诗稿》,印数不过千册。但另一方面,他又对海外文坛产生着很大的影响;台湾诗人痖弦有首题为《晒书》的诗,全诗仅两句,"一条美丽的银蠹鱼/从《水经注》里流了出来",整个儿化自王辛笛的诗,王辛笛的原句为"一条美丽的红金鱼/从《水经注》里流了出来"。痖弦诗才怪异,是台湾一大现代派诗人,大陆新时期的现代诗也受其影响,就这两句看,也是有创造性的,然而仍摆脱不了王辛笛。

有一回流沙河大概是刚见罢王辛笛归来,跟我谈及这位老人的逸事,说在一次宴会散席之际,王辛笛招呼服务员道:"去拿一个盆来,我把这些剩菜端走。"据传王辛笛拥有财富,生活优越,却能可惜众人所不屑的一桌剩菜。流沙河讲完这件事后,用"大家风度"四个字赞叹,极为钦佩。其时我们也在成都车耀先创办的"努力餐"饭馆赴宴,席间我约流沙河上厕所,他一路指导我用鼻子找茅房,跟着嗅觉走,还以此炮制各种现代派诗句,谈笑风生。在我的眼中,流沙河的言行已经够大家气的了,不过那次宴罢,他也没要个盆来端剩菜,足见这一举措还是很需要勇气的。我读孔子后代的回忆录,知道孔府也有个规矩,逢年过节使人拿盆去要四周富户家的残汤剩肴,放酸了再吃,据说很好吃,弄不清是否为孔子遗风。孔府中的人是很看不起朱元璋那流氓的,张岱在《陶庵梦忆》里记有孔家人曰:"凤阳朱,暴发人家,小家气。"

听流沙河讲过王辛笛逸事后不久,我便在上海的一个会议上见到了王辛笛,我采取的态度是视而不见。当时的心理活动有几方面:一是认为自己又没受益于王辛笛的诗,不欠他。二是看到王辛笛年事已高,想必不会再读年轻人的东西,说不定还不知道我是谁。三是年轻气盛,妄自尊大,觉得自己羽翼已丰满,不愿向人低首。因此我便有意回避,吃饭时也不跟他坐在一桌(看到现在的青年诗人也在一些场合作类似表演,玩你玩过不玩的把戏,顿感很可笑)。不料饭吃到一半时,王辛笛主动朝我走来,拿着笔和一个小本。他俯身问我能否给他签名留个地址,样子极谦和极诚恳。我大吃一惊,瞬间被弄得脸红耳热,手足无措,仿佛有种力量一下子把我的虚荣戳穿,防不胜防。慌乱之中我连忙起身,说些语无伦次的话。我感到自己实在像个拙劣好斗的棋手,一门心思想跟对方拼杀,可人家从一开始就没打算跟你对阵,也不跟你谈艺,而是谈棋以外的事情,为你高兴,和你握手,把你当作朋友。这棋怎么下?

王辛笛就是这样一个只见浅浅的一面便极难忘怀的人,在文坛前辈中,为数不多。像林语堂评价陶渊明那样,他是一个爱好人生者,无意于浮名,也无所谓被冷落,他真实又和谐地生活着。他在不知不觉中显露出自己的宽厚,决不打算伤害别人,只是你在对照时才会发现自己的浅薄。事隔多年,我还常常忆及那次见面,而他呢?怕早把此事给淡忘了。大家之大,就在这里。

想到此,我不禁打了第四个喷嚏。

同席勒散步
——读书笔记

我读席勒的时候采用了一种散步的方式，竭力想象自己在同他边走边谈。这位德国人不够风趣，而散步既可以使他缺乏幽默感的言论变得轻松，也便于我不时地开开小差，东拉西扯。此法甚好，今后凡遇德国人，一律拖着他们去散步。

席勒说：

> 人也可以有两种方式，造成自己和自己的矛盾：一种是作为野人，由他的情感去统治他的原则；一种是作为蛮人，由他的原则撕毁他的情感。野人瞧不起艺术，奉自然为绝对主宰；蛮人讥笑并且侮辱自然，却往往做他的奴隶的奴隶。

和隔世纪的人聊天，他们的话常因岁月的传递而显得深远。席勒一生做成过很多"家"：诗人、剧作家、哲学家、历史学家，这都是些能够使人不朽的好行当。他更将它们混合在一起，构成德国民族文学的基石，和另一块石头歌德（抽去其中一块，德国文学会不会垮掉？）。

我喜欢看人不朽，看不朽的人各就各位。席勒如今在某部词典的德国部分里待着，那儿很合适，唯有爱钻书堆的人蠹蚀到席勒这个名字时，才能感觉他的质量。书就是这么一页页厚起来的，历史和传统也是这么渐渐加重成负担的。卸掉它们无疑是彻底的放松，一个没有文化负担的社会会因无知而感到幸福。席勒始终捍卫着人的尊严和自由,他捍卫的东西都挺奢侈。

前面一段语录出自《审美教育通讯》第六篇,那些通讯更像是一个外星使者给人类的信。席勒选择了俯瞰的角度,他看到:人与自然已经分裂,且整天自己跟自己过不去,文化正在创伤着人性。

职业留下的习惯是根深蒂固的,席勒仍要露出医生的马脚(他当过医生,并由此逃向不朽):以解剖的目光分析世界,用诊断的语气评判社会。他一下子揭去我们的外衣,将每个人都分裂成两个人——野人和蛮人,而我们平时用文明伪装得就跟一个人似的。

野性和蛮性(即感性和理性),恰如人性的两极。我现在大概明白了,我们感情用事源自野人,而冰冷的理智则是由蛮人所传,人性的创伤乃感性与理性的分裂。想到人身上竟有如此原始的东西作祟,我顿觉自己比较可怕(像披着羊皮的狼,两只)。

我承认自己是在两个磁场间摆荡不定的人,但大体上却偏向野性一边。譬如一星期总有几天,我喜欢处于懒散无为的自然状态,情感至上,排斥理智;譬如讨厌机械及世界城市化;再譬如希望去无人地带,重返大自然(虽然多半是假惺惺的)。这种性格的缺陷似乎由于先天,另一只狼至少发育不良,不足以形成抗衡。这是我个人内部的事。

而现代,大工业高科技却在不断地"由他的原则撕毁他的情感",社会是否正经历着由野性迈向蛮性的发展过程呢?自然受到的侮辱是空前的,人与自然的分裂像要成为永恒。

蛮人"却往往做他的奴隶的奴隶",我很欣赏这半句话。这情景有点儿像一个人被一麻袋钱压得气喘吁吁,又像我的一个朋友买了一辆车,从此整日拆卸擦洗不停。事实上,现代文明已让人被商品和金钱驱使,人为物役。我从这个角度来解释"奴隶的奴隶"几个字。

席勒认为人性的完整、民族性格的完整,应该做到感性与理性的统一。野人和蛮人握手,自由便在其中。医生职业还留给他一个毛病:爱开药方。他为"自由统一"开出的药方是艺术,艺术是中和剂,或说是焊接感性与理性时迸出的火花。他不知道艺术现在已经异化为商品一族。

在开篇那段语录后面,席勒还说了一句话:"有教养的人却把自然看作朋友,尊重它的自由而对它的任意性加以约束。"有教养的人即"统一"后的文明人,这里指他们与自然的关系。这可能是人类的一个新物种,从席勒到我,一直在等待此一新物种的出现。

另外,席勒在他的剧作《唐·卡罗斯》中,曾借波萨伯爵之口说出自己的话:"目前的世纪对我的理想尚未成熟。我是作为一个未来时代的公民生活着。"活在现实却属于未来,这办法不错,本身就是一种理想。诗人席勒仰视理想,视其为精神圣殿。我也是。即使在今天,我也情愿做一个固守理想的人,虽然这近乎古老的传说,宛如精神世界的恐龙。

以上是我读席勒时的一篇随记。我已被搞得沉甸甸的,扛着他的影子散步一点儿也不轻松。不跟他玩了。

最好也别读席勒的诗,它们神圣得能让你打盹。

躲进贝多芬的耳朵

——读《贝多芬书信全集》

画家专在人类的眼睫上搭巢,热衷于用色彩与线条诱惑视觉;而音乐家则适合寄居在耳朵里,认识他们就像听见一些谣言和传说。

坏脾气的贝多芬在辉煌的音乐之余,也要不断写些文字,使人对他既能耳闻,亦可目睹,所谓有声有色。

他留下的文字,无非信件、题词、遗嘱、谈话录之类,合成厚厚的一部《贝多芬书信全集》。真难为有心人保存整理,那毕竟是名人的碎片,是日后修复天才不可缺少的东西。名人活着时有义务一点点扯碎自己,七零八落地寄给别人,让每个人都掌握一小部分证据。所以在世之日,一定要认真写好信、日记乃至纸条等文件,别怕麻烦。我素有定期将友人来函付之一炬的不良习惯,坏了大伙儿身后的好事,追悔莫及。

我少年伙伴的父亲是贝多芬正宗的信徒,乐于布道,早年我就在他家的小客厅里接触贝多芬。起先被九部交响曲的巨著搞到晕眩,一架带电唱的落地收音机效果该很不错,托斯卡尼尼的指挥有绝对的征服力。继而再听施纳贝尔弹那著名的三十二首钢琴奏鸣曲,以及小提琴、大提琴,三四五六七重奏……那些日子的感觉,神志兴奋又恍惚,似懂非懂又迷恋,明显的症状为乐魔缠身。一堆七十八转的老唱片,"文革"中被他父亲自己砸得粉碎。我见过一个人自残灵魂的样子。

以后我又搞来一套罗曼·罗兰的小说《约翰·克里斯朵夫》,据说为贝多芬传记,因读不下去而告终。依稀记得书中那男孩十分的性压抑。倒是这部书信集,给我一个完整的贝多芬,真实又立体。

一个人以两种符号表达自己,像是善于飞翔又能够行走。贝多芬用音符展现精神的完美,用文字记录生命的足迹。音乐是超脱的,声音飘然远去,能在悠久岁月的峡谷回荡,隆隆不绝。而文字的砂砾却时常磨伤跋涉者的脚掌,使他呻吟。书信家贝多芬仿佛一面鼓,被现实的重锤猛击;音乐家贝多芬则如出窍的笛声。

孤独喜欢亲近不幸的人和卓越的人,贝多芬乃两者的结合。疾病迫使他陷入绝望,唯有孤独向他伸出手臂。我们尽可以欣赏一只高飞的鹰,或一棵山顶的树,但我们必须仰视,因为那就是孤独。我比较理解贝多芬为何充满矛盾:逃避他留恋的人群,鄙视他热爱的世界,因为他让心灵选择了自我放逐。他在书信中记下的,便是孤鹰与独树的感觉。命运能踩死一只蚂蚁,也能踢怒一头狮子。孤独赋予老贝坏脾气,他更像叮在命运身上的一只蚂蟥。

人若要排遣恶劣的心情,写遗嘱是个好办法,倒不在乎写完后是死还是继续活着。这挺像两口子一打架便写离婚协议书,然后再一撕,怨恨自消,就跟真离了一回似的。一个立过遗嘱的人,是否也有一种恍若隔世之感呢?贝多芬年轻时在病中写过遗嘱,此后却踏着音阶更朝伟大靠近,他似乎只是把健康和绝望的坏情绪留在了遗嘱里,蝉脱壳飞走,留下蝉蜕。人大概就是这样成熟起来的。我少年时代曾创作过多份检讨,每次都似脱胎换骨,现在想想,那些玩意儿也可以叫作遗嘱或墓志铭。

能够承受各种不幸的人,才是幸福者。音乐巨人时期的贝多芬,双耳失聪偏能创造不朽的声音,没有谁比聋子更热爱声音。他是喜欢用声音扰得世界不安静的那一种人。"贝九"展示了他的博爱,《D大调庄严弥撒曲》表现出他的人道,他希望用艺术给穷人幸福。在他的音乐面前,每一个人,谁又敢说自己不是穷人呢?应该说,贝多芬成功地让灵魂逃出了躯体。他把全部的智慧及才气提炼给音乐,仍将市民的肉身留在尘世,至今犹能嗅到那股傲气与俗气,以及坏脾气。

1812年8月,他与歌德一同遛街,遇见皇族队列,他独自一人闯入,致使贵族侍臣闪道,王子脱帽,皇后问好。随后,贝多芬"好笑地看见这个行列在歌德面前通过。他站在路旁把帽子拿在手里,深深地弯着腰"。在这里,音乐巨人贝多芬不见了,我只看到一位爱出风头的小市民拙劣的表演。歌德固然庸俗,老贝也虚荣得可以。他将傲气发作成十足的俗气,那心态极像某个小人物与元首相握后,好几天舍不得洗手一样。倒是皇族们显出了恰如其分的教养,不屑与他一般见识。事后贝多芬跟人写信吹牛,神采飞扬。我觉得收信者贝蒂娜像在充当老贝的字纸篓。

相比之下我真正喜欢他在阿·服克纪念册上的题词。他反复辩白"我不是坏人";他将坏脾气推给好心脏;他直言喊出"我爱自由甚于一切"。那种结结巴巴惊惶失措的样子,那种语无伦次急于表白的心理,完全像个毛头孩子。那一年贝多芬二十三岁。我有点儿弄不清,人究竟是单纯幼稚一些好呢,还是复杂老练一些为妙?

缺点往往能反衬出一个人的高尚,我因此才常被贝多芬的音乐感动。然而他却说"感动只是娘儿们的事情,音乐应该在男子汉的精神上敲出火花来"。这一回他狠狠地嘲笑了我。贝多芬需要人们的理解,他的音乐实则是在表现通过痛苦才得到欢乐的过程。

在现代,还有谁会去感受贝多芬的厚重,去品味他那古典浪漫乐派的热情?理查德·克莱德曼用他公子哥儿的手指,将"贝五"的"命运的敲门声"在琴键上处理得宛如情人的心跳;更有人给贝多芬塑像戴上耳机,向他灌输贝氏音乐的电声版。

聋子贝多芬,生前就已远离声音。他不理会尘世的喧嚣,也不会计较人类一时的轻佻。他站在指挥席上挥动双臂,只为要让旋律的芬芳飘向远方;他坐在乐队中间,如同安坐在自己用音符种植的花丛,享受听不见掌声的幸福。

贝多芬真正的遗嘱在晚年写成,那是第十二至十六号五部弦乐四重奏。此时他已彻底摆脱形式与精神的束缚,同二十八岁时写着绝望遗嘱的自己判若两人。我尤其偏爱第十三的末乐章,即独立的《大赋格》,仿佛他的灵魂正于其间向人世告别,带着对往事的追忆渐渐超脱,步入永恒。有时我极想躲进贝多芬的耳朵,那儿通达心灵。音乐的中心恰如台风中心,唯有安宁,平静。真正的音乐是无声的。

影响了我的几本书

对我今生影响最大的书,我使劲想也没有凑够十本,我只想出来五本。

第一本:《一九五八年六年制小学语文课本第一册》。这是我正经读完的第一本书,实际的书名没有这么长。它教我学会的汉语拼音,一辈子都在用;它还教我认识了"大小多少,上下来去"等一些最简单的汉字。现在想想,这些字的含义是那么丰富和深刻。几十年的生活内容,竟主要就是"大小多少"四个字,而"上下来去",简直是一生的总结。

第二本:《宋搨九成宫醴泉铭》,唐代欧阳询著。这是一本字帖,我幼时习字所用。有好几年的时间,我每天必须面对它端坐数小时,被父亲逼着临摹它,揣摩它,尽量地像它,它是一本让我挨过很多板子的书,直挨到欧阳询的精魂附体。现在我说不出自己的字还有几分像它,但是由它开始,我懂得了字是有法度有结构的,我认真分析它每一个字的结构,渐渐发生兴趣,以后又发展到分析人的心理结构,社会结构,一切事物的结构。学习这本书的结果,培养出我性格中严谨缜密细腻的一面。

第三本:《新华字典》。我使用年头最久的一本书。它很经用,用了几十年用坏了好几本,里面的许多字还没认完,恐怕此生是认不完了。能够让我规范的东西不多,除了"九成宫"外,《新华字典》算一个。我必须经常使用它,因为它是一种标准,对照它可以修正自己的错误,或看别人的笑话,把别人搞得哑口无言。对我岂止有影响,简直有权威,它像如来佛的手心,我怎么跳也逃不出它的范围。这本书前页的"说明"中指出,它是一本"供中等文化程度读者使用的小型语文工具书",也就说明了我的"中等"性,比上不足,比下有余。想想比上不足,我很惭愧;再想想比下有余,又很满意了。这是一种很快活的生活状态。

第四本:《论语》,孔子的学生们著。我只读过两遍,而且多半时间花在读注释上了。由于它几千年以来在中国的思想领域、文化领域和伦理道德方面所产生的巨大影响,我想我肯定也受到了它的严重影响。我不像有些人,只标榜自己很新潮,不说自己骨子里很论语。这其实是一本不读也要受影响的书。有些东西是融化在中国人的血液里的。

第五本:《毛泽东诗词三十七首》。这是唯一一本我至今能够全部背诵的书,想都不用想,脱口而出,倒背如流。一本书,读过了长期不忘,谁能说它对我不产生影响呢?

以上列举的书目,不能与别人相比。人有博大精深的,也有才疏学浅的,我就来当这个既疏又浅的吧。就是一班学生里,也得有个把差生吧。

《红岩》故事

1975年某天,在一家工厂做工的我收到一封署名"杨大矛"的信,信中说偶然读到了我的一些诗,感觉很好,想约我一见。我不认识杨大矛。有人告诉我说杨大矛是一位诗人,在重庆市文联工作。

我想了想,杨信中所提到的诗,肯定是指我的一本诗集。1968年我到海军当兵后,曾凭一时心血来潮写了几首诗,不料却被南海舰队的女兵们传抄,甚至传抄到广州军区的女兵那里去了(多年之后我发现,就连武汉军区女兵的笔记本上,竟也有抄着我的诗的)。我很兴奋。这事极大地满足了我的虚荣心,促使我接二连三地又写了一堆。现在回看这些诗,既有单纯幼稚的红色热情,又有小资产阶级的浪漫情调,总的来说很可笑,但才华也还是有一点儿的,很迎合女兵们的趣味。当时的女兵多出身于军人干部家庭,她们一般都有拿着个小本子乱抄乱传的优点。

1973年我退伍后,为了保存这份虚荣心,也为了纪念自己为女兵们写诗的光荣岁月,我把这些诗十分工整地誊到本子上。又有旧日的同学来为它作序,画插图,手绘了很漂亮的封面。于是,一本像模像样仅一册的诗集就被我自己出版发行了。我还为它成功地举行过几场小规模朗诵会,由我本人一诵到底,我善于用许多"啊"把大家弄出浑身的鸡皮疙瘩。这本诗集平时在朋友间传阅。后来我才知道,它是由青年诗人兼好事者王长富传给杨大矛先生的。

不过就在杨大矛先生读到这些诗的时候,我的爱好也正发生着多方面的变化。一方面我密切关注时局,热衷于骑着个凤凰18型自行车去参加飞行集会,在一些小场合发表危险的政治言论。另一方面由于当工人的缘故,我对工业生产也十分关注,我的案头堆满《钳工手册》《钣金工》《机械制图》之类的书,我有空就钻研,企图弄懂。并且在我的桌上还放着几个装有米吐尔几奴尼的化学小瓶子,我正忙着建暗房、配显影药、自制放大机,因为我对摄影的兴趣也同样浓厚……其实当时我正徘徊在人生的多岔路口:抬脚朝工业的路上走,兴许将来能成为一个八级钳工师傅;朝着照相那边多靠靠,可能日后会变成一名优秀的摄影工作者;而如果继续在政治方面散布言论,我基本上就快要锒铛入狱了。接到杨大矛先生的那封信,我根本就没有文学心情。我觉得那是一个没有文学的时代,整个国家乱哄哄的,谈诗又有何用呢? 那一次,我没有与杨大矛先生见面,甚至连信也没有回复。

转眼到了1978年,我又收到了杨大矛先生的来信,仍然是约我见面。时间过去这么久,他对此事却念念不忘,这使我感觉到他的执着,也为自己前次的爽约而惭愧。那时国家已发生了巨变,该粉碎的都粉碎了,一切都朝着好的方向发展。我经历了动乱年代的洗礼,面对眼前一派大好形势,心情豁然开朗,我身上的文学生机跟全国的文学生机一样,激扬勃发。我赶紧拿着信去了重庆村三十号,见到了杨大矛先生。

当时的重庆市文联正在筹备《红岩》杂志的复刊工作,杨大矛先生的身份是《红岩》杂志诗歌组的编辑。他对我的诗印象很深,评价也挺高,他希望我能把写诗当成正事,写出真正有分量的东西来。时隔多年想起那次见面,我觉得杨大矛先生最具魅力的是他的宽厚、诚恳与谦和,这是那个时代的好编辑特有的品质。如果说从前的女兵们激发出了我写诗的才能,那么杨大矛先生则帮我树立起了坚定的文学信心,也使我以后的生活发生了重大的变化。事实上,杨大矛先生是我走上诗人之路的一位引路人。

此后不久,杨大矛先生代表《红岩》杂志正式向我约稿。我即提出我有写一首长诗的想法,内容是从周总理去世到"四五"运动爆发,我的感受和思考。因为1976年周总理追悼会那天,我就在天安门广场悼念的人群之中,我深深感受到了"四五"运动爆发的前夜那凝重的气氛。这首诗我已酝酿很久了。杨大矛先生的态度是肯定和赞成的,他把我的想法带回《红岩》诗歌组讨论,诗歌组的答复是要求我尽快动笔。

这首定名为《白玫瑰》的长诗一稿而成,发表在《红岩》的创刊号上,一字未改,一行未删,占了很大的篇幅。这是我今生公开发表的第一首诗。我说起这些,是想说《红岩》有一种罕见的风度,对待几十年前的一个文学新人,《红岩》是宽容的,在全力扶持他的同时,也给予了他充分的尊重。当年诗歌组的组长是张继楼,编辑除杨大矛之外,还有余薇野和杨山。兼任《红岩》主编的重庆市文联领导人是王觉。

我们习惯上称那个时期叫"王觉时代"。那真是一个才人辈出、重庆文学全面繁荣的时代。普京说:"谁要是忘记苏联,谁就没有良心;谁要想回到苏联,谁就没有头脑。"我们既有良心也有头脑,我们不想回到王觉时代,因为王觉先生已辞世多年,我们根本无法回去。我们只是不能忘怀。

七个断章

一

生是短暂的。生命就是你来了,你去了。来而复去的过程叫一生。

一个人站在大地上,脚下的每一块石头都比你更长久。而悬浮在夜空中闪光的,也是一些大石头。那就是永恒。

你在石头间出现,你消失在石头中,这无关紧要,重要的在于你看见了石头。看就是寻找,生命因寻找而产生意义。

抬头遥望星河的那一刻,你感觉到生命的短暂,而目光却是不朽的。

二

我们会行走,因此我们是动物;我们爱幻想,所以我们是人。

在这颗星球上,人是隐藏自己的尾巴最成功的一种动物。

三

如果真有外星高等生物,如果他们来过这里又回去了,他们会这

样讲述自己的见闻:

在一颗名叫地球的星上,有一种名叫人的生物发明了房子。他们彼此用墙进行隔离,再通过电话相互联系;他们把大自然关在门外,却对着窗户和电视观察世界……

四

生活就是活着。
活着的人为了各种目的而活着。
相思的时候似乎在为爱情活着,很穷的时候似乎在为发财活着,饿时似乎为吃活着,困了似乎为睡一觉活着……
如果有谁为理想活着,他就活得很高尚。
如果有谁为承受痛苦活着,他就活得很深刻。
如果有谁为自由活着,他就活得很奢侈。
如果有谁为快乐活着,他就活得很快乐。
好像也可以为这些而死。最后为什么而死,也就验证了曾经为什么而活。

五

我喜欢在纷乱繁忙的生活中停下来坐一会儿,去想些一尘不染的事。有时候就想坐在都市的台阶上,抄着手,怀着农闲的心情,晒着冬天的太阳。
当世界把我搞得很复杂的时候,我就常做一些单纯原始的梦。

六

梦真是好东西。有梦比没梦好。

热爱夜晚的人啊,你只能把睡眠搁在枕头上,然而,你却能把梦搁在世界任何地方……

梦没有边缘,没有时空顺序;梦是纯精神的境界,拒绝所有的肉体,只有灵魂才可以进入。

梦也能在白天做,睁着眼睛做。诗人和穷人爱做白日梦。

太绝望的人无梦;丢了魂的人也没有梦。

七

对于死亡是否应该这样理解:灵魂依然健在,只是它解雇了不称职的躯壳。

盛世观灯

离重庆不远,四川那边的自贡,是个相当出彩的城市。

这座城除了被称作盐都和恐龙之都而外,它还举办一年一度的盛大灯会,四海皆知,因此若把它叫作灯都,也是名副其实的。自贡的彩灯据说已有八百多年的历史,"八百年"这几个字很震撼,给人一种照彻古今的感觉。

最近我去自贡看了一次灯,眼界大开。一百多个大型灯组、几千个构思精巧形态各异的彩灯所造成的灯会规模,确实气势逼人。我想我应该算是阅历丰富的人,是一个很有些见识的人,但像这般璀璨辉煌吉祥喜庆的春宵场面,此生还真是头一回见到。我感叹自贡灯会名不虚传,无论横比国内国际,纵比唐宋明清,它都是一个空前的奇迹。自贡城区不过几十平方公里,人口不过数十万人,然而却包容着一个大奇迹,大民俗。真是不可思议。

灯是属于夜晚的。因此自贡人所创造的,是夜的艺术。如今的重庆到了夜晚也灯光灿烂、五彩缤纷,但与自贡的不同之处在于,重庆的光彩工程是用灯光把城市自身照亮,它照耀的是现实;而自贡的彩灯着力营造的,是浪漫的神话和迷人的梦境。在这个季节,自贡人成功地创造出一个春天的梦境,它成为吸引我前去的理由。因为到了夜晚人人都需要梦境,我也不能留在梦外。

乱世观火,盛世观灯。乱世官兵放火,强盗纵火,月黑风高火旺;盛世百姓点灯,节庆闹灯,国泰民安灯明。自贡灯会呈现出的是一派盛世气象,称它为千古奇观,恰如其分。自贡这个城市,因出土恐龙而显得历史悠远,因产盐而显得很有味道,因大放彩灯而显得耀眼夺目,重庆人完全可以把它当成身边的一座大公园。前几天我就对两个新买了车的、加足了油的、浑身有劲不知朝哪儿使的朋友说起自贡灯会,两人千恩万谢地一溜烟跑去了。我还告诉他们,看完了灯可钻进沙湾酒店旁一条巷子,那儿有个夜摊儿,秘制的汤圆巨好吃,傻子才不吃。对欲观乱世之火者,我推荐可去伊拉克。

到五宝

五宝这个地方山有山色,水成水势,可谓好山好水。此地民风淳朴,乡野气息浓郁,秀丽自在,清新宜人,距主城也只有几十公里。而这样一个去处,许多年间我竟然一无所知。不过知道以后的第二天,我就赶来五宝了。人生之事,慢也慢得,快也快得,只在乎缘。

此行五宝适逢艳阳高照,大好春光。从太洪岗到干坝,途中江河山林历历在目,村庄田园一尘不染,相对于城市的浮华喧嚣,果然另是一片宁静天地。这里许多景色符合我预先的想象或超出想象,尤其是还有几个意外发现,使我对五宝刮目相看。

一是酒。五宝的主人拎出一个坛子,里面装着自产的白酒。酒倒入杯中,端到面前一嗅,便觉得有一股清气顺势而入,轻轻点通心窍,顿时香彻肺腑。

此酒令我大为兴奋。

我乃识酒之人,现在的酒虽说可以卖到成千上万元,但我从不以价论酒,只相信亲口品出的感觉。

劣酒邪味刺鼻,一滴入口,薄如利刃,能从舌尖一直割到胃里;若饮上三杯两盏,必导致胸闷神伤,脑仁昏痛,脚重如铅,仿佛恶魔缠身。这样的酒,再贵我也不喝。

而五宝的酒,口感亲切,只需半杯落肚,即觉神清气爽,心明眼亮,一种欢愉感油然而生;此物继续喝下去,可诱人渐入佳境,思维大开,真性情活脱脱暴露无遗,直至腿软身轻,飘飘欲仙。这就是好酒了。

天下的好酒并非不醉人,它妙在让人醉后一觉醒来,精神焕然,全无"浓睡不消残酒"的样子。

我喝着五宝的酒,其实心里很有些感动。如今许多酒都换了包装,争相登临豪华的宴席,却还有一些好酒情愿留在乡间的坛子里,去做朴素的村酿。就像脚下的土地,一部分急于变身为城市,而仍有一部分愿意成为田野。

五宝的酒厚道,也真好。此酒无名。我想何不干脆就叫作"五宝村酿",朴实无华,却是个古老而大气的名字。小杜的诗流传至今:"借问酒家何处有,牧童遥指杏花村。"中国酒的根源,永远都在村庄里。

想一想,还有什么能超出村庄的范围?都市虽大,仍是一座村庄。世界再大,也还是一座村庄。地球就是一座村庄。

二是茶。五宝有好茶,使我吃了一惊。好茶必然凝聚着山川的灵秀之气,不是所有的山都能产出好茶。

五宝的茶沏在杯中,呈现出整座山野的颜色,喝着有新鲜纯粹的山野的味道。我将其视为珍品。

此茶有名,叫作"九峰剑眉",其中"剑眉"二字极好,有侠气。

茶这东西挺奇怪的,看上去似温和之物,供人消遣悠闲时光,其实它一直杀气腾腾。茶喝进肚里,可以杀灭愚钝,开辟智慧;流传于世间,却能够一次次挑起历史上旷日持久的大规模的国际战争。

泡在泉水里貌似鲜嫩柔软的茶叶,从来就暗藏着刀兵。这在名字上也能显现出来,比如银针,比如旗枪,现在又多了一个剑眉,好!

三是月。我在夜饮之后看见了五宝的月亮。明月峡上明月高悬,衬着山影,映照着大江。清风徐徐吹过。

月亮和江水,无声和有声,静态和流动,冷漠与激情。这是宇宙与大自然的对视,已经进行了千千万万年,构成无与伦比的壮阔场面。

这才是五宝的大风景!

它使我想起子在川上,李白在月下,想起俯仰之间他们发出的感叹与长啸。我想起了人的世世代代。

我也意识到,我仅是从这场面中走过的一个人。面对此情此景,我不必苦苦思索,它兆示的究竟是永恒的流逝,还是流逝的永恒。此时的清风朗月江流,只是我今生动人而难忘的一瞬。虽然我被它深深震撼。

酒和茶,还有月亮,都是十分美妙的东西。酒能表达生命的态度,茶能启迪生命的智慧,月亮则能让人去思考生命的意义。它们似乎更应该属于哲学的范畴。

我能从五宝带走酒和茶,可惜月亮是带不走的,带走了就不是五宝的月亮了。月亮必须留在这里,它是五宝的魂魄。

双桥散记

我到过两次双桥。上次回来写了一组格律诗《渝西六韵》,多少有点儿卖弄旧学的意思,交卷后,不知道给发表到哪里去了,反正我再也没看见。这一次我们是打着"志愿服务团"的旗号到双桥的,我不能再写诗了,就写了一些所见所闻,和点滴感受。

邮亭老街

邮亭老街是重庆通成都的古道,基本上是一根肠子穿过去,好像还拐了个弯。

这条老街一丁点儿商业气息也没有,因此很原始,很陈旧,很衰败。但是从老街的规模来看,它也是很热闹过一阵的,那资格,比现在的许多商业街要老,要牛。现在它寂寞了。

拐弯处有个茶馆,大概就是这条老街的活动中心了。据说老街上的年轻人都外出闯荡去了,留下来的都是一些老人,女人,还有个把小孩。我观察,发现这些人朴实、沉静、从容、悠闲、与世无争,并且有些茫然。他们就是这条老街上的生活,也是这条老街的灵魂。

我在老街上忙得很,拿着个手机拍表情,拍状态,拍房子,拍街道。

这次与我们同行的有以田捷民田大师为代表的摄影家阵容，人家长枪短炮林立，我举着个手机居然也敢混迹于其中，还以为自己在搞摄影！

手机这玩意儿拍的东西是谈不上什么画质的，噪点也多。其实我包里有一个挺不错的小数码，却懒得掏出来，我只是觉得用手机拍更随便些。回看了一下，还真拍了几张好的。以后有空，我就把这些高噪点破画质的照片弄出来搞一个摄影展，也挺好玩的。

老街上有人问我什么时候开发他们，看来他们内心也是活动的，对新生活也有憧憬。我没法回答他们。我们不是来搞规划的，我们是来看热闹的。

从商业的角度来说，邮亭老街应该是极具开发价值的。可是一旦开发，这儿的平静就打破了，这样的生活就没有了。它可能会变成像丽江那一类的地方。许多人从丽江回来，都说那儿商业气息太浓，闹哄哄的，人心不古啊！

细想一下，自己的担心又太没有道理。人家在生活，你是来看人家生活的，你还希望人家永远只过这样的生活，凭什么呢！

生活者有权利憧憬自己的未来。管它丽江模式还是什么模式，任何新的生活方式都是为需要它的生活者准备着的，而不是为了我们这些看客。

登巴岳山

前次来双桥没有登巴岳山，这次上去了。天下着微雨，山色迷蒙，空气潮湿而清新。

未被开发过的山显得十分自然，山上有堆满劈柴的茅棚和几处瓦房,斑驳的白漆门衬着红门扣和黄铜锁,很漂亮很耐看,也很有古意。

我去跟一位八十多岁的老农搭讪,边聊边用手机拍他,又觉得他长得白了些,皱纹少了些,不沧桑,不典型。这又是我没道理的地方,凭什么人家为了让你拍照,就该长得又黑又老!

细雨落在树叶上结成水珠再滚落下来,打在我们身上,不知为什么让张永安先生想起了他从前在西双版纳的日子。他说那时一觉醒来,常常发现被窝里睡着蟒蛇、蜥蜴、野猫、野狗、老虎(这个八成是我误听了,可能是老鼠)。我忍不住问:"好像你以前跟什么都能上床睡觉?"他说"是啊",语气里透着淡定与自豪。我肃然起敬。

下山时不知谁谈到了莫怀戚,我想起上次来双桥,我跟他两人晚上跑到龙水湖边聊了半宿,我为此还写了一首七绝《夜饮后赏湖》。龙水湖到了夜里很安静,老莫一路上扯着嗓子胡唱,声音传得很远,很难听。老莫喝了酒什么都敢说,像是瞎说,又像。

我问:"这一次为什么不请老莫来呢?"有人答:"请了的,他来不了,不知道在忙些什么。"我说:"老莫这人其实挺没劲的。"有人问:"为什么?"我说:"一个整天不知道在忙些什么的人,能有什么劲呢!"大家就笑了。我心想,对老莫这种自命为仁者乐山的人来说,不能登巴岳山鸟瞰,这次他可是亏了。

过龙水湖

龙水湖是个大湖。湖畔各种鲜花怒放,满地铺开,让人吃惊。

尤其高兴的是在这里看到了成片开放的虞美人。我很喜欢这种花,罂粟科罂粟属,花期虽短,但美得很纯,它姿态柔弱,因柔弱而轻盈,因轻盈而飘逸。多年不见了,我记得它只有红色的,现在又看到白色和黄色的,不知是不是变种。我想起从前曾为虞美人写过一首诗,因花朵的血红想到楚霸王和虞姬,想到垓下之战的惨烈与绝望,以及一剑而致的美的凋零,两千年的叹息写成诗句也就是短短的二十行。这诗正好手机里有,就点出来给双桥的女诗人看,这样,虞美人就在诗里诗外摇曳着,楚楚动人。

忽然又想到了我少年时在北方和江南度过的那些枫叶荻花的秋天,遥不可及又清晰可见。记忆这东西有时候很讨厌,那种冷美萧瑟的景象偏在此刻浮现,与眼前繁盛的花季形成对比,竟让我这样的粗人也平添了一丝惆怅和感伤,挥之不去。

所幸这种情绪的变化是在暗中进行的,我表面上始终保持着微笑,无人察觉。

土桥荷花

铜梁城外二十里处的土桥镇,有大片的荷花风景,号称十万亩,浩浩荡荡,极为壮观。这一片风景有两个名字,或叫爱莲湖湿地公园,或叫土桥荷花。我喜欢土桥荷花这名字,天生而成,响亮,大气,可以入诗。

我是农历七月十三这天到的土桥,其时天气大好,荷花正好。为了图个凉快,我们早起驱车赶来,但是一点儿都不凉快。虽说已是立秋的第二天,却仍旧暑气逼人,烈日灼人。然而下车之后,抬头忽见满池满塘满湖的莲红莲碧,突如其来,猝不及防,前后左右地将人包围在其中,顾盼行止之时处处花色惹眼,荷香扑鼻,不由得叫人一下子凌乱了方寸,激活了心思,蠢蠢而动,与花争发。至于气候温度,大家立刻也就不在乎了。转瞬工夫,一伙人拿着手机、相机一哄而上,很冲动。我注意观察,发觉游人们在花前留影时的表现各不相同,有的醉眼迷离,有的一脸傻笑,更有的搔首弄姿,忸怩作态,东歪西倒,总之原形毕露,可谓忘情。同时我也看到,人群中我们一行人等由于文艺素养的原因,站在风景里,控制肢体和面部肌肉的能力较强,基本上没有摆出很业余的造型和表情,甚慰。我们的摄影家端着相机,姿态和神态都相当专业,对荷花的理解当然也就十分深刻独到。

来铜梁之前我没怎么听说过土桥荷花,以为不过就是入乡随俗随便一看的事,岂料眼前的景象让我暗自吃惊。我离开那些陶醉的人儿一路漫步,越往前走景致越浓,场面越发鲜活。只见池田连环而生,塘塘荷花怒放,叶似泼墨,莲若工笔,点染相映,叠错绵延,更有鸭群游戏其间,鹭鸟徘徊其上,真是好一派超然世外的田园风光,如画如梦。

置身此地,心情松弛下来,思绪开始飞扬。我觉得应该吟诗赞美一下,否则空负诗名。但是,荷花在百花中的地位和人们心中的地位极高,历代咏荷的诗词多不胜数,要想吟出好诗来绝非易事。面对这般美色佳景,心中折腾了一阵,脱口而出的竟仍是杨万里那句人人皆晓的"映日荷花别样红"。这个名句若转译成白话诗,应为"荷花在太阳的照耀下格外地红啊",好像又不怎么样了,可见格律诗是不能转译的,一转味道全无。杨万里此诗全首为:"毕竟西湖六月中,风光不与四时同。接天莲叶无穷碧,映日荷花别样红。"不客气地讲,我一向认为它有些毛病。首先是用词不确,说六月与四时不同,难道六月是第五时?我只好替诗人圆场说,四时于此当为泛指。然而总共只有四句的短制,交代时间地点等就占去两句篇幅,实在啰唆了。这不是绝句的写法,律诗倒勉强可以,毕竟下面还有六句等着呢。人家范仲淹填词,同样的内容,那句"塞下秋来风景异",七字而已,多么凝练。所以我一直怀疑此诗乃半首律诗。另外,后二句虽好,却不足以令人倾倒,属于有佳句而无意境的那种。举杜甫一例,老杜待在屋里写景,就能写出"窗含西岭千秋雪,门泊东吴万里船"这样的诗句。西岭千秋,东吴万里,何等沧桑,何样气势,意境全出。看来诗与诗不同,有当之无愧成为名诗的,也有稀里糊涂成为名诗的。

忽然又想到了神话人物哪吒。早年读旧书,认为他是古典文学中塑造得相当丰满的形象。尤其是对哪吒剔骨还父、割肉还母,再以莲藕为身的想象和描述,至今仍觉得精妙无比。莲荷之美,竟能够托付灵魂,中国人对这种植物的推崇,已近乎神圣。

回想今生这几十年,荷花虽不常见,却并不少见。初见荷花是在济南大明湖,那时我还是小孩子,完全不知赏荷的雅兴,我的审美趣味主要集中在莲蓬上,让大人买上几枝,坐在船上或湖边剥莲子吃。我也不知这是一个经典情景,古人词曰:"最喜小儿无赖,溪头卧剥莲蓬。"少年时在南京,荷花季的玄武湖是年年必去的,这一阶段我的审美正在升级转换中,我在思想上懂得了鉴赏荷花,而在行动上则更偏爱划船钻进荷丛里去偷折莲蓬。至今我仍常为少时的不良行为而自责,并长久怀念那种偷尝禁果的快乐。成年以后到杭州,多次去"曲院风荷"观赏,此乃西湖胜景。我不喜欢这个名字,但有一次我在那儿看到了残荷,夕照中,残荷静立,呈现出经过入世的繁盛之后,一种超然的出世之美。那是另一种境界,让我震惊,难以忘怀。

数年之前听说了成都的三圣花乡,我专程去过几回。第一次看见的是菊花,不是盆栽的那类,而是种植在泥土里,临秋而立,铺天盖地,灿然怒放,傲气中透着杀气,咄咄逼人,真有"冲天香阵透长安"的气势。有幸得见,大喜过望。夏天再去时看到了荷花。不过这回却有些失望,因为荷叶长得过密过高,把花尽都遮掩了,要踮着脚尖才能看到几朵,我在栈道上走着,感觉不像在赏荷,倒像游击队员穿行在青纱帐里。

上面遍数了我主要的荷花经历。拿这些地方与眼前比较,确切地说,土桥荷花的规模是最大的,场景也最灵动。大概由于地势的原因,观赏景色的角度很多,视野相当开阔。而尤为可贵的一点,这里有着浓郁的乡野气息,自然而不矫情,本质而不做作,正所谓"清水出芙蓉,天然去雕饰",因此有着极强的感染力。这一切我以前还真没见识过。此地堪称真风景,大风景。

也要说说我的担心。我曾去过别处一些景观,初看时还好,没过几年就不行了,因为那儿的人开始了"打造"。这类"打造"最大的特点是:行家少,婆婆多,傻帽更多。一大群人东一嘴西一舌,只知画蛇添足,不知删繁就简,一味地筑栏搭桥盖房子,眼看着人为的东西渐渐多起来,自然的东西渐渐少下去,最后彻底完蛋。这样的教训很惨痛。风景的寿命应该比人要长,风景不只是一代人的事情,而是许多代人的事情,永远的事情。

南川散记

我这是第一次去南川,待了两天半。刚到的那天天气很好,第二天也还好,第三天就不好了,下雨。由于时间短,人也没闲着,跑来跑去。现在过了一个月,事情淡去不少,我捡有意思的记下。

酱缸

我们一行在生态农业园参观,看到了茶林和薰衣草,品尝了蓝莓。杨矿觉得蓝莓好吃,吃了很多,边吃边对我说:你要少吃点,留着肚子,这一路参观下去还要品尝别的东西。

接着我们便走进了酱油厂。酱油厂里最显眼的场面,就是坝子上整齐摆放着许多大缸,一看便知是晒酱油用的。

我对酱缸并不陌生,因为早年在海军当兵,艇上常派我去军人服务社打酱油。在服务社上班的几个家属老娘们就把我带到后院酱缸旁,盖子一掀,"轰"地一声万头苍蝇冲天而起,缸面上长着一寸长的白毛,还有蠕动的蛆,老娘们用瓢坦然撇开,舀出酱油灌进我的小桶里。从那开始,我一直认为全天下的酱油都是这样酿成的,发霉长毛是必需的工艺,而苍蝇的作用如同小蜜蜂,是一种媒介。

现在眼看着酱油厂的讲解员也掀开酱缸上的盖子,却不见一头苍蝇一根白毛,也不见一条蛆,闻一下缸里还散发着香气,我就奇了怪了,忍不住问她苍蝇都去哪儿了。听罢解释,方知我原先见识的酿造是很糟糕很落后的,完全不讲卫生,早就被淘汰了。新旧相比,反差巨大,我如梦初醒,观念得到更新。可我仍然怀念从前那一段打酱油的青春,那几个家属老娘们虽然不懂卫生瞎捣鼓,心肠却实在好,朴素热情,爱帮我们小伙子补衣裳。所幸当年水兵们生命力超强,吃着那种酱油,身体居然没事儿,整天生龙活虎,偶尔闹闹肚子,岁月也就过去了。

我又发现酱油厂的每一口酱缸上都刻着半首古诗,且一律是五言绝句,比如"但见泪痕湿,不知心恨谁""欲将轻骑逐,大雪满弓刀"什么的。这个意外使我来了兴致,便挨着缸逐一吟哦,并背诵出另两句去对上,竟然多半能对出来,还能说出作者名字。这说明我的古典诗词功底深厚,不料却在酱缸上得到了充分发挥。参观至此,平添诗意。好像酱缸上的古诗跟造酱油没有一毛钱关系,但我觉得有关系,很有关系。

由于这一站参观的是酱油,我们就无法品尝了,不过我还是希望能看着杨矿喝下一瓶子。

三线客栈

在南川入住的旅馆,是由三线建设时期内迁军工厂的旧房子改建而成,灰砖墙,预制水泥拱顶,名字就叫三线客栈。房间里配置了酒店设施,但墙上镜框里仍嵌着当年军工生产的旧图片、旧报纸、旧标语,门窗也漆成了国防绿,这是那个年代的流行色。晚上坐在台灯下,用印有革命图案的搪瓷缸子泡茶喝,感觉熟悉,亲切,但又遥远,似梦非梦。

这个设计是成功的,很有创意。它带有很浓的三线情结,并想用以刺激某些房客的情结。让你把用过的历史再用一下,心灵的某处就会被触动,麻木的记忆就会被激活。

它营造的氛围显然很适合我。因为我也是三线时期入川的人,虽然那时还是个少年。合川那边的陵川厂,就是我父亲从南京晨光厂带出一部分人建成,之后他即调重庆创办大学,所以我至今也未到过陵川。在南川看了红山厂的遗址,我想,这些当年迁入山中的军工部落,格局上该是差不多的吧。

站在红山厂的遗址旁,我内心并不平静,甚至有些激动。因为就在这些工厂诞生的时代,我的命运也随之而改变。后来我当兵退伍,也干过多年军工,我熟悉工厂的一切,完全能够想象这里当时的情景:风云变幻的六十年代;一群又一群操着外地口音的人;生活,建设,生产,革命,繁忙紧张,如火如荼,轰轰烈烈。几十年的岁月,整整的一代人。忽然有一天,时间停了下来,然后是寂静。这些厂一座座地迁出大山,迁往别处,合川的陵川厂也迁去了成都。据说离开的时刻,当地百姓拦道阻行,那场面一定相当感人。但是,人,还有云和水,还有季节和落花,终归都是留不住的。来来去去,这就是历史。

那些废弃的厂房依然矗立,荒草掩映,空空如也。这场景,能让一些人热泪盈眶,一些人徘徊沉思,一些人无动于衷。我设想它们兴许还能派上什么用场,想来想去也理不出个头绪,只得感叹一声。有一天它们也会消失。唯有金佛山留在原地,万年不动。

我回到三线客栈,又端着搪瓷缸子看墙上的图片和文字,这样的氛围真是过于适合我了。床很舒坦,但我得使劲睡才能睡着。

心敏

心敏是宝象寺的和尚,我们到庙里参观,他站在台阶上迎接,继而为我们讲解。

我立即发现他的面部表情和肢体语言十分丰富,极具镜头感,就掏出相机拍他,因怕打扰他的演讲,基本上使用盲拍,过后一看,张张都好,连拍坏了的都好。以后搞个"心敏和尚专题影展"没问题。照片上的心敏,或抬臂向空,悲天悯人,或双手合十,庄严肃穆,或眉开眼笑,宽容大度。然而细看一系列的神态举止,皆不出法度。

心敏和尚的讲解也极好。说起宝象寺如数家珍,他言谈机趣,滔滔不绝,妙语连珠,口吐莲花。我注意到他还使用了大量的现代语汇,却不逾规,不越矩,可见其修行深厚。

忍不住要将心敏与其他和尚比较。我所知道的和尚,无非玄奘、鉴真、弘一,还有小说里的鲁智深等,但他们尽都圆寂了,或到西天成佛去了。现世的和尚在别的庙里也见过一些,而他们多是低眉垂目,口称"善哉",再三避让。像心敏这样能言善辩,生动鲜活,与时俱进的和尚,我还是第一次见到。我也曾听过铁山坪僧官寺传法的谈论,不过传法不是和尚,她是尼姑。

平日有些人动不动就说自己要出家当和尚去,哪知和尚岂是谁都能当的? 入得佛门,首先要解决名与空的问题,利与空的问题,色与空的问题,还要有定力和境界。

什么叫定力？心敏原在重庆罗汉寺修行，后到南川宝象寺为僧。罗汉寺地处闹市，宝象寺藏于深山，由彼及此，心敏和尚毫无眷恋，从容不迫，心如止水，虔诚如一，并重修了宝象寺的大雄宝殿。此谓定力。

什么叫境界？心敏敲了一下铁磬，我们凡夫俗子听到的，只是悦耳的响声，而心敏和尚的神情，分明是在响声之中，看到了佛光呈现，一片灿烂。

所以，不要轻言出家。要问一问，像心敏和尚这样，深山古刹，僧衣芒鞋，青灯黄卷，日复一日，年复一年，汝能持否？

我觉得自己还是可以的，今生就算了，下辈子我试试。

王者牡丹

牡丹这种花我多在画上看到,现实中的反而少见,往往是偶然得见,又一别数年。没人栽,也就无处看。

我每年必看的是桃花。早年看桃,所感"年年岁岁花相似";近年看桃,渐感"岁岁年年人不同"。一树桃花,两样心情。不过这桃花我也看得挑剔,只认可最原始最天然的那种,至于什么变种的改良的新培育的,无论多么繁盛,我一律不承认它们也叫桃花。春天来了,我不喜欢杂七杂八的东西。

印象中,牡丹似乎只种在几个专门的地方,城里乡间很少有人散养。想当然,牡丹号称花王,花开富贵,一般城里人家的小阳台上若弄来几盆,反倒把自己显寒酸了;如果养的还是名贵品种,赵粉、二乔,甚至青龙卧墨池什么的,那么自己也就变得像个侍从。一个人好好的干吗要像侍从呢?所以,要把牡丹养出气派,还得配套购置一座庭院,这成本显然稍微高了点儿。而乡村虽然广阔,但田头土垄都是只适合开些野花的地方,没来由种上几株牡丹,把花王弄得跟草头王似的,也不像话。要我说,若想让牡丹开得华丽显赫,环境仍然当为宫苑;若想让牡丹开得气势磅礴,那就必须动用一座山。

此番专程前往垫江观赏牡丹,那儿就有一座牡丹花山。谁知气温偏冷,又逢下雨,花期推迟了,满山的牡丹只开了零星几朵。幸亏我前年曾经看过一回,其时天气大好,可惜行期稍晚,花儿又有些谢了。由此可见,牡丹这种花不迎人,不等人,傲慢任性,盛气凌人,这就是王者。

花无错。本来就是人要看花,又不是花要看人,因此牡丹与花客的关系,是接见与被接见的关系。花客来早了,我王高卧未起,只能在外恭候;而如果来得太迟,王退朝了,下回再说吧。所以,要随遇而安,要平常心,要学我。

我本属于"天子呼来不上船"的那一类,即便正逢花期,也只是静静地一睹王颜,决不会花前花后地逢迎,像个弄臣。何况我也不适合近身,因外形更像刺客。总之此行不遇,后会有期。无所谓。很高兴。喝酒去。

春天不是从牡丹开始的,我认为,春天应该从树上开始,比如桃李梅。树的躯干是春天的骨架,支撑起春天,然后,繁花满枝,展开了春天。初春之际,基本上便由桃李梅三分天下。

花朵如人,性格各异。梅花生性高冷,且孤芳自赏,自古格调既定,改也难。桃花花开随处,亲切宜人又妖艳含情,掺和了世间太多的事,以至于弄出了"桃花运""桃色事件"这样一些个敏感词;我看桃花多年,也算是阅人无数了。李花是路过春天的诗侠,一夜怒放满树皆白,直开得意气风发,神采飞扬,像毫不掩饰的才华与豪气。那是我的姓氏之花。

而牡丹,天生就是来做花王的,卓然绽放之日,即是其君临春天之时,自有百花簇拥,好比百鸟朝凤。牡丹完全不屑于与谁争春,春色渐浓迟迟不发,那是有意让天下先热闹一阵。如此一来,江山无主,局面明显失控,各路的鲜花似乱世英雄竞起,拥兵自重,借势东风,争奇斗妍,逐鹿中原;此间花事纷扰如战事频仍,姹紫嫣红,层出不穷,一时世上多少颜色。这是春天最好看的战争,花国诸侯的大规模混战,有割据的,有问鼎的,有火并的,有捣蛋的……直至牡丹傲然出世,雄视八荒,所及之处,六王毕,四海一。

确实也无花能与牡丹相争。牡丹花朵硕大,花色夺目,王气逼人,那种端庄堂皇的气派简直与生俱来。此花别说一睹真容,就是让画家工笔重彩临摹在纸上,挂在墙壁上当背景,也可使人间的王者更像王者,土豪更加土豪。这样的花,你可以不喜欢,但不能不承认其花王的地位。我觉得唯一能与牡丹相比的,是同为王室血亲的芍药,但芍药毕竟妖娆了一些,柔弱了一些,赢得了文采,却坐不稳江山,所以最好还是直接写诗填词去吧。

有个很著名的传说,说是某年武则天心血来潮,忽然打算搞一个反季节的花博会,她在冬天下令,要一夜之间百花齐放,并将拒不参加这项活动的牡丹逐去洛阳。

这个故事,我起初把它看作是武则天在跟男人们较劲儿。我一向认为牡丹为男性之花,牡者,雄也。再仔细一想,又不像性别斗争,倒更像人间和花间的两个王者在撒娇使性子。女的说:"讨厌,敢拆老娘的台!滚,滚得远远的,滚到洛阳去,再不要看见你!"男的说:"去就去,朕还不想再见到你呢!"不过,武则天随即也跑到洛阳去了,连国都也迁了过去。除了政治上的原因,她大约还是依附了牡丹。再往后,武则天去帝号,恢复皇后身份,终老洛阳,还政李唐。

现在,我把这故事里的各种寓意,女权男权王权什么的都琢磨了一圈之后,又把它看简单了。它就是一个女人和花儿的故事,生动地表达了女人对春天的渴望,和对花朵"朝朝恨发迟"的急切心情。凡事不要瞎琢磨。

垫江女孩小周跟我聊天,讲起她小时候爱花,常去花农的园子里采下大朵的牡丹来戴;花农也由着她采,只是叮嘱她小心,别伤了花根就行。我听着不知怎么就想起了隋炀帝杨广的事儿。杨广对着镜子端详自己的英俊模样,忽然摸着脖子说:"好头颈,谁当斫之?"语气中透出帝王的自恋和自信,很有个性。不晓得骄傲的牡丹是否也这么想过。我倒是由此一下子冒出来两句诗:

凭一双纤手,轻轻
 摘取了花中天子的头颅

没错,一双纤手!这正是天子们的短处。

小周要我送一幅字给她,我提笔写了四个字:香自天来。记得数年之前给一位姚姓女孩写字,那次我写的是:姚黄魏紫。都与牡丹有关,也算一种祝福。

其实,除了牡丹之外,我认为菊花也是王,是另一个季节的王。两花相比,牡丹是盛世之王,高高在上,被万花拥戴;而菊花没有,菊花在肃杀的季节里昂首向天,孤高,超然。但是我曾在一片原野上看见过菊花庞大的阵容,那场面,真是王气尽显,气吞山河。聚如王阵,散如隐者。我喜欢。

他年我若再做一回李白,仍然要踏着月色设酒花丛;我的四周当为王者牡丹,层层叠叠灿然怒放,漫山遍野。试想那该是怎样的情景:天地间,山岭上,云影轻过,花语芬芳,独我一人举杯畅饮,从古至今。那时的境界,定然是意态纵横,物我两忘,千年万里中,月亮是魂,牡丹是身。

睡不着

昨天,儿子约他的小哥们来家玩耍并留宿,两人弄了一晚上的电脑然后去睡,我去查铺时,他们已睡得四仰八叉,呼天倒地。我站着看了一会儿,他们的睡姿让我羡慕,也嫉妒。少年们,玩是真玩,好是真好,笑是真笑,哭是真哭,睡是真睡。他们睡得认真,睡得纯粹,真正到达了睡眠的深层,所谓黑甜。对于生活,他们比我们投入,也比我们专业。相比之下,我们对一切都显得那么业余,到了现在的岁数,与人的关系已不可能抵足而眠,反倒是"卧榻之旁,岂容他人酣睡"。再过些年,怕要睁着一只眼睡,半醒半睡,睡不着。这就是成年。而我们却常常要用成年人的目光打量少年,笑他们少不更事,挂到藤上也是狐狸都不吃的葡萄,青涩圆小。其实我们的笑更多的成分是无奈,是内心的叹息。狐狸够不着葡萄,才说它是酸的,而酸恰是年少,涩才是好。

由此想到成熟是什么,成熟是对童年和少年的背叛,是抹杀个性的过程。许多年来,我们竭力使自己变得矜持,世故,说模棱两可的话,给性格中掺进冷漠,把表情搞复杂,朝内心撒进大把的虚伪,我们就成熟了。想起很早以前我也是少年时,有朋友给我讲过一件事,说他父亲某次有要事想托付给一个后生,那后生如约前来,他父亲让其坐下,不说事,只顾续茶与其对饮。几个时辰喝了好多壶茶,那后生端坐不动,不如厕,面不改色。之后他父亲叹道:好小子!稳当,有种!这事我听过了就再忘不了,长期以来不解其中的奥妙。朋友的父亲考验人干吗要采取这种方式呢? 那么长的时间,喝了那么多水,那后生干吗要憋尿呢? 有尿就撒,有屁就放,本是很痛快的事,做人干吗要做到不痛快才能取得信任?现在我明白了,这就叫成熟。成熟,就是老憋着一泡尿。

我们成年人进行的是社会生活,我们是社会动物。少年们不是,他们只是走到了社会的门口,要想进入必须得符合成年人的标准。成年比少年,共性多而个性少。什么是共性?好比下雪天万物皆白,黄狗身上白,白狗身上肿。好比水中的卵石,圆而光滑,少年的石头投进来,有棱有角,纵然卵石们羡慕它,水也是不能相容的。不是水不相容,水只是随意流过,石头自然就变圆了。那雪那水,即社会。

茶无道

茶是中国不朽的植物,中国人不能无茶。中国人的胆量有一半来自酒里,而智慧则一半来自于茶。从某种意义上讲,中国就是茶。英文"CHINA"一词的来源,有几种说法,一说为秦朝"秦"的变音,一说是瓷器,另一说即茶。我觉得像茶,外国人大舌头,念不准。事实上茶能引起国外大规模的战争,瓷器却不能;至于秦,很伟大,很残暴,很短命。

中国人的哲学很实在又很玄乎。中国人讲无,无中生有,世界起始于无,归于一,一便是无。

茶有三无。

其一,茶无价。俗话说"黄金有价玉无价",茶是饮品中的翡翠,茶无价。江西的毛蟹茶一斤可卖到二十万,其他的东西比如酒,我还没听说有卖到这么高的。当然,二十万也还算是有价,但你信不信,高兴了他可以拱手相送,分文不取。中国人的价值观就是这个样子。据说从前给朝廷的贡茶里有一种,采摘时不用手,必须挑选容貌姣好的二八女儿用舌尖一片片卷下,舌尖在茶枝上摩擦,渗出血珠沾在茶叶上,这样的茶乃罕见的极品。皇上喝了龙颜大悦,笑一笑。笑一笑,就算给此茶作的价。所以茶实在是生长于中国人精神里的植物。

其二，茶无味。茶可以泡得很浓很苦，但越好的茶越淡。杭州的虎跑泉水沏龙井茶为天下一绝，其特点是沏出的茶饮之无味。那里竖一块大牌子，上有一段文字专讲这种无味之妙。大意是：初饮时淡而无味，但饮过之后，便觉有一股太和之气充盈于两颊之间，此无味之味，乃至味也。去杭州游西湖，不去虎跑泉品龙井茶，不能算真到过杭州。因此去了一定得喝，喝了能够加深对"无"的理解。

其三，茶无道。中国人善于把简单的事情搞复杂，凡事一复杂一热闹，就成为文化，中国人又不善于保留文化。茶道是中国人发明的，早已出口日本，在本土失传。我见过日本茶道，感觉那喝法很累，也不大卫生，容易传染多种疾病，幸亏咱们没加以保留。古代的中国文人通过喝茶来表现自己高尚优雅的品格，对茶质、茶具、环境都有许多讲究，就连水质也不曾疏忽。陆羽派人划船取湖中水煮茶，返回上岸时水洒了一半，取水人顺手在湖边续了半桶，陆羽能看出来，真是不可思议。这个故事又移植到其他文人身上，变成王安石让苏东坡取瞿塘峡中水，两个政敌在喝茶的学问上也要来一番较量。那时候，喝茶是一件多么神圣又多么麻烦的事。随着知识的普及，文人身上的这些臭毛病早就没了。虽说到林语堂那时，他还在怀旧，说什么茶第一泡如幼女，第二泡如十六女郎，第三泡如少妇云云，但现今我看见许多办公室的茶杯，五泡六泡了还在朝里倒水，隔夜陈茶也喝得尚好。时代在进步。至于民间，更无茶道可循。旧时代的茶馆里聚齐了三教九流，商人谈生意、袍哥拜码头、人贩子卖肉，哪有一个是真正喝茶的。老舍说得好，一个大茶馆是一个小社会。中国人是大国之民，大而化之，喝茶岂能有定法。茶无道，然而喝茶启迪智慧这一点还是存在的。一般来说，写作时泡一杯茶，有利于熬夜码字；开会端着个不锈钢保温茶杯上台发言,也容易发得好些。

　　我以前搞部分西化,不喝茶而喝咖啡。后来有一女子教我喝绿茶,我一学就会,再去找她品茶,她又改喝矿泉水了。我就留着这习惯,做个纪念。我根本就不懂茶,却敢瞎谈,自以为此不懂之懂,乃至懂也。

挑剔

有人说我表面上随和,骨子里却是一个非常挑剔的人。这话很对,真正了解我的人才会这样说。

在有些方面我认为没有必要不随和。比方说吃饭问题,我不挑嘴,不偏食,不讲究,几乎没有什么不敢吃的,你敢做我就敢吃。平素我虽喜欢简简单单一菜一汤,但若有谁请我赴宴我也要去的,因此这些年吃了别人许多好饭。在吃饭方面随和些好。还有诸如抽烟喝酒、穿衣坐车、旅行投宿等方面,都是随和些好。

我觉得非挑剔不可的,主要有以下几点:

一是朋友,朋友这东西(对不起,说走嘴了,请诸友原谅)一定得严格挑选,宁缺毋滥,决不能滥竽充数。我这人特别择友,朋友就那么几个,有的人相识一辈子也只能算个熟人,或半生不熟的人,无法升格成朋友。人说朋友多了路好走,好走是好走,就是走着复杂,走着累。我这人喜欢轻松。择友和择妻不同,真正意义上的朋友并非定要天天在一起鬼混,常是见面少,甚至不见面,有的朋友一生都无法与之谋面,却始终默契、相通、相知;而娶来的老婆贵在长相守,哪怕她是一个织女,你还得琢磨着每年七夕跟她上一回床吧。

二是书,挑书跟择友差不多。这世上也是好书少,不加选择地购书像招来一群闲杂分子在家里,闹哄哄的,家里快成茶馆了。我喜欢的好书也就那么几本,常读,反复读,精读。这一点似与交朋友又有区别。顺便说说读书之道:初级阶段是博览群书;中级阶段是精读好书,我目前正在这一阶段跋涉;高级阶段则是不读书,"刘项原来不读书",大读不读。

三是文字,我对自己的文字极挑剔,简直是在跟自己过不去。由于这一点,我选择了文学中最挑挑拣拣的行当:当诗人。经过多年鸡蛋里挑骨头的训练之后,我又带着这洁癖跨入散坛。我不打算写小说,感觉它似乎有些"隔",无论多么真实的题材一旦以小说的面目出现,就显得不真实了。再者写小说有码字注水之嫌,我受不了。

以上诸种挑剔就跟剔牙一样,事实上也是受剔牙的启发。剔牙乃它们的妈妈。我从小因为牙不好,养成了剔牙的毛病,至今不改。想一想,这毛病除了不很雅观之外,也没什么不好,它使我学会了择友、挑书、当诗人,整天跟自己过不去。如果我当初生就一口好牙呢?那后果真是不堪设想。

捍卫衣服

衣服是人后天必备的一层皮,可穿可脱。穿上容易脱下难。

人生天地间,告别了光屁股的那段岁月,绝大部分时间就得老老实实待在衣服里,像衣服的灵魂,衣服的核,像衣服瓤子。

衣服过去叫衣服,现在流行一个说法叫人体的外包装。我不喜欢"包装"这个词,它让人想起一堆马粪纸盒子,然而它很确切。除了西洋画家、雕塑家和部分医生,还没有谁敢公然剥去别人的外包装。而人类一旦脱下衣服,历史就倒退了,这是一条真理。

由此可见,衣服对于人多么重要,它是人类史上迄今为止最重要的发明,人穿上衣服是最重要的进步,它代表着文明。应该说,"人类"一词中也包含着衣服的成分。衣服——人类当初为遮羞而织出的美丽的茧子,其魔力在于:人只要钻进去,就无法再回到从前,就收敛了野性;它像孙悟空的头箍一样,见肉生根,使人不断文化,使人更像人。

我认为人与动物之区别,衣服是最显著的标志。人在衣食住行几方面,除了衣,与动物的区别似乎不大。动物在进化。比如我的朋友住在豪宅,他养的爱狗也同住豪宅,到了晚上,他与狗和老婆亲亲热热地同卧一张席梦思。狗叫的时候他也叫,他叫狗别叫,听起来一样都是叫。他外出游玩,那狗便与之同行,一路上形影不离。在饮食方面,我的朋友喝牛奶,吃香肠,狗也喝牛奶吃香肠;他还养了一只猫,猫吃生鱼,他吃生鱼片,只不过要加点儿芥末。总不能说芥末是人畜之别的显著标志吧。

所以,衣服对于人有多么神圣。它是人类的专利。

突然想到两条成语,又有些不安了。这两条成语,一条曰"衣冠禽兽",另一条曰"沐猴而冠",说明已有异类混迹于人堆里,披人皮,仿人形,不干人事。

人必须捍卫自己的专利,把这些异类从衣服中开除出去。

接招

我住的地方电不足,黑灯瞎火时就待在屋里想词解闷儿。办法是这样:信手拈来几个词儿,逐一揣摩它们的起源及意义,然后自以为是。这是很好的文学基本功训练,想至入神时,便可将停电置之度外。

在刚才想出的几个口语词中,我极喜欢"接招"一词。这词常见于北方话,最初应是武夫侠客们的战斗用语。招,乃自家的军事战术或武艺本领,使出来让对手接住,接招。

中国古代的战争及武林格斗,似有许多讲究。古战场上两军对垒,摆好了阵势,各自闪出一员主将或偏将,何等英武,却于阵前一对一地过招,其余人马统统变作观众,擂鼓助威,直把一场战争打得酷似军事体育表演。双方的胜败输赢乃至国家命运,尽都负在二人肩上,特具浓厚的个人英雄主义色彩。鏖战中若有一将败北,其军心必定涣散,敌方则士气大振,此时才一拥而上,进行混战。而混战之中,也是等级森严,兵对兵,将对将。因此作为一名将领,个人武艺的精湛是非常重要的,从前形容一将骁勇善战,说他"于百万军中取上将首级,如探囊取物耳",按照这种打法,我相信很有可能。这种作战方式我是从戏剧舞台、章回小说以及电视剧中看来,很奇怪,很好看。由此感觉古代战争真是打得既愚蠢又高尚,既残酷又诚实,所谓仁义之师,肯定有的,"仁义"乃至高无上的荣誉,大家爱惜。

接招,是交战之际高声喊出的两个字。据说二将上阵,先要大呼来将通名,张狂粗鲁些的也要喝道:俺某某不斩无名之辈,你这厮快快报上名来。即使草莽英雄遇见绿林好汉,这一套照例不可缺少,为的是让你输得心甘,死个明白。尔后动武再喊一声接招,又让你看个真切。当然不一定非喊接招二字不可,也可以喊:看剑、着刀、吃俺老猪一耙……,都是一个意思。

若是武林对手相逢,那就不光要喊接招了,在整个厮杀过程中还须喊出每一个高招绝招的名称,比如"黑虎掏心""仙人摘桃"什么的,都喊在明处让你提防,如稍有闪失被他戳几个血窟窿,你也就服气吧。

所以接招一词是礼貌用语,一经喊响,便带出一片光明磊落,大丈夫气概十足,男儿的血性、自信以及对敌手的蔑视,也尽都包含于其中了。

现代商战比之古代战争,可谓战术狡诈,变化万千,暗招损招防不胜防,让人接招怕是最不明智的。奇怪的是这个北方词儿,却已传染到本地商人嘴里,最近很见到几位,一说话满口都是接招。我心想可能仗打到这个份上,已进入单纯阶段,打出了风度。又怀疑这不过是他们虚晃一枪而已,不信现代商战真还能打出一些古风来。

北方话中当以北京话的语汇最为丰富。北京市民讲话,三句必带一个"丫"字,你丫,他们丫。很亲热。发怒了还要说:打你丫挺的。连驻京的老外都学会了。丫即丫头,使唤丫头;丫挺,意为丫头养的,所以这是一句骂人话的缩读。把一句骂人话缩编成很短很亲热的口语,可算得千锤百炼。几个北京市民凑在一起聊天,丫来丫去,一会儿大家全变成丫头养的了。特痞。

出于创作需要,我一直致力于解决文学中的人物语言问题。比如塑造一个人物:让他说一句短话,怎样才能使这句话既有礼貌又带着痞气,还要含有一种轻蔑、一种光明磊落的气度和大无畏的精神呢?这是个难题。

前几日见到一位北京来的商人,他在宣布了自己的商战规划、战略部署、具体操作步骤之后,向对手轻轻弹出一句话:你丫,接招吧。

顷刻就把我的难题解决了。始信文学源于生活,乃至理名言。

说臀

此文标题原为"说屁股",不雅,遂改作"说臀",都是一个意思。对于人体这一部位的叫法,屁股是俗称,臀乃学名(人有不识者,指"臀"为"殿",此错常出于民间裁缝),北方人叫腚帮子,四川人叫箩筐。早年我的中学同学管它叫"艾蒙",很洋派,盖因英文字母"M"与其形似之故,这是一个洋为中用的成功范例。

婴儿屁股有胎记,从前我的长辈对此有一个解释,说这青印子是小鬼投生人世,被阎王爷一脚踢出地狱留下的,所以婴儿一落地便哇哇大哭,因为屁股痛。

阎王爷这历史性的一脚,奠定了屁股在人间的倒霉地位。人这一辈子,从来就是脑袋惹事,屁股挨打。小孩子调皮犯错,大人便说"该打屁股",仿佛那些坏点子傻主意全是屁股想出来的;立场有问题,进行自我批判,也说成"屁股坐错了板凳";谓人缺德,四川话讲得难听,说这人"没屁眼儿",反正都是屁股的不是。中国古代最流行的刑罚就是打屁股,直打得皮开肉绽,多少英雄难过此关,罢罢罢,招了罢!人的脑袋是很狡猾的,能够想出一百个理由让其他部位代其受过。曹操犯了自己定的军规,割发代首,保住了脑袋和威严,牺牲的不过头发而已。屁股注定是个李代桃僵的角色,因它肉厚。其实更厚的是人的脸皮,而人间绝大多数的屁,似乎也不是从臀部放出来的。

不过在日常不挨打的情况下,屁股倒很受优待。沙发便是人发明出来专供屁股享用的东西,再把这沙发抬进车里,又发明了轿车,越高级的屁股座位也越舒适。但屁股界里照例是等级森严,什么样的屁股坐什么样的位子,错乱不得,自古为把屁股搁上皇帝的宝座而掉了脑袋的人,不计其数。人一旦拥有一个养尊处优的屁股,往往脑袋就要发昏,真的便拿屁股来想事了,结果免不了挨板子。打的是屁股,丢的是面子,何况屁股的责任范围有限,超过了限度,脑袋仍得搬家。所以脑袋和屁股,唇齿相依,唇亡齿寒。

幼时爱听王少堂说扬州评书,说那武松被文面发配,临行时照例要挨二百军棍。好个武松,面无惧色,只将身子一挺,屁股上便突起一块块核桃大的青疙瘩,衙役将棍子打下去,似打在硬铁上一般,倒震得自己两手发麻。这一段说得精彩,《水浒》上没有,是王少堂现场发挥。武松的这种臀功,实在让当时三天挨一顿板子的我羡慕不已。

如今那些有了点权势便开始胡来的人,倘若未曾练就武松这种抗挨打的臀功,又不能像曹操那样可以用头发代替首级,最好还是收敛些个。近期我有一位外地朋友迁升到关键性岗位,因为很熟,我便在一张贺卡上写了几句话寄给他,其中一句为"说话办事,多用脑袋少用臀",自以为妙极。这位朋友为政清廉,是一心要干一番事业的人,收到贺卡后,便打电话给我,也回敬了我一句著名诗词,词曰:"不须放屁,试看天地翻覆。"

大梦谁先觉

在一般情况下我是个不太科学的人,喜欢由着性子解释一些事,比如梦。我首先认为人的一生需要同时生活在两个截然不同的地带,即肉身地带和灵魂地带,而梦是肉身的异域却是灵魂的疆界。我甚至认为睡眠的本义不过是为了进行两种生命形式的切换:肉身睡而灵魂醒,醒在梦境。

我相信一切生物应该都有自己的梦境,只是我们无法与之沟通。好像也能沟通一点的,有时我看见一些草合上了叶子,就知道它睡了;还有晚香玉,到了夜间一定是在梦中,因为我闻到了它灵魂的芬芳。

我通常把人分成两类:注重肉身生活的人和注重灵魂生活的人。大多数人从现实出发看梦境,觉得那里的情景七颠八倒,时空错乱,简直荒诞不经。但那正是灵魂的排序,灵魂是自由的,它在自己的世界里,按自己的意愿安排事物的秩序。其实人如果换个位置,站在灵魂的角度,看肉身的日常活动忙忙碌碌俗头俗脑,何尝又不是在看一场荒诞的梦!肉身与灵魂,谁在梦谁?庄子最早发现这个问题,他一直在想:庄生与蝴蝶,究竟谁是谁的梦?

记得从前有句话:"大梦如小死。"何谓大梦?唐人《枕中记》中说,落魄文人卢生借了别人的枕头睡觉,梦见自己享尽荣华富贵二十年。一觉醒来,饭还未熟。此乃著名的"黄粱一梦"。这个梦就是大梦了,一个人的灵魂在梦中从容度过悠悠数十年的别样光阴,现实中的肉身真如死了一回。通过此梦我还发现,梦幻中的时间尺度与现实中的大不一样,肉身于枕上只是片刻,而灵魂却已几度春秋。另外,我很佩服那些会说梦话的人,他们能用嘴向这边报告另一个世界的事,应算一种特异功能。不知灵魂在睡去时是否也会喃喃自语。

我想我是一个注重灵魂生活的人。我本应该最先说出"浮生若梦"这句话的,可惜余生也晚,此话已被古人抢先说了。处身于一个物质主义的时代,重梦幻轻俗世,放纵灵魂,生活在主观的想象中,这是我的缺点,也是优点。比如月亮,我就不喜欢宇航员看到的而喜欢神话中的那一个;比如袁远,许多人都认识她,而我却固执地认为,从多年以前至今,她始终是电话里一个好听的声音。

闲敲棋子落灯花

这几年在快社会,我一直致力于成为一个慢人。之所以萌发这样的念头,是由于眼见四周的人一个个活得飞快,再添个把快人也没多大意思,不如索性慢下来,反而比较显眼。

我现在企图过上耕读时代的书斋生活。白天种地——用笔写字,夜晚剪烛西窗,浅吟低诵,细细品味书句的精妙,兴许还能引得女狐狸上门伴读。这种快节奏中产生的慢想法,我天天揣在怀里,伺机复辟。因为实际生活中已有很长一段时期,我的阅读活动只能在马桶间里进行。

人都要怀旧,怀旧有两种:一种是时尚型的怀旧,如小资;另一种是骨子里的怀旧,如我。我也并非快不得之人,但如果老是一个劲地快下去,没有松弛,我就要不耐烦了。别人拼命要合上社会的节奏,我却想控制我的生命的节奏,我干吗要做一个紧紧张张的人?事实上,我喜欢不分朝代地活着,而唯有读书,才能使我获得这样的感觉。

老实说,自从洋快餐以汉堡包的模样进入中国以来,并没有打败本土的酒楼,但它的理念却在各个领域广泛运用,颇占上风。如今我身边的朋友熟人纷纷弃书而去,以浏览取代阅读,以图像取代文字,似乎已成趋势。还有一些我认识的人,他们每天的阅读范围,只限于在各种会议上用手机互相发段子,几十个字的段子黄且直露,好比短匕刺肤,痛快淋漓。他们以此为乐,乐不思书。

昨天,有位朋友打电话给我,说她只有在生病输液的时候才能静心体验缓缓阅读的愉悦。此话令我深感悲壮。我想,这世上需要品味慢节奏生活之乐、对阅读有着浓厚兴趣的岂止我一人,但现实与理想总是一对矛盾。从前有首歌的大意是:我想去桂林呀我想去桂林,有时间的时候我却没有钱,有了钱的时候却又没时间。这首歌就是现代人的心情。赋闲读书,竟是现代人承受不起的一种奢侈。

当然是一种奢侈。设若有人能在物欲的世界中拂去尘嚣,执卷久读,日复一日,此人必当是精神的富足者。他必当能自由地把握着生命的进程,深悟人生的妙处;他应该拥有大量的时间,并在时间中表现着生命的从容——世人用时间来换取金钱,然后消费金钱,他直接消遣时光。别的且不谈,光是这阅读的姿态,就是一种境界。这里我要说,他读的应为智慧之书,而绝非功利之书。

这样的阅读者我见过两个。去年在上海,看见一美国洋妞盘膝坐在新天地的露天靠椅上,一手举书一手端着高脚杯,读书的样子有些骚情,把一座繁华的大都会都拿来当作背景。我怀疑她有摆 Pose 之嫌。另一个是英国女生,坐在丽江的酒吧里静静地怯怯地读书,面前放着红茶,红茶深红,她的脸色苍白,呈现出一种病态美,一下午的阳光斜照,让人见了忍不住要爱上她。因隔着玻璃,只得作罢。丽江的代表人物宣科曾对外国人说:我们纳西人世世代代过着缓慢的生活,因为我们知道,人一出生就要朝死亡走去,既然如此,我们为何要走得很快呢?

那次去丽江的过程让我哭笑不得。游历乃人生的大阅读,本应迈着徐霞客的脚步,沿途细细品味。谁知临行搭错车,那自驾车司机是个飙车族,一路暴走,坚决不停,直把千里风光搞得像碟机按下了快进键,一切细节皆被忽略。我们几乎以逃命的速度驶过丽江,让丽江人看到了外部世界的惊惶。以后我观察那司机,他的确是个慌张人,在许多场合一闪而过,像一个不明物体。我将此行当作快阅读的教训。

我极喜欢两句诗:"有约不来过夜半,闲敲棋子落灯花。"这是真正的生活者的情怀。贵族式的优雅与平和,以及舒徐自在的生命态度,尽都包含于其中了。我不能让世界慢下来,但我至少能让自己慢下来。

一切变短

昨天,一直生活在人间的李密(他是谁不重要)打电话给我,说他目前最大的愿望就是"想拥有一个漫长的发呆的下午"。我嘲笑他怎会突然冒出这种古典的退步的念头,我告诉李密,像他这样彻头彻尾融入了信息时代,连自己都变成了信息的人,每一个早晨和下午将只能是零碎、繁忙和短促的,就像时尚一样短,像一条信息一样短。

不久之前的一个讲座上,有人要我说出现代社会的特征,我不假思索地回答:短!一切变短!话音落定,居然掌声雷动。这说明我与听众感觉一致,是息息相通的。

所谓现代社会,正如歌中所唱:不是我不明白,这世界变化快。一个"快"字里包含了许多"短"——过程变短,周期变短,时间变短,空间变短……因此,在现代社会中,短是一种追求,一种趋势,一种规律。

高速公路越修越多,是为了把距离缩短;就连古老的火车也在不断提速;在飞行中,还有谁会认为美国或非洲是遥远的?明星还没有红透就已过气。一种观念刚刚产生就被更新的观念所取代。银行降低利息的目的就是压根儿不打算让你把钱存长了。工作时间变短,当然随之又出现了长假,但这种长假只够你作一次短暂的旅行,而经济却在短短的几天内猛增。很多年前引进快餐这个新玩意儿时,有人比较过东西方"吃"文化的不同,说东方人把吃饭看作享受,而西方人把吃饭看作加油。如今,"快餐"一词的意义已不只体现在吃上,它在各方面应用,大获成功。人们在许多事物上喜欢快的,短的,一次性的,从筷子到短信,从袜子到情人。

李密四年时间换了三部手机,两辆汽车,脚上的皮鞋还没有穿臭就扔掉了。这可乐坏了商人们。所有的制造商都知道产品换代周期的缩短意味着怎样的经济效益。有个外国制造商正在傻打一则广告,鼓吹自己的热水器用了五十年洗了三代人还没有坏。我觉得这个商人的良心是好的,但头脑是愚蠢的,不合时宜。试看当今世界,除了祖母、大爷以及我这样的人,谁还有耐心把一件东西用得天长地久。王家儿子在两年之内跳了八回槽,所干的工作互不搭界,干了驯兽员干了广告人现在又干什么DJ。他瞧不上一辈子在一个单位待到退休的父母,相比之下,他为自己活了八辈子而乐不可支,虽然每一辈子都那么短。

看来,眼下一时还搞不短的只有会议。但有关方面对此三令五申,措施不断,正朝着短的方向努力。你在哪个文件上见过同意开长会的指示?所以,把这个唯一还长的东西搞短只是迟早的事。

又回到前面提及的那个讲座。有个人对我的"变短说"质疑,他说,满街的药房门口张贴的"增长延长"广告证明,人们在某些方面也还存在着变长的愿望。我回答:愿望终归是愿望,这恰好证实了现代人在这个问题的操作上也变得越来越短。

青梅竹马

我听说我所认识的一对夫妇,钢铁婚姻进行了二十多年,孩子生了俩,最近突然劳燕分飞。原因是男方偶然遇见了幼时青梅竹马的女友,决心要用余生来圆旧日的一个梦,义无反顾。

诗里说:"郎骑竹马来,绕床弄青梅。"所谓青梅竹马,不过是小孩子们的游戏,游戏结束了,人儿不见了。谁知游戏中产生的那些说不清道不明的东西,竟能够做成情结埋伏在心中。时隔多年,人长大了、老了,这情结指不定何年何日忽然萌发,让你在人世沧桑中忍不住地想它,念它,寻它,一发而不可收;如梦初醒,如命里注定,如鸟儿寻找归宿。

人之初所形成的,也许就是最难忘的,最难改的,最根深蒂固的。它可以是一段情感,也可以是一种习惯,或一种爱好。儿时结伴玩耍的那个女孩可能就是最好的女孩;儿时爱玩的一种玩具可能就是最好的玩具;儿时爱吃的一种食品可能就是最好的食品……人到十六岁,性格、思维方式、世界观等都已形成,此前他是以本性生活着,越小越本性。而人以本性接触的这个世界中的一些东西,就会和本性纠缠在一起,做下一个个情结,直接间接地影响他的一生。俗话说的"从小看大"也罢,或者换一句难听的"狗改不了吃屎"也罢,讲的都是这个道理。

刘大纯(原名刘富贵)在城里开的公司做大以后,把他老母接来别墅里安享晚年。去年他老母临终不闭眼,喊着要吃两样东西,一是柿饼,二是焦枣,都是从前在乡下当小丫头时爱吃的。柿饼、焦枣皆为北方又便宜又普通的食品,但本地没有,急得刘大纯差人火速去河南老家买。东西弄回来时辰已过,他老母到底没吃上。刘大纯托物跪地,用一把鼻涕一把泪的河南话说:"娘啊娘啊,你咋是吃这个的命啊!"

前几日,张、周俩哥们在我家阔别重逢,他二人是北京话所说的"发小",光屁股玩的伙伴。促膝谈话时,只见张哥们不断掏出极品香烟来请周哥们抽,但每一支都要先用舌头舔一遍再递过去。我在一旁看得莫名其妙,周哥们也莫名其妙,不知这是啥礼节。后来张哥们瞅个空子对我说:"你不知这周哥们,小时候特可恨,每回他掏钱买了冰棍糖葫芦什么的,都要先用舌头舔一遍再请我们吃,弄得我们没法儿吃!所以我把烟舔完了再递,报复报复他。"几十年过去,张哥们仍对幼时儿戏念念不忘,可见受刺激之深。我与周哥们相熟,想想他现在的为人,似乎仍有把所有的事情先舔上一遍的做法。

如今全中国的城市孩子都喜欢吃汉堡和炸鸡腿,在这一点上我佩服老外商人的精明,他们的食品战略打的是培养下一代这张牌,"从孩子们抓起"。每当看到小孩子吃汉堡时的那个兴奋劲儿,我就觉得这玩意儿培养出的已不只是一种爱好一种习惯,而是一种情感。做一个情结放在你身上,让它纠缠你一生。吃这东西长大的人们会有怎样的性格、怎样的思维、怎样的世界观,我于此暂不探讨;我只遥想很远的将来的某一天,他们老了,躺在床上,嘴里喊着的不是柿饼焦枣而是汉堡和炸鸡腿,就知这世道可真是大变了呀!

套

套,北方话,指圈套,不是安全套的套。一个有套的世道不能说是安全的,但是惊险、刺激。套起初是人设下套禽套兽的,后来社会发展了,人更多地用它来套人。你在生活里走,突然发现前方有某种诱惑,你两眼发光,奔那诱惑而去,冷不防被人套住了,成了猎物,多么好玩。据说猎人们套物常用的手段,是在机关陷阱旁放上驯化了的母禽母兽,逗得那些发情期的公禽公兽春情勃发,忘乎所以。这手段套人也常用,牵着你入套的那个人,重庆话叫媒子,北京话叫托,还有一种叫法叫"放鸽子",你信了他或她,入套在即。通常总是入套者吃亏,下套者获利,双赢的结果似不多见,不过也有例外。朋友老吴早年的人生目标是当好一个演员,后被某大公司猎头发现了他的经商才能,几番布置圈套,巧妙猎取了他那颗智慧首级。多年过去,现在老吴身为总裁,公司蓬勃发展,自己腰缠万贯。每每谈及此事,老吴都十分感慨,说自己当初入了个好套,妙套,安全套。像这样的好事,众人也只能听听,千万别自恃聪明,见套就钻,不要弄到财色两空,搭上小命,方知江湖险恶。根据社会法则,一般认为自己聪明的人,多半都是傻瓜。

从某种意义上说,人类社会就是个圈套四伏的社会,人类历史就是下套解套的历史。有人下套,有人解套,双方都要运用智慧;旧套不能用了,新套又出现,解套的方法日渐高明,道高一尺,魔高一丈;如此循环,人类智商不断提升,社会发达,历史进步。原始社会很淳朴,人与人之间没有什么套,可谁愿意回去?以前有句老话,少不看《水浒》,老不看《三国》,正是因为《三国》里的套特别多。人老了本来就挺狡猾,再从《三国》里学点儿套,更加老谋深算。《三国》之所以被奉为经典,至今商家必读,兵家必读,简单地说就是在欣赏它里面那些个套。那个时代的人都是人精,最杰出的诸葛亮便是个下套的专家,临死还下了一套。结果他的美名被世代尊崇。当然那都不是些生活里的小圈套,而是政治军事上的大套,套的是千军万马、天下大势。民间一直有个谚语"三个臭皮匠,顶个诸葛亮",我琢磨这话是臭皮匠们想出来自夸的,千百年过去,人间的臭皮匠不计其数,没听说有哪三个臭皮匠的名字能与诸葛亮并驾齐驱。

其实套这东西并非人类的专利,就连植物也会下套。有一种捕蝇草,天生就是一个套,可以开灯笼一样的花,花蕊上分泌出很香很甜的液体,苍蝇之类的昆虫闻香而至,钻进去就被液体粘住了,灯笼花迅速合拢,再张开时蝇类已成残骸。这套下得比蜘蛛高明多了,蜘蛛的做法有点像人类的"守株待兔"。只不过蜘蛛靠它的网还能生活,而人一旦到了守株待兔的地步,就不像是在下套了,倒像是中了兔子的套。

一天

　　七点四十分,陈酷被人生了下来,他的名字在他出现在这个世界之前就被他爹取好了。他被助产士送进了温箱,待在里面哭。而比这早二十分钟,冯朝民已来到临江的阁楼上与人下围棋,近几年他天天如此。冯朝民并不知道,他仅仅落了数子,世上就有了一个叫陈酷的人;他也不知道,与陈酷同楼的另一间病房里,九十三岁的陶济本已经昏迷了几天。

　　陈酷他爹在驱车途中接到医院电话,心里一阵狂喜,但不能调头,因他的小公司正要与某大集团签一份重要合同,父子暂时不能相见。他的车被一辆开得很慢的新车挡着,那车不时熄火,气得他嘟囔了一句:"哪个都市宝贝开着卡丁车在路上晃!"前面的宝贝叫刘正,本市艺术家,自驾车上街仅三天,开得战战兢兢,虽然比平日打的慢得多,可他的心理感觉还是快的。他要到圈内的一个会议上去显显自己的坐骑。

　　十点整,山区农民秦喜财走出长途车站,将近一年没见的老婆来接他。老婆在市内的豪华小区里当女佣,穿着女主人赠送的旧衣服,如花似玉。秦喜财满脑子的念头是马上跟老婆睡一觉,但是不行,他必须赶去一个保安集训队报到,这是老婆的主人给联系的,机会宝贵。所以那念头只好压着,留待夜里才能实现。同车而来的谭凤岐就没有这么幸运,他扛着扁担汇入人群,眼前一片茫然,他打算在城里下野力挣钱,晚上住在哪儿也不知道。

十二点,陈酷他爹赶至医院分别见到努着小嘴的太太和继续在哭的儿子。此时,MBA硕士孙朗春因职位迁升问题被上司叫到餐厅里谈话,业余关注伊拉克局势的他只得放弃了每日必看的午间新闻。他不知道布什又在发表讲话,驻伊美军今天又被汽车炸弹炸死了俩。而这些却被瞎逛的谭凤岐在街边商店的电视里看到了,他很好奇地看着背枪的美国大兵在伊拉克走来走去,听不懂布什在说什么。随后谭凤岐还看到一对新人在大马路上拍婚纱照,在他身旁驻足观望的还有张逸洪,跟他一样也闲着。所不同者,张逸洪是"海归",已经"海待"了半年,心里期望的是月薪一万,据说眼下已有几家单位在跟他洽谈。

下午五时许,谭凤岐随地吐痰被罚款。刘正的车仍是本市大街上开得最傻最慢的一辆。下棋的冯朝民已陷入长考,此前他四赢两负,一局中盘认输,另一局问题出在官子上。这一天他过得与往常没啥不同,像天上的日子,除了下棋,他对世事一无所知。这一天陈酷也是一无所知,连亲爹亲妈都不认识。他不知道自己的名字已被闻讯赶来的爷爷奶奶按辈份改作陈顺康,酷酷成为日后的小名。但他还是做了几件事,一是诞生,二是呼吸,三是哭,四是被人用滴管喂了些牛奶,尝到了新鲜的人间滋味。临近午夜的时候,酷酷楼上的那间病房里,陶济本在昏迷中做了一件重要的事——死去。

明月几时有

前天晚上我的手机忽然收到短信,打开来读,只有一句话:"明天你可会再来?"发信者未署姓名,看号码也很陌生,我想是谁偶尔误发,便置之不理。不料那短信接连发来数遍,都重复同样一句话,我忍不住回过去一条:"你发错了"。对方又发来三个字"对不起",此后再无动静。我暗笑这不知是谁家小儿女,幽会之后又有了痴念,企盼美好延伸,幸福继续。想象那人连号码都能拨错,应该是如何情迷意乱,颠三倒四。这可真是静静的夜晚,有人平添些闲愁,有人误多些闲事。

明天你可会再来?细思量这句话里,却一定包含着发问者对"此时此刻"的情感和留恋。类似的话,我曾经问过;四顾这世上,古往今来好像人人都曾问过。此话真可谓千古一问。人在人生,总说太阳每天都是新的,无人希望日日相同。但人又很傻,偏偏要对特殊的"此时此刻"百般挽留,幻想它能在"彼时彼刻"重复再现。明天是什么?明天寄托着人最多的憧憬,而明天也最让人捉摸不定:若以一日为一天,明天就是明日;若以一年为一天,明天就是明年;若以一生为一天,明天就是来世。

二十世纪八十年代,我和一群人初次去九寨沟。那晚住在树正,地上点燃篝火,天空一轮朗月,我对大家说:"这样的夜晚一生只有一次。"大伙儿听罢,围着篝火又唱又跳,闹了个通宵。第二天晚上月亮就不见了。此后我多次再去九寨沟,站在同样的地方,却没了那晚的心境。树正那儿的人还记得当年有一群人曾经如何疯狂,我听着却像在听别人的事。所谓"此时此刻",其实就是心境。

人活天地间,抬头要问:明月几时有? 低头要问:明天你可会再来? 人来时,月亮不来;月儿来时,人却已星散。李白举杯邀明月,只在那一个晚上,此后千古,无数人举杯对月,却再不复有李白。你是谁? 你是恋人吗? 那么明天你来也好,你不来也好,你来了或许我不会再来;即使两人都如约而至,情意浓过今日,那也不是此时的心境,而人亦非今日的你我。明非今,今非昨,纵然"年年岁岁花相似",毕竟"岁岁年年人不同"。站在人外看人,常觉得人很可笑,越是抓不住的越要去抓——人伸手抓青春,明知青春小鸟一样不回来;而能够随即抓住的又往往任其错过——比如机遇,稍纵即逝,待人回过神时,已是去年今日,人面桃花。

道理已经说透,然而人这种生物,似乎不喜欢由谁指点迷津。人到人间来,恰是被人生的捉摸不定、变化无常所吸引,人愿意走入其中去张望,去寻找、幻想、困惑、多情,人偏要傻问:明天你可会再来?

曾与美人桥上别

昨夜未眠,临窗听雨。忽然想到唐代刘禹锡的一首《柳枝词》,甚妙:"清江一曲柳千条,二十年前旧板桥。曾与美人桥上别,恨无消息到今朝。"

千载之前这一首刘郎怀故的清丽短诗,却引出我的一番感慨。真不知与刘郎桥上作别的那位美人,生就何等闭月羞花的容颜,两人的情意又何等缠绵,竟让刘郎二十年后念念不忘,离愁别恨,刻骨铭心,精神上明显受到了刺激!倘若不是那美人故意弃他而去,又长期置之不理,那么我只好把这"恨无消息"的原因,归咎于是由当时交通和通讯的落后所致了。想美人一别,从此天高地阔,山重水复,舟楫不便,道路艰难,而邮政又处在雁传信鱼传书的阶段,一去不返、杳无音信是正常的。那时人与人的生离有如死别,也许一别就是一生一世。因此那时的离别,别得真,别得痛,别得悲!因此现代人写不出刘禹锡那样的诗,我们找不到感觉!

前不久在一个饭桌上也与友人谈到类似的话题,朋友断言,现代人是没有离愁的,因为交通太方便了,通讯太快捷了。是的,现代人相隔两地,要想见面,只需购张机票,随时飞来飞去;要想对话,只须掏出手机,一个电话就打过来了,一个短信就发过来了。时至今日,如果有谁还打算用写信这种落伍的方式与人联系,不是被人看成酸腐,就是被人看作矫情。现代人有时也与美人分别,但正常情况下只会暂别,更没有谁会恨无消息地耐心期待二十年,二十年后哪个还想打听今日之美人?所以,假如刘禹锡生于现代,并且还要写诗,他的诗只能这样写:"浊江电缆一条条,两个月前大铁桥。曾与美人桥上别,天天通话到今朝。"当然,后两句也可写成:"曾与美人拥吻别,互发短信到今朝。"刘禹锡甚至更可能写出这样一首诗:"QQ往来万千条,夜夜网吧聊通宵。常与美眉屏上见,活人初约在今朝。"

我不是在开玩笑,我说的是现代人的观念,和我们对待此类事情大致会采取的交往方式及态度。它充满夸张,但缺少一种含蓄;它是游戏性的,无所谓的,因而没有了认真、诚恳和执着。我们历尽千辛万苦步入发达的现代社会,却把真正意义上的情感留在了古代。

我的一位搞观念艺术的画家朋友,曾经在纽约生活了十多年,近日他在央视的专访节目中说,他不喜欢手机、电脑和汽车。我明白他的意思,他担心在崇尚技术的现代,科技对生活的无孔不入,会进一步导致人性的异化以及人类情感的浅薄与冷漠,这不仅指人与人之间的情感,还包括人对自然的情感,归根结底,仍然是人性。科技与人性,这是现代社会的一对矛盾。

国外的科幻电影大片,常常把那些从高度文明星球降临的外星人描绘成冰冷而绝对理性的高科技怪物,其实隐隐透出的,是对未来地球人类的担忧,难道有朝一日,我们也会发展成那个样子?当然,这是幻想,但也是告诫。我想,未来社会无论发达到何等地步,科技永远都只能是人类进步的工具,而不应该成为谋杀人性的武器。

发烧二梦

我突然发烧。躺在床上,时而迷糊时而清醒。我在迷糊中做了两个梦,不是连续做的,是利用两次迷糊分别做完的。清醒的时候我为它们作出点评,或叫解析。自觉还有点儿意思,现照录如下。

第一个梦:我坐在巨大的演播厅里,灯光强烈,空调巨冷,观众席上人头攒动。一位面孔熟悉的主持人与我对坐,正在逼我回答问题。这人长得像赵忠祥,又像王小丫,还有些像李咏。我一时雌雄莫辨,难以称呼,情急中就唤其为赵丫咏。赵丫咏大声对我说:"注意听题——请在大屏幕演示画面中,为现代人选出一个具有代表性的经典动作。"说罢抬手一挥,大屏幕骤然亮起。我抬头看见了一系列的画面动作——有人在按遥控器,有人正在打手机,有人不断敲击电脑键盘,还有一个像周杰伦的挥手乱舞双节棍……回答进入倒计时,我在最后一秒果断地喊道:"都不是!"赵丫咏惊呆,观众席上鸦雀无声。接着,在全场人期盼的目光中,我从衣袋里缓缓地掏出一个大屏幕(注:这很荒唐,衣服口袋怎能装下一个大屏幕?唯有做梦才能如此),屏幕上出现这样的画面:有个人正在人工验钞,不断重复着一串动作——他拿起一张钞票在手里搓一搓,再甩一甩,然后又举过头顶对着亮处照一照……赵丫咏高呼:"恭喜你,答对了!"音乐起。梦毕。

我被观众席上爆发的掌声惊醒。屋子里空荡荡,而掌声还在继续。我起身看了看窗外,马路边有几个收废品的,正提着麻袋朝地上倒易拉罐,稀里哗啦。我回想梦境,清晰可见,遂对它作出点评:这个梦的精彩之处在于把验钞动作定为现代人的经典动作,确实再没有什么动作能比它更普及、更常用、更具有代表性。它反映出现代人强烈的打假意识,和将打假进行到底的决心。我量了量体温,仍在低烧中,于是又卧床睡去,做了另一个不相干的梦。

第二个梦:我身披浴巾,在一台跑步机上不停地跑,大汗淋漓。我边跑边朝两边望去,发现周围有数不清的跑步机,一望无际。这间屋子有一座城市那么大,能够容下所有的人。每台跑步机上都有人在奔跑,他们身着运动服,或穿比基尼,或打着领带、西装革履。也有人一丝不挂地裸跑,我看见了便走去把他们扔出梦外。我边跑边透过落地窗看城市的街道,大街小巷全被老太太们占领,她们排成方队,舞着红绸子扭秧歌,锣鼓喧天。我跑得实在太累就停了下来。我一停,梦也就停了。

我醒来后认为:这个梦中的跑步机象征着现代城市的节奏,也暗示着现代人紧张的内心情绪。而我把裸跑人扔出梦外,表达了对道德的捍卫和保护未成年人不受污染。此外,我更觉得跑步机是个好东西,它节约了空间,也节约了时间,如果没有它,大家都在街上跑来跑去,会使这个城市显得慌乱,不成体统。我只是搞不懂跳舞的老太太们代表了什么,是代表着生命旺盛还是魅力四射?我打算退了烧以后直接去请教她们。

接下来我又迷糊了,但这一次却无梦,不知过了多久,忽然听见有人喊我,我睁开眼,发现儿子端一杯水站在床前,他见我醒来,又大喊一声:吃药!

昨日好词

一觉醒来,我发现世上有些词已发生了变化,反褒为贬。这是一些前些年还被人们热爱并追随着的词,曾经迎风招展,被风刮得哗啦啦响;现在风过去了,它耷拉着,令人扫兴。

有一个词叫"白领",十分诱人。但是上星期我才知道,眼下不少白领都在回避这个词。其中有个叫阿冰的告诉我,如果现在有谁不慎称他们为白领,他们就会集体用一种骂法回敬:"你才是白领,你们全家都是白领!"阿冰说这骂法是几个月前从一本发行量很大的杂志上学的,里面有篇文章已给"白领"定了性。我纳闷,好好一个词怎么就变成骂人的了?回家后赶紧翻杂志堆,果然找出了那篇文章。文章说,"白领"的概念目前已泛化,只要是个人都可以叫白领,而白领们的收入往往还不及某些蓝领。照此说法,"白领"一词已落得跟"穷人"的意思差不多了。该词大势已去,我却不知,深感滞后。不过此前我也听得某人对白领颇有微词,说在如今休闲装的时代,弄根领带勒紧自己,清一色的罐头人装束加上清一色的仪态举止,毫无个性,总让人觉得枯燥且假。"白领"落魄,这恐怕也算一个原因吧。

再有一词叫"小资",前两年,不知是谁把它当格调亮了出来。这个词不是新词,从前它甚至不是什么好词,然而它的再度出现却让人觉得意思蛮好。于是眨眼的工夫,小资遍地。像《花样年华》里一样,小资们迈着张曼玉的步伐,脸上堆着梁朝伟的忧郁,他们深深地怀旧,怀念着自己根本就没见过的年代。他们本应到上海或香港去寻根,但却跑错了地方,一窝蜂地跑到了丽江,这个行为使他们显得不像"小资"而像"小农"。小资们红火了一阵很快又招致反感。我曾在外地某市,亲眼看见一家酒吧门上赫然写着:本店不欢迎小资!又见一酒保把几个人挡去,用打喷嚏般的声音说:"啊呸——小资!"我问酒保为何不让人家进来,那酒保满脸的不屑:"就他们?进来泡壶茶,然后手托香腮坐一个晚上,什么都不点。满屋都是这种人,生意怎么做?"我终于明白小资招来的首先是商业的反感,"小资"毕竟不是"大资",他们没有为商业掀起过什么消费浪潮。更何况小资自身的质量也成问题,比如北京小资时髦看孟京辉的话剧,而别处的小资从盛行到一哄而散,压根儿也不晓得孟京辉是谁。时过境迁,眼下这个词被它的使用者弃之如敝屣。

另外,最近我使用"美女作家"一词恭维人也甚不讨好。赴北方开作家会,我以此词先后招呼二女士,第一位白我一眼,第二位差点儿啐我一身唾沫。某东北作家赶紧拉我到一边说:"都啥时候了你咋还整这词儿?没见那些人造的天然的有硅胶的没硅胶的都朝这词里钻,撒娇扮酷一通骚写,哪个正经女作家不离它远点儿?"于是我想,"美女"固然好,假的就不好了;"作家"固然好,骚写就不好了。多动人的一个词,就这么活活给糟踏了。

说到底,这些词的兴衰都因沾了时尚的边。白领在欧美是一个阶层,在我们这里却带有时尚的因素。小资和美女作家也都属于时尚。谁高举着这些词,谁就会践踏这些词。时尚就是这么一个东西。

傻瓜主义

有一位出道不久的搞家用电子产品设计的年轻人，在大学念书时曾听过我的文学讲座，昨天他在路上碰见我，掏出个小本来要我写点儿勉励的话。我即握笔写下几个字：设计者切记——傻瓜，傻瓜，还是傻瓜！

我告诉他这是成功之道。干他这一行，千万要看轻用户的智慧，必须遵循"傻瓜至上"的原则，要使自己成为彻头彻尾的傻瓜主义者。今后他设计或主持设计大众化产品的时候，一定要始终坚信，自己和同事们乃世上为数不多的聪明人，而面对的是一大群傻瓜。

对于这位年轻人的专业，我当然是一窍不通的门外汉，但我知道在高科技时代，从汽车、电脑到一切家电的设计上，却正是傻瓜主义风行。拿如今的电脑与十年前的电脑相比，肯定远不是一个量级，如今的电脑科技含量更高，具体表现在操作使用起来更傻。所以，大众化科技产品要想广泛普及，就必须以傻瓜为标准，力争达到傻瓜级；而一个产品要做到连傻瓜都会用，就必须有更高的科技含量。如果要为这类产品设计一条广告语，这条广告语应该是：我们正在努力，让傻瓜更满意！

在此需要特别说明，时代在变，许多老词也有了新意。"傻瓜"这个词只要跟产品连在一起,非但没有了对使用者的不敬,反而尽显设计者的体贴关怀。"傻瓜级"往往与"人性化"同义,好比我们说应该善待一个傻瓜,等于在说应该尽量体现人性化。事实上,随着当年傻瓜相机的问世,人们早就接受了这个说法,"傻瓜"一词已经成为产品智能化革命的标志。

对于忙忙碌碌浮躁而讲求实用的现代人,他们太希望瞬间便掌握一种东西的操纵技能,因为与前人相比,他们需要掌握太多的技能。就像学车的恨不得抓住方向盘马上就会驾驶一样,现代人恨不得每一件科技新产品出现都自带超级智慧的脑子,以取代自己那颗不怎么够用的脑袋瓜。如果掌握某件产品需要一个漫长的学习过程,现代人会对它失去耐心和兴趣,面对层出不穷的新玩意儿,其实许多现代人情愿变成傻瓜,欢天喜地地去当傻瓜。享受现成的科技成果,不需自己淘神费力,这是一个现代观念。

然而正如列宁所说:一个傻瓜提出的问题,比十个聪明人能够回答的还要多。要解决所有的傻瓜问题,就成为摆在设计者们面前的重大课题。它带来思考,也带来竞争,谁解决得快,谁就有市场,谁解决得好,谁就有利益。多少事,从来急,天地转,光阴迫,一万年太久,只争朝夕!如果某件产品目前不能做到一傻到底,通常是它的科技还不够到位,说明革命尚未成功,同志仍须努力。当然,这也许出于商业智谋,它偏要让你慢慢变傻,逐渐升级,最后全傻。我的朋友老黄由于幼年逃学,汉语拼音一塌糊涂,从不会发手机短信,但是某年一夜之间他忽然开始用短信跟我联系,迅速且准确。我就知道不是他转眼工夫开了窍,而是市场已推出了给这傻瓜设计的笔写输入手机。

也许为了照顾一部分人的自尊心或出于专业需要,某些东西在达到傻瓜级的同时还保留了原始功能,比如专业或准专业的单反相机,既有自动程序又可手动,傻不傻由你。数年之前,我的熟人小刘拿着新买的眼控对焦相机兴冲冲去拍总裁主持的会议——这眼控对焦的功能是,眼睛在取景器中看到哪儿焦点便聚到哪儿,半傻不傻的,而小刘基本全傻。照片洗出来一看,作为主体的总裁老头模糊一团,而角上那位手提暖瓶的美女服务员却清晰无比,行话称此为"走焦"了。我夸小刘拍出了杰作,因它完美表现了一个现代傻瓜的瞬间心迹。

缺陷美

最近与朋友聊天,说到最优秀的艺术不应该是十全十美的,总会留有缺陷,这就扯到了缺陷美。而一扯到缺陷美,又总让人想起著名的断臂维纳斯雕像,它所产生的美的震撼力,完整的作品无法相及,因它给予了人们想象的空间。维纳斯雕像的残缺是由久远的岁月所为,时间删去了应该删的,留下了应该留的,使它最终成为杰作,正所谓"鬼斧神工"。所以,时间才是最伟大的艺术家。据说曾有许多人试图为它接上双臂,但无一成功。我没有见过这些狗尾续貂的作品,倒是以前在电影《大独裁者》里看到,维纳斯被接上一条正在行纳粹礼的胳膊,样子十分滑稽。卓别林用这个讽刺的画面表现了希特勒对艺术的践踏,及其内心的愚蠢和疯狂。

维纳斯像因缺陷而散发出的魅力,使我想起中国的一句成语"画龙点睛"。意思是讲古代的画坛圣手画龙,故意不画眼珠儿,要留个缺陷在上面,这才叫艺术。有那不懂事的,硬要叫画家添上眼珠儿,龙即变成真龙飞去,超出了艺术的范围。可见中国古代艺术家也很懂得缺陷美。这样的例子是很多的。我请篆刻家为我治印,眼看他刻完后拿起一根小玉棒,对着印章一阵敲打,敲得缺边少角。这样的印章盖在纸上,就使李钢有了韵味儿,不像今人而像出土的汉唐古人,十分遥远。

记得我曾读过一篇文章,说人的双眼皮和脸上的酒窝,非但不是人的优点,反而是由先天的生理缺陷所造成。不过这两样东西我怎么看都顺眼,正好作为缺陷美的突出证据。因此人也是要长出些毛病来才好看。如今,没有这两个缺陷的纷纷以人造的方式获得,大小医院都能做,手术简便,稍微有点儿疼。由此想到渐渐老去的影星巩俐,当年她在银幕上一露脸,那两颗小虎牙便显得格外耀眼。虎牙又名犬牙,是人的牙齿里最坚固最原始的。巩俐的虎牙比较突出,原本属于缺点,反倒为她的花容增添了一些野性,观众当即认可,过目不忘。还有吕丽萍的大脑门,俗称"崩儿头",很具特征,也是她被观众记住的一个理由。这说明,缺陷往往就是个性。岂止容貌,人在性格、习惯上的缺陷往往也构成他的个性。

早年我读斯坦尼斯拉夫斯基,记住了他的一段话,大意是:扮演一个好人的时候,要发现他内心丑陋的东西;扮演一个坏蛋的时候,要发现他内心善良的东西。我那时年轻,只觉得斯坦尼很反动,有"丑化好人,美化坏人"之嫌。多年之后,我才理解到这段话的意义——塑造一个角色,无论是欲使其尽善尽美还是尽恶尽丑,最终都不能成立,唯有使其自身出现矛盾的对比,才能生动立体。

对于一尊雕塑,一幅画,一个角色,一个人,缺陷的存在要能构成美而不破坏美,它是有度的。好比犬牙,有两颗足够了,如果生出一嘴,便成"犬牙交错",遂导致面目狰狞。而酒窝这东西再好看,若弄得满脸都是也就不叫酒窝了,那叫麻子。

怀念尾巴

　　某一天我与几人聚首吃饭，为避免出现饭后踊跃付账的场面，席间有人支了一招，请大家轮流说这样一段绕口令："红鸡公尾巴灰，灰鸡公尾巴红。"每人快速连说五遍，出错者即是今日请客做东者。结果让一个最为胡说八道的掏了饭钱。

　　因这顿饭吃得跟尾巴有关系，我便想到了尾巴的意义。可以这么说，人之所以聪明复杂，正由于扔掉了尾巴；动物之所以简单原始，正由于长着尾巴。有些动物即使没有尾巴也有尾部，而人不存在尾部，只有臀部。尾巴的"巴"字从象形文字的本义上讲，是一条蛇，蛇是多么简约的动物，脑袋后面干脆直接长着一根尾巴。可见对于动物来说，尾巴是何等的重要。在动物身上，尾巴是工具也是武器，它是最能体现本性的东西，也是最富于表情的东西。

　　人人都知道，尾巴是游鱼的舵，船舵的发明是人类早期的仿生学。东北的看林人说，老虎发威时尾巴能扫断碗口粗的树杈。孙大圣一生最苦恼的，是无论他怎样千变万化，那根尾巴总是竖在屁股上，随时证明他是一只猴子。雄孔雀的尾巴一旦开屏，便是很具造型感的求爱行为，由于过分美丽，遂使人间出现专门模仿这种行为的舞蹈者。当然，还有狗，狗能用尾巴明确表示它的情绪，喜怒哀乐皆形于尾。但是,近年有不少宠物狗都被人割去尾巴。没有尾巴的狗无疑产生了突变式的飞跃,可它们一下子也变得十分阴险——当一只狗向你扑来,你无法判断它是要跟你亲热呢,还是打算咬你一口。

人在直立行走之后,自然也就丧失了用尾巴战斗的功能,因而代之以扫堂腿。还有,人也不能像牛那样用尾巴赶苍蝇了,所以我把苍蝇拍子看作是尾巴的一种延续。此外,表情一旦转移到脸上,丰富固然是丰富了,却不如尾巴来得真实可靠。倘若有人对着你笑,你猜不准他是真笑还是假笑;倘若他悲哀,说不定心里正乐开了花。分析人这种生物的心理和行为,常常要牵动多门学科,动用高科技手段。"人"字太简单,但是,人太复杂。

电视新闻频道我每天必看,这个频道有时事报道,有人物专访,有论坛,我觉得它是一个窗口,通过它我在观察一个没有尾巴的社会,以及世界上每天发生的事情。我看到了文明,也看到了野蛮;我看到了惊天动地的壮举,也看到了骇人听闻的事件。我知道战火每天都在世界的某处燃烧,从来也未熄灭。我记住了一些名字和名词:本·拉登、萨达姆、布什、拉姆斯菲尔德、恐怖主义和反恐、虐囚门……我还看到各种人以各种方式谈论这颗星球的现在和未来,有时用嘴谈,坐在屋子里;有时用枪口谈,在巴以,在伊拉克或其他地方。与此同时,我也换台看一些动物类节目,和新闻频道对比着看。所以我很清楚,狮子发动袭击不如坦克凶恶;猎豹的冲刺远不及导弹的速度。我爱看这些自然界的猛兽和一些狡猾的动物,比如狐狸。我觉得它们一点儿也不坏。

我有许多奇怪的想法,我一直认为人类丢失了什么。人有好多年没有长出尾巴了。

说句实在话,有时候,我很怀念尾巴。

杀时间

"杀时间"这个词也不知是谁先叫起来的,听上去很牛:就像一个人好不秧地忽然跟时间有仇,遂抄起一把利剑跑出门外(菜刀也行),然后丹田运气,呀呀有声,向着虚空一路秋风十步一杀地舞将过去,左劈右砍,身旁的时间即成落木萧萧——千万打住!这行为乍一看像武疯子。

不是这么个杀法。杀时间的意思其实近似于消磨时间、浪费时间,但"消磨"二字显得不积极,像老驴推磨;而"浪费"又让人想起公子哥儿,挥霍无度。还是"杀"字过瘾,动作感强,痛快淋漓。

我一向主张,对于时间这东西要杀掉一半,珍惜一半。因为只有杀掉一半,才能知道生命的乐趣,而珍惜剩下的一半,方可领悟生命的意义。我认为那些极度利用时间做事情的人,往往都成为无趣之人,结果事情也做不好,意义也没找到。

有个多年做公司的蔡老板,当初公司草创之时,他除了谈业务就是泡妞。后因泡妞太多,把性给泡没了,他就干脆住在公司里,整天率领员工加班,日复一日。前不久我碰见他,人变得极其枯燥,公司也在挣命,跟要饭公司似的。另有一作家老陶,从年轻时开始,唯一的爱好就是打算领诺贝尔文学奖,为了达此目标,长期躲在某神秘之处昼夜写作,百事不问。多年以来他连本土奖也没拿到一个,却又养成每天必写的习惯,不写难受。偶尔读到他的文章,已经浅薄无聊逮谁骂谁,如倒在纸上的体内垃圾。还有一位我原先的哥们儿,也是个抓紧时间之人,当年喊着"时间就是金钱"的口号南下深圳,以后又跑到海南,为了体现自身的价值,并痛恨我等留在此虚度光阴。去年听说他不知从哪儿回来了,足不出户,把自己关在家里反思,大概没能把时间换成金钱,无法体现价值。一天我去看他,见他一声不吭,盘腿呆坐,两眼发直。原本想开导开导他,劝他去杀杀时间的,看这样子只能作罢。他哪里还有杀时间的劲头,倒像在等着时间把他杀掉。

所以不能学他三位,对一事一物过于着迷,以致走火入魔。要广泛培养生活情趣,要学会杀时间。

目前杀时间的办法很多。比较经典的有咖啡和茶,可算对付时间的经典毒药,但这一套过于陈旧,慢吞吞的太温柔,不果断,像跟时间在泡蘑菇。天天约人喝酒暴撮也算个主意,只是太俗,缺乏档次,何况自己也被弄得肝是脂肪肝,肚是啤酒肚,那也叫杀时间?那叫与时间同归于尽。相比之下,我同事的招数就挺有效,他喜欢守着电视看三流武打剧,借刀杀人,通常能让那些阿飞侠客把晚上的时间断送在各个历史朝代。另外,听交响音乐会也是好手段,会使时间死得很高尚,有旋律,有场面,有仪式,仿佛给贵族行刑。缺点是票价太贵,等于用金钱买下时间,再把时间送去干掉,因此购票之前要细算一笔账。总之办法太多,高低不等,恕我点到为止。

至于杀时间会导致什么,我举一例。有段时间我在高原拍电视,摄制组清一色的小伙子,白天工作卖力,一到晚上就集体钻进网吧打游戏,动用现代科技手段杀时间。结果白天工作越发卖力,所拍电视连获大奖。我举此例,意在印证我的理论。

　　由于最近我对杀时间津津乐道,已被朋友奉送"时间杀手"称号,并且是职业的。也有几人好奇,来电打听我自己杀时间使用哪些办法。我回答:我杀什么时间?我根本就没时间!

虚构者

我早就发现我所认识的一些人喜欢虚构自己,经常给自己的生活编造一些小花絮小情节小故事。如果笔录虚构者的口述,你会发觉记下的不是他们的传记片段,而是他们以自己为原型创作的小说章节。我从不戳穿他们,因为他们需要活得像一部小说。

这里要说明,虚构者与说谎者不同——虽然难免带有说谎的成分;也与吹牛者不同——虽然多少含有吹牛的因素。至于三者到底有何不同,我还没来得及研究,主要是懒得研究。我揣测,虚构者的目的仅是为了欺骗自己,从而丰富自己,甚至激活自己。

比如读书人许五就有这种爱好。我们知道,读书做学问是一件很刻苦的事,必须把老婆赶走,小孩弄睡,电视关掉,然后孤灯寒窗,一熬数十载。有一回许五对我说,每当他坚持不下去的时候,总被他父亲读书时的一件事感动着。他父亲早年苦学入迷,竟把一块肥皂当点心吃了下去而浑然不觉。但是过了一年,在另一场合许五又对人提及此事时,故事的主人公发生了变化,变成许五自己抓起肥皂就吃,嚼得津津有味。由此我发现他在虚构,不可能父子两代读书时都在点心旁边放一块肥皂,以便抓错。许五现在已是学者了,我曾琢磨过他的心理,像他这样单调重复一种生活方式的人,需要虚构一些小情节,再通过诉说来感动自己,激励自己。我是从不揭底的好听众,我知道许五不吃几块肥皂学问是做不成的,再说了,他吃他的肥皂,关我屁事。

另有自由撰稿人冬虫夏草是个五官混沌的人,同时也是个挺抠门的人。猛一听冬虫夏草像日本人的名字,再一想其实是味中药。这人在撰稿之余,喜欢神秘讲述自己的风流史,让几个铁哥们听得一愣一愣。总之他经历的女人,个个易沾难甩,都寻死觅活地要嫁给他,而他又找不到理由离婚,为此整日劳神。那几个哥们心态不平衡,掐指替他算一笔账——以冬虫夏草每月的发稿率,挣下的稿费仅够糊口,远不够纵欲,加上他整天猫在屋里哪儿也不去,家中又有老丈人同住……算来算去,他是既没有作案时间又没有作案地点更没有作案经费,顶多有点儿作案动机。我对他几位说行了,别算啦,冬虫夏草是个聪明人,他希望自己的生活角色充满故事性,他需要靠虚构骄傲起来。通常男人虚构自己跟女人们的事,是想借以达到几个目的:一、显示自己的魅力;二、炫耀自己的性能力;三、引起别人的艳羡。可谓一石三鸟。现在他的目的达到了,所以每天乐呵呵的。最后那几个哥们还是服了冬虫夏草,说他编起事来也真够节约闹革命的,不花钱又不伤身子骨,也不费一枪一弹,仅凭一点动机,彻底搞活了自己。

我见过的最倒霉的虚构者是原先一朋友的兄弟,有一次喝了酒,他不知为何说自己偷过一火车皮白布。结果被人检举到他单位上,保卫科把他弄去几经盘问,他又招认说那些白布都被他做成裤衩了。那保卫科办案的也糊涂,这就要将他移送公安。后经调查,没找到那批裤衩,铁路上也没丢过白布,这才把他放了。我一碰见他就大声说:伙计,你哪怕是个真贼,也不该送进公安局——就凭你把一车皮的白布都给自己做了裤衩,你该去的地方是精神病院!

坏鸟

我老觉得鹦鹉和八哥不是什么好鸟,主要是因为它们嘴巴不大干净。它们学说人语,又常在人堆里混,说起糙话来往往吓人一跳,小脑瓜子里装的全是乱七八糟的玩意儿。

我最早见到的会说话的鸟是一只八哥,1964年它被标价四十元,关在南京夫子庙花鸟商店的笼子里,用纯正的南京话不停地叫着:"八哥子,猫来了!八哥子,猫来了!"我很好奇,凑近了去听,不料它话音一转,接着叫出了一串儿坏语言,那些话不堪入耳,如果照录只能用"叉"字代替,它叫的是:"你叉叉,他叉叉,狗叉叉,叉叉叉!"当时我作为一个学雷锋的小孩十分气愤,决心用文明礼貌的话来调教它,教它说"你好",谁知这老油子根本不理,转而学起了旁边笼子里画眉之类的鸟叫。由于这八哥刚才的不良表现,我怀疑它正在学的也是那些鸟儿的骂人话,只不过我听不懂。

两年之后我在重庆动物园见到的另一只八哥,也会说"八哥猫来了",我意识到这是各地人民普遍对八哥使用的一句恐吓性语言,如同对小朋友说"别哭,老虎来了"。这只八哥的口头语自然也不中听,但我当时已变得很糙,就与它对骂。我之所以提及这只鸟,是因为它骂着骂着会突然学林彪讲话,用拖长了的湖北腔说:"同志们——"极其逼真。那时动物园的大喇叭里整天在转播林彪的讲话。我听八哥这么一学,心里顿时很慌张,就跟见到真林彪似的,赶紧收住骂口,四下瞧瞧没人,一溜烟跑了。几年后林彪倒台,我又想起这只吓唬过我的鸟,它不仅学坏话,还学坏人讲话。

到了九十年代,我的熟人工程师徐范庚挂在窗户上的那只鹦鹉倒不怎么骂人,但是更气人。它能用粗声学男主人的上海普通话,又能憋着嗓子学女主人的四川话,主人在屋里说什么,它在窗户上学什么。夏天大中午的,邻居们正在午睡,它冷不丁亮一嗓子:"徐范庚,昨晚又在哪里鬼混?"再不然又冒一句:"哎哟哎哟,别揪我的头发!"被众邻传为美谈。有天我和一伙人到徐范庚家做客,那鹦鹉人来疯发了,劈头学一句上海呐喊:"太太,你在哪里?"接着又来一声四川尖叫:"我在厕所换纸!"气得徐范庚要把它掐死。这鸟简直是徐范庚家的镜子,是卧底,是录音机,是小广播。

前几年我家对面一座楼有人养了两只大鹦鹉,毛色绚丽,声音洪亮,每天早晨六点准时开叫。最要命的是这对宝贝既不模仿人语也不模仿百鸟歌唱,而是模仿电锯声、砖石切割机声、冲击钻声以及各种敲击声,总之一支装修队所能发出的噪音它俩全部搞定。一日大清早,哈尔滨一位女诗人有事打来电话,正聊着,对面的鹦鹉开始清嗓子。女诗人问:"你那边什么声音?"我说:"鸟叫。"女诗人便开始抒情:"啊,我在电话里听见了重庆的鸟叫!"(注:这话听着有点儿像骂我。)突然电锯声敲击声大作。女诗人问:"怎么,你家在装修吗?"我说:"不,这些声音都是鸟叫。"女诗人愕然,半晌才说:"太恐怖了,鸟怎会叫出这种声音!"

有时候我想,鹦鹉和八哥无缘无故被人捉来变成囚犯,它们当然要骂。我又想,站在人的角度看它们,我把它们当成坏鸟;可如果从它们的角度看人呢?它们会认为人也是一种鸟,而且更坏。它们要说:我们叫出的坏话和噪音,全是跟你们叉叉的人鸟学的!

你睡什么枕头

记得某部电影里有个很妙的细节:一个四处漂泊的人,随身携带的行囊里,掏出来却是一只荞麦皮枕头和一本诗集。导演把这两个元素运用得相当好,至少暗示了主人公是个爱做梦的人。枕头和诗集都是与梦有关的东西,枕头是做梦的工具,诗集是做梦的内容和结果。

带着枕与诗漂萍人生,这种事情如今只能从电影里看到,现代人外出旅行,最不要带的恰是这两件东西。我见过一个乡干部,有一年随团赴沿海地区考察,逛了半个中国,手提包里拎回来的,竟是一大堆从各地宾馆搜罗的卫生卷纸,足够全家老小用上一年。此人平日好吃能喝,自然十分懂得排泄有多么重要。

但我知道,从前谢冰心去来南北,甚至奢侈到要带上一张床。那是动荡不安的年代,也是出勇士和诗人的年代。我还知道,我早年的一位上级无论走到哪里,都要抱着一只祖传的蛇屎枕头(我曾想,那得多少条蛇拉多少年的屎,才够凑成一只枕头?)。这位上级曾经出入于枪林弹雨,长期枕戈待旦,落下严重的失眠症,晚年唯靠此枕才能睡个安稳觉。蛇屎性凉,益智安神去头火,用作卧枕,符合中医"上清下浊"的理论——由此又想到电影里的场景:列宁睡在瓦西里家的地铺上,以书籍报刊作枕,看到下流书籍就塞到脚下去,说"这样的东西只配用来垫脚"。他的做法也很符合"上清下浊"的理论。当然我更知道,大学宿舍里男生们的枕下,虽不一定垫着诗集,倒肯定是塞臭袜子的地方。每晚躺在那样的枕上憧憬未来,味道固然有些刺鼻,毕竟也是青春的气息。多少年后他们回想起那一段岁月,仍会觉得浪漫且充满诗意。

古时候有一些怪人,他们枕石漱流,或枕流漱石,我们后代把他们称作高士,可以想见他们枕着那样的枕头所进入的梦境,与现代人相比有多么不同。高士们的梦无论何等奇异,总体上仍属于纯精神领域,能够当作诗歌来欣赏;而枕着四孔棉七孔棉枕头的现代人所做的梦,不管怎样荒谬怪诞,概括起来看,都是化学纤维状的、后工业时代的、物质属性的、商品气息的,逃不出实用主义的范围,只能视为欲望去解读。

走在二十一世纪初的旅途上,你当然要成为一个腰间别着手机的人,脖子上挂着数码相机的人,手里提着笔记本电脑的人,夜夜投宿于星级宾馆的人……凭什么你愿意做一个肩上扛着荞麦皮枕头的人,胳膊肘夹着一本诗集的人?是的,睡怎样的枕头,你就会产生怎样的梦想;有怎样的梦想,你就会作出怎样的行为。

所以,继电脑出现之后,枕头也亟待一次高科技的革命。有谁能为现代人推出一种智能枕头?此枕只须脑袋一沾,即可为人量血压测体温治头痛疗感冒,亦可报天气占星座分析股票行情破译彩票规律宽带上网总汇梦境,同时擅长人生指南考前猜题并兼授瑜珈功房中术博场秘笈乃至卵巢保养能量刮痧放音乐播色碟转电话打赌猜谜订机票……咱们有了这个宝物,还他妈要诗集来做什么?!

后厕所时代

这几年的厕所真可谓突飞猛进,日新月异,岂是旧时的厕所能比。现在的厕所不叫厕所,家居的统称卫生间,高级公共场所的一律改叫洗手间。我去商务楼里找厕所,都要改口问洗手间在哪里,以免白领们嫌我老土,虽然我去那里的主要想法不是为了洗手。仔细一分析也对,"洗手间"三字可以造成目的模糊,掩饰了人的动物性,顿时人就进化了,文明了,这就叫雅。如果说公共洗手间还带有某种传统性,那么家居的卫生间就实在令人刮目相看。如今人们搬新居搞装修,主要的投资都花在厨房和卫生间上,进口和出口,这个重要通道的质量关一定要把好。我常被各色人等拉去参观他们的卫生间,不看不知道,一看吓一跳。

起先是做饲料生意的老郑邀我到他家做客。落座不到五分钟,老郑急着让我看他的主卫。他告诉我,这个卫生间里铺的小地毯是阿富汗的,顶棚是加拿大的,墙砖是西班牙的,浴缸是法兰西的,脸盆是英吉利的,花洒和龙头是德意志的,就连浴巾浴衣都是意大利的,而马桶是美利坚的。当然,他不说我也知道,唯有坐在马桶上的屁股是中国的,并且还是重庆的。不过,以本土之屁股骑着马桶就能周游列国,老郑一定很幸福,想起从前他住在窄巷子里每天排队倒尿罐的岁月,定然感慨万千。

我把老郑的卫生间描绘给海归人士小钱听,谁知钱海归嗤之以鼻,说老郑苦心营造的不过是一间很普通的"非典型厕所"。他随即领我去参观他的"绿色"卫生间。让我开了眼界。这间私密之处完全以中式明清风格装修而成,花窗微启,屏风半掩,墙上挂着仿唐仕女图,里面毫无厕所味,倒是香气袭人。他不知从哪儿弄来一个饮牲口的石盆,放在洗漱架上当脸盆,其余的洁具均为木制订做。硕大的花梨木浴桶旁,一个紫檀木描金老式马桶分外显眼,像贪官和珅用的那种,但可以冲水。钱海归得意地骂道:"就这些,花了我他妈二十万!"我从他家出来一路上纳闷,这钱海归留洋多年,怎么反而变得跟土老财似的?

数月之后,科技精英马总的豪宅落成,他亲自设计的"e数字"卫生间格外气势磅礴。二十多平方的空间,宽带网接到了里面,浴缸置于中央,水上浮着睡莲,墙上挂着液晶电视,搁架上放着迷你音响笔记本电脑,沙发躺椅齐备,角上还有吧柜吧椅。所有的洁具都是高科技产物,比如那个无纸马桶,一摁按钮,自带冲洗烘干。还有宽大的落地窗,系特殊的玻璃制成,洗澡时可以看着窗外的风景,而看风景的人却看不见你。我去时,一个老妈子引我直奔卫生间,里面已坐了三五个人品茶,齐声夸马总领导了都市卫生间新时尚。我看马总八成要在这卫生间里赖下去了,有一点可以肯定,无论何时见到他,这人身上绝对干净。

再后来有个CEO请我去参观他的单身贵族公寓,他给自己的住所命名为"无间"。我一看,的确也真够无间的:首先,他取消了卫生间;其次,他把浴缸马桶洗脸盆安在了卧榻餐桌冰箱旁,使这些物品亲密无间。他说这是十分超前的先锋设计。我倒想起了许多年前有个看公共厕所的孤身老头,睡在厕所里,吃在厕所里,就连洗澡也拎一桶水在厕所里冲。怎么CEO绕了个圈子,又转回来了?好像是谁说过,生活总是呈螺旋状前行,它常常回到原处,只不过比原来要高。

人人都怕紧箍咒

我有一友,前不久向我宣布他要搬家,搬到老婆单位附近去住,因老婆总怨上下班路远。已租下一套房子,条件较差,他虽不情愿,为让老婆方便,也只得屈就。于是打包装箱,折腾了三天,该友突然又宣布,家不搬了,一切还原。我问其故,他答道:"我老婆说,既然我讨厌那房子,就不搬了,她情愿继续多跑路。"又笑着补充一句:"嘿嘿,老婆还说了,搬过去倒容易,她最怕日后我天天念!"我寻思,这一个"念"字果然厉害!

念,就是念叨,唠叨,絮絮叨叨,嘟嘟囔囔,啰里巴唆;而且说来就来,如蚊绕耳,疲劳轰炸,绵无绝期。想一想这情景,多么令人胆战心惊!念,可以算得是人间的一种功夫,但凡有人练成此功,简直就等于掌握了一种魔法!此后再要见到那不称心的不如意的不顺眼的不听话的,只须摇唇鼓舌,念念有词,不断运用语言的力量,便可将对手搞定。世上多少事,有成有败,其中一部分就是被人给念成了的,自然也有一部分相反,让人给念没了。他念得你心烦意乱,六神无主,两股战战,头痛欲裂,你干脆赶紧把事做完,或索性撂挑子不干,都只为图个耳根清净。正所谓"成也萧何,败也萧何"。而这念功,说到底又是个君子之举,因只须君子动口,不必拳脚相加,唯一攻击人的耳朵。耳朵天生的缺陷就是不能闭合,二十四小时都得开着,除非你是个聋子。

唐三藏那和尚,既不能辨妖,又不善识魔,且不会打架,也不敢泡妞,凭什么收服了三个泼皮徒弟伺候他去西天?只因他专业从事念经,属于念坛高手,念,就是他的本领。那孙悟空原是一流氓棍僧,刁顽无赖,说翻脸就翻脸;找遍《西游记》全书也未曾见他念过半日经卷,哪里知道这念功的厉害。所以尽管他神通广大,上天入地,师父却能用一个咒语就把他搞得七荤八素,死去活来。到了《大话西游》里,唐僧的本领又有新发展,除了念经念咒,日常琐事也念叨不休;这个职业习惯岂止让三个徒弟头痛,就连妖怪也被他的念叨结果了性命。可见问题的根本不在于孙猴子头上有没有紧箍儿,实乃这念功本身已然十分了得。

从前读小学时,因上课捣乱,常被老师弄到墙根面壁,罚念某篇课文一百遍。用自己的声音轰炸自己的耳朵,好比以子之矛攻子之盾,自作自受,最后舌矛疲软,耳盾千疮。老师其实是在教我们用体内的唐僧修理体内的孙悟空。这个办法好。在书声琅琅中,我们身上佛性发扬,猴性收敛,长大成人。

人人头上都有紧箍儿,人人都怕紧箍咒。念咒者可能是你的父母兄妹爱人,也可能是你的上司同事朋友。有一天,他们忽然不念了,你耳边一片寂静,而你依然诚惶诚恐,俯首帖耳,心领神会,这说明你或已修得正果。当然,这更说明,他们也产生了飞跃:大音希声,大念若哑,这正是念功的最高境界啊!

小孩

小孩是人群中的矮人族。他们直立行走,但更多的时候是趴着,他们热爱泥土,热爱自由,以玩为生活的主要内容,一脑瓜子玩的思想。小孩的眼睛长得与大人不同,随时能够看见大人看不见的东西:一些微生物,一些飞行体,各类甲虫……并立即与之厮混在一起,不觉得自己跟这些东西有什么两样。小孩的耳朵也设计得特别,随时听不见大人的呼喊。小孩是天生的自然主义者,他们以为自己降临到这个世界上就是专门来玩的。

小孩有自己的社会组织,分布于各地。一个小孩无论走到哪里,都能用个人方式飞快地找到组织,并积极向组织靠拢。这个组织一向从事逃避成人社会管束、破坏大人规矩、把家长的话当耳旁风等一系列抵抗活动,主要表现在每天集体把衣服弄脏。小孩普遍崇尚不修边幅,经常反穿鞋子,衣冠不整,以区别于成人社会的衣冠楚楚,道貌岸然。小孩认为以一身稀脏换取快乐是再值不过的,何况衣服是大人花钱买的,钱本来就脏。一群小孩中最脏的那几个往往是组织里的核心人物,负责领导大家四处寻找乱七八糟的地方作为据点。他们活跃于沙坑、泥堡,啸聚于砖垛、石堆,潜伏于草丛、墙角,在这些地带摸爬滚打。由于他们刚从天堂来到人世不久,我们只好相信,小孩惯常出没的地带与天堂里的情形大致相仿。

小孩与小孩有福同享,有块饼干大家啃,一粒糖果几个人轮着舔。小孩喜欢很神秘地藏在某处,像鸵鸟把整个屁股露在外面,自以为藏得很严实。小孩口袋里的宝贝在大人看来全是废物,那是一些石块、一些铁片、木棍、皮筋和瓶盖,不知他们留有何用。小孩要把相当一部分精力投注到一种创世纪的活动上,他们用吐唾沫和撒尿的方式来和泥,捏出许多小泥人,一个新世界就这样诞生了。观摩他们的创造过程,估计跟当初上帝造人所使用的手段差不多。

你是大人,小孩敢做的事情你不一定敢:小孩敢在任何场合号啕大哭,你不敢;小孩敢用脏屁股坐到家中洁净的沙发和床上,或站在玻璃茶几上往下跳,你也不敢;小孩还敢把你公司的重要文件折成纸镖、小船,用来飞翔和航行,甚至撕成雪花乱撒——这个,打死你你也不敢!小孩总能在房间里开拓出更大的空间作为乐园,比如床底下、衣柜里、顶棚上,而大人们只有在某种迫不得已的情况下才会转移到这些地方去。

成人比小孩,只不过把表面的不洁净藏到了内心。每一个成人都怀念童年,却再也无法回到童年。所谓"返老还童",所谓"童心未泯",只不过是成人的追求和希望达到的境界。小孩的天真、纯洁、无私、诚实以及坦率,永远是成人社会的一面镜子。

每一个小孩都要告别自己的时代,走向成人社会,这是小孩的悲剧。开始说谎,是小孩进入成人的第一个标志;吃独食,表明小孩在继续长大,为第二个标志;知道了钱的好处并利用它,是第三个标志,这样的小孩已开始脱离自己的社会组织。有朝一日,昔时的小孩朝你走来,他们身材高挑,风度翩翩,仪态万方,举止得体,你就知道,他们已彻底沦落为成人了。

我的太阳是别人的月亮

写作把昼夜都搞颠倒了,我的太阳是别人的月亮。醒着思索的时候,周围是一片梦,无边无际;疲倦了睡去,周围是一片世界,像梦。写作者仿佛梦游者。

上帝这老头子造人,颇有些道理的,总让一部分人在写,一部分人在读,一部分人不写也不读。作家像天生驮着负担走路的人,这种负担往往令他产生使命感,他的使命就是不断地卸掉什么,以获得轻松。一个作家写到无话可说之时,就该算穷汉了吧,而手不释卷的阅读者至少属于精神上的富人。卸任的轻松和囤积的幸福使大家感到快乐。不写也不读的人仍然有自己的快乐,你以为除了写作和阅读,这世界便无事可做了吗?

我一直在想,如果扔掉这支笔,就可以做许多事情。结果正相反,几十年间我扔掉了许多事情,却始终握着笔。人总得抓住点什么才能产生自信,譬如学步的孩子抓住栏杆和手,溺水者抓住漂浮的草,商人抓住钱,统治者抓住权柄。我习惯了握住笔,看着自己从笔尖流淌出去,心里才踏实。雪人在融化的时候也很踏实,彻底融化了,便彻底自信了。

一个写作者标准的姿势应该是坐着,如海明威那样能够站着写的作家毕竟是天才。我一站起来就想不停地走,带着灵魂走路像举着笼子遛鸟,鸟并不自由。我也曾尝试学林语堂的样子躺着思考,白眼望青天,但那是懒汉的姿势。我们以后有的是躺着的日子,林语堂现在不想躺着也不行了。唯有坐着的时刻,我才感到笼子是打开的,鸟飞走了,漂泊的云彩,流浪的风,到处是自己的影子。严格地说,作家,乃一种植物。

作家的名字不断在报刊上出现,会让他产生错觉,以为自己很重要,很伟大。一个人长期生活在错觉里也挺不错。我曾看到印有自己文章的报纸被人用来包点心,当时的心情也很高兴,我认为这是较有文化的食品包装,我相信自己的文字洁净,无毒,不含色素,有益于健康。

其实作家都是希望长寿的人,他们企图通过文字的形式一代代地活下去。回头看一看,前朝那么些作家,绝大多数还是死了,无影无踪。重要的是现在,坐着,想着,写着,也就活着。

我与重庆

一个人对一座城市所产生的看法,取决于他与这座城的接触方式——譬如,路过它还是深入它,生活它还是旁观它。

重庆是我不由自主来到的一座城市,因为早年父母要到这里工作,所以我就必须也来这里读书。此前他们已这样携带我进出了许多城市,如同携带一件随身的行李。

在朝天门下船的那一刻,我内心充满了漂泊感与过客感,就跟当年跑来这儿的国民政府一样。这种刹那间产生的情绪,其实已经暗合了重庆这座长江上游大码头的实质。一路上我已穿过三峡,见识了它的崇高和伟大,似乎也明白了重庆之所以能够成为陪都的理由。重庆是一座很有弹性的城市,它可以包容许多东西,大到国家机构,小到一个少年。

起初我以为自己很快就要离重庆而去,到我向往的一些地方;事实上,此后若干年中我一直留在重庆,只是偶尔想念着那些地方。我随时带着一种叛逆精神生活在这里,又随时与它妥协。我不喜欢它的阴雨的日子,不喜欢它的高湿度,不喜欢它暑期的闷热。但我已经被它的夏天反复煮熟过许多次,熟得成为每一个外省的陌生人。我也曾多次离开重庆,去那些阳光沙滩海浪仙人掌的异地,可过不了多久,又找理由赶紧溜回这个潮乎乎的城市。从理论上我认为重庆这样的城市只适合诗人居住,于是重庆就开始折磨我,直到把我也折磨成诗人。在成为诗人以后的岁月,我跟这座城的关系很协调,这个过程有点儿像婚后的那种磨合。如今我跟重庆已是老夫老妻的感觉。这话也不对。一个人的变化只能是渐渐老去,而一座城市的变化却会明显地越来越年轻。我因此又顿生老夫少妻之感。

我常常接待外地朋友,我常常从他们眼中阅读重庆。大凡初来乍到的人,此前对重庆的了解多半仅限于重庆谈判、渣滓洞白公馆红岩村。所以,他们对眼前的一切都充满好奇:大山大水之都;两江合流的朝天门;跨江的大桥和空中索道;棒棒、摩的和轻轨;繁华的街景和新建的广场;每个广场上都有老太太在跳舞……他们觉得重庆是一座巨大的城市,是现代的也是矛盾着的,因此充满活力。我发现每当此时我很喜欢听这些外地人说重庆的好话,虽然我自己经常说重庆的坏话。以前接待外地人,我总操一口纯正的普通话,现在我偏不,偏要用地道的重庆方言对付他们,把他们搞得很累。重庆方言的语调中抑扬顿挫的幅度很大,我认为这是受重庆地势的影响,过去山高路陡,上坡下坎,因而直接导致语调此起彼伏。我这项研究成果语言学家们没搞懂。还有重庆是个大嗓门的城市,也是过去隔山喊话留下的习惯。方言对一个人的影响是深刻的,从思维到行为。对一座城市也是如此。

外地人普遍对重庆的布局感兴趣,他们认为这座坐落在山上的城市比平原城市富有层次,楼群之间隔着些薄雾,增强了空间感,气势磅礴,极具观赏性。我倒是觉得重庆的中心半岛莫名其妙地有点儿像曼哈顿,只不过曼哈顿插入的是大西洋,而重庆半岛插入了大江,当然规模也要小些。作为一种地貌,能一头扎进水里,实在过瘾。

客观地说,重庆主城区摩肩接踵拔地而起的高楼大厦使得这座山城今非昔比,确实呈现出一派独特大气的都会风貌。但站在远处审视它密集迭错的建筑群,却能看出重庆人既有大刀阔斧的魄力,也缺少精雕细刻的耐心。这是一座初具大轮廓大框架的城市,它需要有品质的动人细节。因此,我带人游览市容,每次经过人民礼堂时,都要对它投以敬意。毕竟是不可多得的才华之作,半个世纪的岁月它矗立在那里,无论外形、姿态和气质都几近不朽,它的经典性和唯一性,至今难有建筑能够相及,而它所具有的标志性更是无法取代。我不知道如今的城市建设者们是否面对它作过深刻的思考,是否认真揣摩过它的建造者当年的设计思想及心态。反正这座殿堂的存在使周围的楼盘多少显得有些匆忙,有些浮躁,有些急功近利。

我和一些外地朋友都认为,欣赏重庆的最佳时刻应该在黄昏以后,灯饰工程的开启才使这座城成为真正迷人的景观。夜和灯光掩去了白日的可见之瑕,让重庆显得神秘、瑰丽、灿烂,甚至辉煌。

有一次,一群外地客人注意到重庆人像架桥一样在修路,几条滨江路几乎都是这样修成的,他们对重庆人的坚韧顽强不胜钦佩。又听说大重庆范围内的高速公路竟也是用这种方式修建时,那种惊愕的表情已经凝固在他们脸上,导致集体破相。感慨之余,他们为重庆不能骑自行车而遗憾。我告诉他们还是有人骑车的,就拉着他们站在街边瞧。站了十几分钟,大约骑过去二十多辆车,清一色都是拉潲水的。他们指着一个骑跑车的问,这人也是拉潲水的吗?我说不,他是某大学教授,教文学的,我认识。于是他们得出结论:在重庆只有两种人骑自行车,一是喂猪的,二是文学教授。其余的人一律坐汽车和轻轨。他们觉得重庆真是个奇怪的城市。

他们还认为在味觉上重庆是座很辣的城市。近些年外地人吃重庆火锅并不十分怕辣了,怕的是花椒的麻。我便开导他们说,麻其实是很高级的味儿,好比烟酒茶三者之首的烟。酒和茶都是水,虽说入口之后也能醉人提神,毕竟走的是胃肠道;唯有烟,嘴巴进鼻孔出,纯粹供精神享受。麻味的作用大概类似于烟的作用,固然满嘴开花,终归属于精神。我这番话挺唬人的,因为在重庆街旁不时可见我题写的餐馆酒楼招牌,他们以为我是美食家。于是大伙儿被花椒麻到舌头不灵,还自以为吃上了精神层次。

在重庆,有个现象也挺好玩儿的,就是许多地方不让照相。我有位搞摄影的朋友站在大马路上对着一新建小区拍照,立即被叫停,并差点儿挨揍。在一个地下城里,保安每天很紧张,主要是阻止人们掏相机。保安当然是执行老板的规定,看来该老板脑子有问题,这儿都成了公共场所了,他还觉得是个秘密。而在长江之尾的另一座城市上海,那里到处都可以拍照,什么商场饭馆茶楼酒吧,随便拍,欢迎拍,生怕你不拍。相比之下,咱们重庆一些人的意识就比较自闭,不知道社会已进入了"资源共享"的时代,不懂得什么叫"与国际接轨",至少还不能与上海接轨。这是一件小事,但我希望咱们重庆人在这类小事上能够落落大方,别显出小家子气。

近两年外地人普遍相信重庆遍地美女之说。这传说起先也是重庆人自己嚷嚷出去的,后来夸张到"三步一个张曼玉,五步一个林青霞"的程度,搞得我好几拨外地朋友一到解放碑就东张西望,神不守舍,显得一脸色眯眯的。我由于负责给他们拍照留念(此地允许拍照),现在手头握有一把证据,必要时寄给他们的老婆。重庆女孩在着装上比较追赶时尚,尤其在那些忽冷忽热的时节,她们随着气温变化裙子裤子来回换,往往使人眼花缭乱。这一点上她们还比不得在街头游逛的老外,敢于光着两条腿走过四季。有一天我在解放碑一带留意观察,根本就没看见什么美女,当然这也有审美疲劳的原因。我倒是觉得成都的女孩总体上比较好看。不过,成都人不打美女这张牌。我掐指一数,除了重庆人把美女挂在嘴上叫得最响,别的城市还真没这么做。一个城市对着其他城市弘扬自己美女如云,我弄不清究竟是何意图,起码有点儿自恋吧。好比一个人老是对着一群人夸耀自己长得漂亮,恐怕大家都受不了。

　　成都相对于重庆,是一座很从容的城市,生活节奏舒缓,甚至有些懒散。它有自己传统的城市文化氛围,成都人经常陶醉于这种氛围,带有一点固守的意思。在重庆人眼里,成都人有些假,有些酸,有些滑,有些矫情。其实这样的人哪个城市都有,这看法是一种偏见。我个人十分欣赏成都的文化色彩,深入成都让人感到它有丰富的内涵,有滋有味,有历史,有来头。与重庆相比,成都像一座二十世纪的城市。

　　而重庆相对于成都,它是躁动的,梦幻的,现代的,多元的,急速扩张的,雄心勃勃的。因此它是一座属于未来的城市。重庆时时处在剧烈的变化之中,物质扩展的速度超过了思想。与成都相比,重庆还未形成自己的城市文化状态,它还站在起始阶段寻找文化方向。具有码头属性的重庆,它是一座流动的城市,它还不太善于保留。大量有价值的东西流进这里,同时也会大量流走。比如抗战时期的"过客文化",我认为并没有给重庆造成深远的影响。

　　还有,本地一些学者出于对重庆的热爱,经过研究,希望重庆将文化之根扎入遥远的巴族部落,以显得底蕴深厚,源远流长。对此我也认为不妥且毫无必要。巴族是一支在历史河流中失踪的部落,而以后出现的重庆是一座近代移民城市,现代重庆人是移民的后代而非巴人的后裔,二者在血源和文化上没有任何瓜葛联系,就像地上一棵树枯萎死去,多年之后旁边长出的新树并不等于先前那棵树。对于现代重庆人,古老的巴文化是没有传承的文化,是陌生的文化,重庆人可以发掘它,纪念它,尊重它,但不应该杜撰历史,将自己跟它生拉活扯在一起,它不是根。况且,一个城市的主流人群都感到陌生的东西,也无法负载起作为地域文化的使命,它打动不了这座城市。

现在,在大都会的格局形成之后,重庆应该产生一个质的飞跃,着手建立自己崭新完整的文化体系。也就是说,重庆人需要打造一个大规模的物质都会,同时还必须打造一个相等规模的精神都会。

当年,我初过三峡进入重庆之时,就已熟知毛泽东"高峡出平湖"的诗句。许多年过去,我亲眼看见这一句诗化作现实。一座水库的出现给重庆带来了大机遇,大繁荣。我由此深深感受到诗歌的力量。

作为一个诗人,我一直都梦想能够写出一句毛泽东同志那样的诗。

认祖归宗

立冬的前几日,我回到了渭南。我是渭南人,我的老家是韩城。

但是我并没有出生在这里,也从未在此生活过一天。更准确地说,我并非重返,而是第一次踏上渭南的土地。

因为我父亲在他很年轻的时候就离开了家乡。后来他去革命了,一去就是一生。

我父亲如果还在,当为期颐之寿。从他的仗剑去国,到我的初踏乡土,中间相隔了八十多年。他远走时十六七岁,雄姿英发;而我今回归,却已然白发三千丈了。古诗说:"少小离家老大回",这本是指一个人的去来,但用在我身上则是父子两代人。不提了。

其实从重庆到渭南,一个小时的飞机,再坐一个小时的汽车,就到了。如此短的距离,几十年的迟归,真是咫尺天涯!

初到渭南的那一晚,我百感交集,彻夜无眠。不管怎么说,我回来了,认祖归宗了。

我对渭南的印象极好。用不加溢美的话来概括,渭南雄浑大气,底蕴深厚;因华山而有高度,因平原而有胸怀,因黄渭而有文脉。说实话,我是真心地不想美化什么,渭南在客观上确实如此。我又不是来看风水的,我没有那么专业。毕竟走过许多地方,渭南的气象,一望便知。有什么办法,这就是我的家乡。

事实上,渭南是产生大文化的地方。从上古开始,先民的繁衍生息,部落的冲突纠结,文明的初起,民族的初兴,均在此发生。所以大王朝建立,这里便是京畿。而华山因坐落于中华发祥之地,披阅千秋万岁,被尊为"华夏之根",这个谁都知道。

这样的地理位置和历史位置,如此大的气象,渭南想不产生大文化都不行。所以,渭南的山川人物,风土民情,无不放射着人文的光芒。我甚至觉得,就连庄稼都像是从文化里长出来的。

我在渭南短短数日,行色匆匆,许多地方只得走马观花;虽然浮光掠影,但却刻骨铭心。最让我感慨的是,渭南文化的重要,不仅在于其大,更加在于其深。我为什么回来?因为祖根在此。而在渭南的土地上,同样的也有着中华文化的祖根。比如《诗经》和《史记》,那是中华文化的坟典;再比如仓颉、杜康、司马迁,那都是始祖级的祖宗级的标志性人物,像一座座文化高峰,与华山等齐!

华阴出土有汉代瓦当"与华相宜"。"华"即华山,"相宜"即相称、合适。渭南的文化与华山,就是一种相宜。

我从华山到渭河平原,再到韩城,始终走不出大文化的氛围。一路之上,我且行且思,心存敬畏,履后土而戴皇天,维桑与梓,必恭敬止。当然,我也不会把脑袋搞得过于沉重,有思则思,无思则玩。有时候我是游子回归,寻血缘的根,寻祖先文化的根;有时候我又是游客观光,观渭南的光,观祖国大好河山的光。渭南一定欢迎我这样的,有朋自远方来,不亦乐乎;有游子自远方归,不亦更加乐乎!

看渭南自华山始。听说华山顶上气候无常,但我登临之日,西岳神给足了面子。天时大好,蓝空万里,数峰突兀于云海之上,阳光朗照,西峰一片金黄,极其壮美,尽显王气。

我认为,五岳之中,华山以其人文地位,理所当然应被视作祖山。轩辕黄帝曾巡狩华山,虞舜后至;黄帝还在山上会见过群仙。《尚书》《史记》对此均有记载。其余的几岳,好像没听说黄帝去过,估计当时尚未及开发。又有史料说,黄帝会见的"群仙",实际为几个部落的首领,那就一定是在商量合并壮大的事了。如此,华山还应当被视为民族创建大业的早期重要会址。

站在山顶,我想吟诗抒怀。同行的渭南朋友告诉我,宋相寇准有写华山的诗云:"只有天在上,更无山与齐。举头红日近,回首白云低。"我听后便再也吟不出什么来了。眼前有景道不得,此时心情,与李白当年在黄鹤楼上一样。没办法,碰上高手了。

下山后我即去了西岳庙。山神慷慨相赠晴空美景一次,理应登门道谢。此庙为古代君主祭山之处,气势宏大,遥望犹如故宫。幸得一见,相当震撼。

灏灵正殿是帝王们与神祇交谈的地方,所谈者皆为国泰民安之计。我想进去看看,发现大门紧锁。讲解员说,下班了。我也就没进去。她好像是说西岳神下班了,把钥匙拿走了。据说这个西岳神对历朝皇帝不太客气。

庙内格局错落有致,登上墙垣,能够远眺黄河。我又想口占一绝,拾阶而上,但见暮色四垂。黄河也下班了。

后来过合阳,到洽川,站在黄河湿地的芦荡边,其时冬意已至,寒风瑟瑟,天水茫茫,多么好的意境,而我也照样吟不出诗来。这里曾经诞生了《诗经》的开篇之作《关雎》,那是祖先发出的声音,是诗歌的源头,是先河!如同黄水一泻千里,穿越数千年而不枯竭,显示着永恒的魅力。诗人于此,唯生感慨。

这以后我便彻底打消了作诗的念头。在我的家乡,想当个文化人真不容易。

我发现在渭南期间,我每天都很忙。一方面要领略大好河山,另一方面要体会博大精深的历史文化;我还要拿出一部分精力,投入到对家乡生活的热爱中去。

比如,我很喜欢华阴的早市,生动鲜活,很有场面。人们走来走去,熙熙攘攘,热气腾腾,吆喝声与交谈声混杂,充满生机。进入其中,就像置身于一幅世俗的画卷,现代版的清明上河图。在此,我感受到了原汁原味的生活以及浓郁的民风,新鲜的民间气息扑面而来。这只是渭南的一个场景,一个瞬间,我看到的却是世世代代,生生不息。

更重要的是,我看到了一种生命态度。在这一片历史文化厚重的乡土上,人们不虚伪,不做作,不矫情,也没有那些轻浮和急躁,而是真诚踏实地进行着生活,从容自信,有滋有味,该咋过就咋过。历史和文化不是他们的负担,只会像空气一样,自然而然地进入他们的意识、观念,影响着他们的言谈举止甚至音容笑貌,形成了传统,和特有的生活风格。

其实最大的文化就是生活。生活过的内容,有些消失了,有些保留了下来,继续影响着以后的生活。如此而已。必须具有旺盛的生命状态,才会进行旺盛的生活,也才会产生强大而持久的创造力。艺术的成品,尤其是民间艺术的成品,往往都不是孤立事件,而是在环境的孕育中,传统的熏陶下,集合了一大群人,甚至几代人的智慧,在某一个特定的时间,或通过某一个人最后完成的。面花、剪纸、刺绣、合阳的线戏、韩城的秧歌和行鼓、华阴的老腔等渭南艺术,都是这样产生的,均为民间生活的产物。还有大荔的同州梆子,它是北方梆子腔的鼻祖,影响面之大,遍及全国的戏曲剧种,未受影响者极少。极其多样的民间艺术集中在渭南,别处罕见,这是一个大文化地区的特征;而历史文化的遗传基因,也起到了决定性的作用。此为文化与生活的关系。

以上是我接触了一个生活场景后所想到的。

渭南还有一种让我每天持续兴奋的物质生活,即美食。渭南的美食多为面食,品种之繁,花样之多,吓我一跳。

以前我长期不能理解,我父亲为何总在思念家乡的面食。到渭南后,立刻理解了;几天之后,全面理解了。平素我也要吃些面条馒头花卷大饼之类的东西,到各地去都要吃的。来渭南后发现,我这一生吃过的面食,啥都不是了。同样是面,渭南的做法就是不一样,那口感才叫口感,那味道才叫味道。这是我丝毫不带家乡感情色彩的评价。

我在渭南吃过的面食,计有:豆腐泡,羊肉泡,肉夹馍,油泼辣子面,华阴擀馍,糊卜,韩城羊肉臊子饸饹,韩城石子馍,合阳踅面,富平太后饼。这仅为局部。前后数日,基本上牙未沾米。我还吃过一种包子,皮薄馅足,不知比庆丰包子如何?

关键是这些面食,每一种都能说出它的选材配料,制作工艺,最初产地,产生朝代,历史沿革,故事与传说……比如同为羊肉泡馍,渭南与韩城的就有区别,分别融入了两个不同的少数民族的制作元素;再比如合阳踅面,其历史能一口气上溯到汉朝。这就是文化了,并且是能够一口口吃到肚子里的文化，真好。我爱这种文化，屡吃不厌，饱食终日。我发现我是个面肚子。

仔细一想，这些面食的做法讲究，遵循厨理，有的还很复杂，又都极其可口，但却生于乡土，融于乡土，带着浓厚的乡土气息，充满了人情味，是极普通的民间饭菜，或叫作家常便饭，它是最有根基的饮食文化。

有些人不懂这个，偏要哗众取宠，花心思折腾些无聊小名堂，还自以为上档次，有文化。比如我见过一道菜，是把鸡蛋敲洞掏空了，再朝里填进鱼肉海参什么的；这不是文化，这是土豪的搞法。还有一道菜，是用牙签把肉茸一点点塞到一根根豆芽里去；这个做法说明脑子进水了，匪夷所思了。如果社会上都这么去想事情，那就是社会的病态。文化需要健康地发展，不走歪门邪道。饮食也如此，家常便饭才是大道青天。

对我来说，渭南最具家乡感的一点，就是乡音遍地。在西安下飞机，来接我的渭南朋友一张口，我便感觉到家了。渭南话好听，境内各地语音略有不同，总起来说都是关中话，属于关中东府方言。除了俚语，我当然能听懂，还能说几句，以前我父亲长期就说这话。我父亲终生乡音无改，那是他对家乡唯一的坚守，不可撼动。

渭南人在一般情况下说话，语言优美，语速中等，柔而不软，略带拖腔，可谓抑扬顿挫，字正腔圆，能把一件事叙述得清楚透彻。关中话语汇非常丰富，可严肃，可幽默，并且弹性极强，文人说着便斯文，武人说着便斯武，普通人说着亦文亦武。打个比方：如果用它来说理，那真是理直气壮；如果用它来骂人，那便是狗血喷头；如果女孩子用它来撒娇,男人就招架不住了,要啥给啥;如果用它来发誓,那可就是山盟海誓了。总之,十分地与华相宜。

关中话数千年来变化很小,保留着许多古音。何以如此?因为这一带是文化强盛地区,外人进来,皆被同化;只有没文化的地方才被别人同化。我之所以对家乡的语言产生浓厚的兴趣,因为它是我们的祖根语言,是中国最古老的普通话。

历史上,西周立都丰镐,即设雅言,以王都之地的关中东府方言为标准音。所谓雅言,就是官话,普通话,国语。周代以前没有雅言,"商王不风不雅,而雅者放自周",所以这是历史上首次设定标准语言。自此,关中官话盛行周秦汉唐,长达千年,乃迄今为止,使用时间最久的普通话。

这事本已遥远,但近年学术界有观点说,周平王东迁雒邑后,雅言已改为以雒邑方言为基础,又叫"洛阳读书音"。也就是说,东周时期的雅言已不再是关中话了。

此观点我不能苟同,现在反驳。首先,西周的王都是镐京,雒邑时为陪都;雅言设立,雒邑当然要重点推广,数百年间普通话基础已相当好了,改它做甚。其次,平王即位,因有间接弑父之嫌,名声已经很恶,雅言为祖制既定,如敢擅改,恶名就越发洗不清了。再三,东迁之后,周王室威望大跌,权力大减,诸侯也越来越不听话了;维系尚难,何谈改革。因此,推行普通话改革方案,是没影儿的事,也无史料记载。

我再以孔子为证。《论语·述而》:"子所雅言,诗书执礼,皆雅言也。"由此肯定,孔子会说雒邑雅言。孔子的时代,已经礼崩乐坏了,他早年的抱负,就是要"克己复礼"。此"礼",为西周之礼。他身体力行,严格地做到"非礼勿视,非礼勿听,非礼勿言,非礼勿动。"既然非礼勿言,那么他所讲的普通话,就一定是正宗的雅言,才能合乎周礼。假设雒邑雅言已然变味,孔子断不能够接受,而他又西行不到秦,上哪儿去弄一口关中话呢?故尔可以判定,孔子使用的雒邑雅言,其实与西周雅言一脉相承,从未改变,即标准的关中话。怎样证明就是关中话呢?子曰:"不学诗,无以言。"把《诗经》拿来,用关中话一念就知道了。至于所谓的"洛阳读书音",完全是现代人弄出来的一个概念,古代根本就没有这个说法。

我的观点阐述完毕。顺便说明,我不懂学术,也不研究古音,我是打酱油路过,临时进来插一脚的。学者们继续研究。聒噪聒噪!

我一直想去白水看望两个人,仓颉和杜康。时间所限,终于未去。

他们在远古,我在现代。他们做的事情跟我都有关系。我写字,我也喝酒;他们一个造字,一个造酒。如果他们能够知道,他们的发明到现在还被人们使用着,并将永远使用下去,应该多么满足。创造发明者最大的悲哀在于,自己殚精竭虑乃至穷其一生搞出来的东西,没几天就过时了,消失了,被抛弃了。这样的情况在今天是屡见不鲜的。而在仓颉、杜康时代,他们那些人用不着担心,他们甚至会很低调地说:我们一生只干了一件事,初创了文明。

生于白水,他们无疑是人,而在历史中,他们是神。仓颉四目重瞳,这是他的长相。在黄帝时代,许多人都有奇异的相貌,或者为神,或者半人半神,或者是人,但具有神性。杜康是自由的,在传说中穿行了三个时期。有时他在晋朝,把刘伶灌醉;有时他在夏朝,身为君主;我觉得,他还是在黄帝时代为好,否则无法解释"尧酒千钟"。

黄帝时代是神话时代的中期,那里有仓颉和杜康的位置,他们有资格待在神话里。以后的年代,人们渐渐走出神话,最终消除了神性。

我认为,神话是最高级别的历史,是民族的庙堂,供奉着远祖们的神位,寄托着整个民族的身世和梦想。没有神话的民族是可悲的。唯有受到尊崇的人物才能进入神话,不够资格的人,进去了也要被请出来。

这样,在黄帝时代,仓颉和杜康待在一块儿,他们是老乡,又都喜欢搞研究,发明的也都是非物质文化。我不知道仓颉喝过杜康的酒没有,可以肯定的是,仓颉造字的时候,杜康还是个文盲。

仓颉当时就应该知道,他的发明有多重要。"仓颉作书,而天雨粟,鬼夜哭。"他干了一件惊天地泣鬼神的事。杜康发明的东西,就有点儿说不清楚了。这种名叫酒的东西,有时候是好事,有时候是坏事,却源源不断,代代流传,成为人们的精神需要,喜怒哀乐的寄托。它融入人们的情感,渗入生活的各种事件,小至恩爱情仇,大至和平战争。直到现在,警察还要把一个小玩意儿塞进驾车者嘴里,就是为了验证杜康早年的发明。其实,杜康又发明了什么呢?那只不过是一种液体,简单得如同他家乡的名字:白水。但世界从此奇妙热闹了。仓颉又发明了什么呢?那只是一些弯弯曲曲的笔画,却从此托载着历史。

仓颉最初发明的字,我们今天已不认得了;我们今天的字,仓颉也不认得了。现在世上的酒,也早已不是杜康时的样子。伟大的发明者之所以不朽,就在于他们只发明最基本的原理、定律和方式,此后便任由后世遵循着,去发展演绎变化,然而,万变不离其宗。

万物皆有起始。回过头去,追根寻源。如今坐享其成,岂可数典忘祖。

我由仓颉造字想到了书法。渭南写字的人多,书法家密集。这次认识的朋友,个个都是书法家,搞得我笔也不敢摸了。班门弄斧的事我是不干的。

我非圈子中人,不过长期以来,也与书法界人士有些交往。早年的朋友中,后来名声闹得很大的也有,场合上遇见,寒暄几句。隔久了大家也要聚一聚,主要是为了见面抬杠。观点碰撞,说话直截了当,倒是有点儿意思,不然见什么面。举两个例子。

比如我主张写字要随,要由着性子写,不要装腔作势;对于曾经深受影响的那些名帖名体,要脱,要扔,要一丝不挂;要法无定法,非法法也。我说一个好的书法家,就是个寄生蜂,幼虫时期寄生在别的虫体里,吸足了营养,某一日蜕变,钻出来飞走了。对此主张,大家认为在理,但赞同者少,反对者多。因为有的人一脱一扔,就啥也没有了;还有的人寄生久了,不思蜕变,甘愿当蛔虫了。自创其体,谈何容易;然而意欲求索进取,又何言不易。

再比如,我提出传统书法与当代书法的差别问题。我的观点是:前人作书,以运用为主,如写书信文章等,书法则为附带而出,就以行书举例,史上几大名帖均为文稿;今人作书,运用功能已失,书法多因展示而生。故尔,前人的书法,常是无心而为;今人的书法,多是有意而成。两相比较,今人的书法,更专注,更讲究,更加排场奢侈。但是,前人作书,因有当时胸臆欲抒,那种悲喜情怀真实心绪,势必注入其中而形成书风;今人却无这种体验,所书内容多为借用,虽有大小章法,均系精心摆布,因此今人的书法,多形变,少神采。这个问题怎么解决?

上述二例,是我与朋友的聊天内容。圈外之人信口放言,对与不对,随手记下。

这次在家乡认识的几位书法家,稳健干练,胸怀坦荡,可谓英年才俊。相处几日,发现他们没有浮躁之气,也没有任何华而不实的东西。我由此判断出渭南书法家群体的大致风貌。

渭南地区的书法作品后来我也看到了。总的感觉是功底深厚,沉稳内敛,有格调,有风度,有气象,堪称正大;与渭南的大文化氛围十分相符,蔚然而成渭南之风。

我没看到有那种肤浅矫情、张牙舞爪的作品,那一类玩意儿在其他地方的书法展上倒是屡见不鲜。这就是有传统和没传统的区别,有文化和没文化的区别。

还有可贵的一点,渭南书法作品的艺术纯度很高,丝毫不见有势利的一面。这个真不容易。

我知道大荔有位老先生,字画俱佳,创作颇丰,然而心态上却很放松。他认为写字画画,"那就是玩嘛!"我对此深表赞同。与之相反,我也认识一位书法家,为人朴实敦厚,刻苦勤奋,把书法看得比泰山还重,整日里眉头紧锁,一副负枷而行的样子,屡次声称"死不足惜,情愿以一己之身殉书法之大道"!我自当肃然起敬。但这个命题就大啦!真没听说过历史上有谁是为书法而献身的。还是"玩"的态度好。"玩",应该是对待艺术的基本态度。不要害怕这个字。

富平有个国际陶艺村,那就是玩出来的,规模玩大了。王羲之的《兰亭序》也是玩出来的。试想,春天里,邀上一伙人去洗澡,接着坐在溪岸,一边捉衣服上的虱子,一边饮酒赋诗,那还不是玩吗?然后大伙儿喝得醉醺醺的,闹着要出诗集,叫王羲之写个序。王羲之趁着酒兴提笔起草文稿,又涂又改,毫无书法创作意识,毫无献身感;一篇书法艺术的巅峰之作,就在这种七嘴八舌、推杯换盏的状况中出笼了。此事十分有趣,本来是搞个春禊诗会,岂料诗皆无名,反倒弄出个不朽的书法成果;而最后该书法成果的真迹也不见了,据说被我的一个唐朝的祖宗永久收藏了,真可谓大象无形啊!今之视昔,文人们的言行意态,即魏晋风度,后世仰止。

所以,"玩",就是摆脱束缚,放下负担,坦露真性情!一切艺术家,皆应明白这个道理。顺便说说,魏晋的做派在现代文人身上或有残留,不过坦腹东床者鲜见,扪虱而谈者绝迹。都啥时代了,还想养虱子。

另外,我又想到了酒。酒真是个奇妙的东西。它有时是灵感,有时是心境,有时是瞌睡……《兰亭序》里,张旭、怀素的字里,还有历代许多名帖里,尽都散发着浓烈的酒气。可见字若带酒而书,必当笔走龙蛇,形神兼备!以我自己为例,我的字并不咋样,但也曾醉后放肆涂鸦,醒来一看大吃一惊,那字好得就像别人写的。由此顿悟,酒乃杜康所造,酒力如同神力,借此神力而为,便可以恣性情,散怀抱!

再猜想仓颉,他一定喝过杜康的酒,汉字里兴许先天就带有酒精的成分。而字酒同出于白水,此天意也!本是一源两流,既能生而分之,便可分而合之。咱们渭南有这个条件,书法家们何不开怀畅饮,大醉挥毫一回试试?

书法就不谈了,已经开始胡说八道了。

去韩城的路上,我内心出现一种感觉,前所未有。准确地说出来,只有那五个字:近乡情更怯。

韩城的老城格局大而严正,超出我的想象。文庙以及城隍庙乃至关圣庙的规模,全国罕见。古老的城池中,透着正统的君子之风和别处少有的书卷气,让人惊叹,感动。这是千年传统的积淀,绝非一朝一夕可以营造。以前见过一些城市,出了一两个现代文化人,就了不得了,无限地夸大,折腾。拿来与韩城一比,啥也不算。文化名城的风范,是装不出来也学不出来的,它需要真正承载过大量的历史,经受过漫长时间的磨砺。韩城的老城又名金城,它成为一个象征。它在,文化的灵魂就在。

黄昏时分,我回到了老家薛村。村子离党家村不远,但默默无闻。

我踏上了祖土。我不知道祖屋在哪里,凭直觉,应该在村口。这座村庄完全忘记了八十多年前离开的那个人,也不认识刚来的这个人。

我拿出父母亲的照片,捧在胸前。我的母亲一生没有到过这里,现在,她来了。

我经过了村后的一片树林。我知道,我的爷爷、奶奶就埋在这片树林里,没有墓碑,没有坟冢。我的列祖列宗也在这一带的黄土之下。不远处就是黄河,在夜里,能够听见黄河的声音。

我朝村子回望了一眼,便像我父亲一样离开了。有个小女孩站在村口,她是我看见的最后一个乡亲。

这就是我回到老家的全过程。已经叙述得有些长了,其实只须一句话:是岁李钢返乡,认祖归宗。

还可以更短。

在芝川,我拜谒了司马迁祠。站在司马坡,我由太史公想到《史记》,再想到历史是何等浩繁,却又何等简约。

我弄清了那句著名的乡谚:"上了司马坡,秀才比驴多。"意思是说,每逢赶考,秀才们都要来拜太史公,然后雇驴而行,驴少秀才多。

我遥想当年秀才满坡的场景,人头攒动,我的高祖父也跻身其中。历朝历代,这些韩城的书生们,骑着驴儿,胸怀抱负,摇头晃脑地扬长而去,读书做官,经国济民,一时朝堂之上多为乡党。但这样的盛况流传在乡谚里,仅六个字:朝半陕,陕半韩。

而太史公自述他在家乡的全部生活,也只有十字:迁生龙门,耕牧河山之阳。

何其简洁。这就是史笔。然而,一向删繁就简的历史,于此却未曾轻轻带过,它不吝笔墨,为太史公留出足够的篇章。

太史公司马迁站在广场上。相隔了二十一个世纪,我才见到这位同乡,他已成为塑像。我驻足从一旁仰望,看他正面于史,侧身于世,无视生前的荣辱,不闻身后的赞誉;他孤寂且傲然,在时间的长河边踽踽而行,独步百代,辉照千古。

此行渭南,我完成了自身血缘的认归。

同样,文化也有血缘。文化生命的强盛,也需要血缘的传承贯通。

一个国家和民族的文化,譬如参天大树,若要枝繁叶茂,永远也不能离开祖根祖土。断根者死,连根者生。

根长在此,与华相宜。

附

关于作者

李钢,祖籍陕西韩城,1951年11月生于山东济南。少年时在江苏常州、南京等地读书,14岁入四川。16岁赴广东虎门,参加海军成为水兵。退伍后曾从事工人、教师等职业,长居重庆。

二十世纪七十年代末,李钢加入中国作家协会四川分会,八十年代加入中国作家协会,现为重庆作家协会荣誉副主席。

李钢的文学历程可分为诗歌和散文两个阶段。

最初李钢作为诗人登上文坛,在全国各文学杂志发表作品,并以长诗《白玫瑰》引起关注。八十年代初参加诗刊社第三届青春诗会期间,他的代表作大型系列诗歌《蓝水兵》被分为两组,先后由《星星》和《诗刊》推出,随即在中国诗坛产生了轰动效应和广泛影响。《蓝水兵》系列开风气之先,以富于现代色彩的语言和技法及其所表达的生命意识,对军旅诗歌创作进行了突破性地探索,成为新时期诗歌的标志性作品之一。李钢由此也被评论家称为"新时期军旅诗歌的先行者"(朱向前著《中国军旅文学五十年·1949—1999》)。

二十世纪八十年代是李钢的诗歌高产期。这一时期他当选"当代十大青年诗人"和"最受喜爱的当代十大中青年诗人",并应美国诗人艾伦·金斯堡和美国国际诗歌委员会邀请,赴美参加为七位中国诗人举办的国际诗歌节,在美国各地巡回朗诵诗作。

进入二十世纪九十年代后,李钢开始侧重于散文写作,在各文学杂志及报纸上以专栏等形式推出多篇具有文学价值和文本价值的作品。对于散文,他的本意原是偶然为之,孰料竟一发而不可收,很快就进入了散文写作的高产期。他的散文题材广泛,内容丰富,角度多变,行文纵横自如,充满机趣。他的语言风格大气潇洒,举重若轻,幽默智慧,文字洗练果断,极为干净,极有感染力和辨识度。这些散文中有不少佳作一经发表,即被反复转载并收入各种选本,传诵一时。

必须一提的是,与此同时,李钢还创作了大量的漫画,他把写在漫画上的文字看作是散文的另一种表现形式。《人民文学》就曾将他的漫画文字编辑成文学笔记发表。李钢对散文的本质有透彻的理解,不可否认,他的性格似乎与这一文体有一种天然的契合。

李钢从事散文写作的时间长度,超过了他的诗歌时期,直至本世纪的今天。在这一过程中,他也不知不觉地进行了文学上的成功转型,他的诗人之名已逐渐被散文家的名声取代。当然,他仍是诗人。

迄今为止,李钢已经出版诗歌、散文、漫画等专著多部,部分作品被译成多国文字,获得过多次奖励。他获得了第二届全国优秀新诗(诗集)奖,第一、第二届四川文学奖,第一、第二届重庆文学奖,《诗刊》、《星星》优秀作品奖,红岩文学奖等几十个文学奖项。此外,他的作品多次被中央电视台拍摄成电视诗歌散文,其中电视散文《高原随想》等四部,分别获得第十五至第十八届连续四届全国电视文艺"星光奖"一、二、三等奖。

本书收入李钢的散文作品近百篇,比较全面地展现了他的散文风貌。

编 者

2017年10月